FANTASY

**Die Chronik der DRACHENLANZE
besteht aus folgenden Bänden:**

Drachenzwielicht (24510)
Drachenjäger (24511)
Drachenwinter (24512)
Drachenzauber (24513)
Drachenkrieg (24516)
Drachendämmerung (24517)

MARGARET WEIS · TRACY HICKMAN

Die Chronik der Drachenlanze 2

DRACHEN JÄGER

Aus dem Amerikanischen übertragen
von Marita Böhm

GOLDMANN VERLAG

Das Buch erschien in Amerika unter dem Titel
Dragons of Autumn Twilight bei TSR, Inc., Lake Geneva, WI, USA

Deutsche Erstausgabe

Der Goldmann Verlag
ist ein Unternehmen der Verlagsgruppe Bertelsmann

Made in Germany · 4. Auflage · 6/90
© TSR, Inc. 1984 und 1989
Published in Federal Republic of Germany
by Wilhelm Goldmann Verlag GmbH
DRACHENLANZE is a trademark owned by TSR, Inc. All DRACHENLANZE
characters and the distinctive likenesses thereof are
trademark of TSR, Inc.
© 1989 der deutschsprachigen Ausgabe
beim Wilhelm Goldmann Verlag, München
Umschlaggestaltung: Design Team München
Umschlagillustration: Larry Elmore
Innenillustration: Jeffrey Butler
Satz: IBV Satz- und Datentechnik GmbH, Berlin
Druck: Elsnerdruck, Berlin
Verlagsnummer: 24511
Lektorat: Christoph Göhler
Redaktion: Gundel Ruschill
Herstellung: Peter Papenbrok/Voi
ISBN 3-442-24511-7

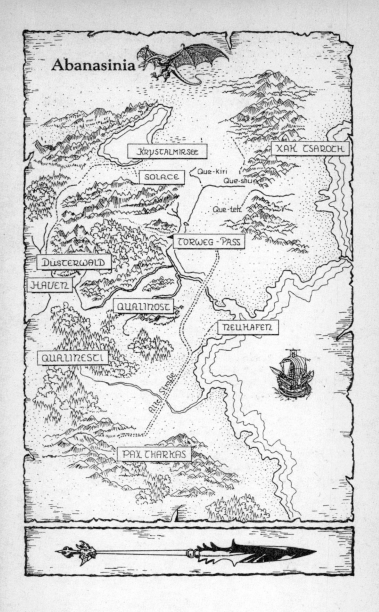

Die Nacht der Drachen

Tika wrang den Putzlappen im Kübel aus und beobachtete teilnahmslos, wie sich das Wasser schwarz färbte. Sie warf den Lappen auf die Theke und wollte gerade den Kübel in die Küche bringen, um frisches Wasser zu holen, aber dann dachte sie: Warum soll ich mir solche Mühe machen? Sie nahm den Lappen und wischte noch einmal die Tische ab. Dann fuhr sie mit ihrer Schürze über die Augen.

Aber Otik hatte sie beobachtet. Er faßte sie bei den Schultern und drehte sie sanft herum. Tika schluchzte auf und lehnte ihren Kopf an seine Schulter.

»Tut mir leid«, schluchzte sie, »aber es wird nicht sauber!«

Otik wußte natürlich, daß das nicht der wahre Grund ihres Weinens war, obwohl es der Wahrheit schon sehr nahe kam. Er streichelte ihren Rücken. »Ich weiß, ich weiß, Kind. Wein nicht. Ich verstehe das ja.«

»Es ist dieser verdammte Ruß!« jammerte Tika. »Alles ist völlig schwarz, und jeden Tag schrubbe ich ihn weg, und am nächsten Tag ist er wieder da!«

»Mach dir keine Sorgen, Tika«, versuchte Otik sie zu trösten. »Sei froh, daß das Wirtshaus noch steht...«

»Froh sein!« Tika stieß ihn weg, sie errötete. »Nein! Ich wünschte, sie hätten es verbrannt wie alles andere in Solace, dann würden *sie* nicht mehr hierher kommen! Ich wünschte, es wäre verbrannt! Ich wünschte, es wäre verbrannt!« Tika schluchzte nun hemmungslos.

»Ich weiß, meine Liebe, ich weiß«, wiederholte Otik und fuhr über die Puffärmel ihrer Bluse, auf die Tika so stolz gewesen war, weil sie sauber und weiß war. Jetzt war sie schmuddelig und verrußt, wie alles in der verwüsteten Stadt.

Der Angriff auf Solace war ohne Warnung erfolgt. Selbst als die ersten bedauernswerten Flüchtlinge grüppchenweise aus dem Norden in der Stadt eintrafen und entsetzliche Geschichten über riesige beflügelte Ungeheuer erzählten, versicherte Hederick, der Oberste Theokrat, den Bürgern von Solace, daß sie sich in Sicherheit befänden und ihre Stadt verschont bliebe. Und die Menschen glaubten ihm, weil sie ihm glauben wollten.

Und dann kam die Nacht der Drachen.

Das Wirtshaus war an jenem Abend gut besucht, einer der wenigen Plätze, wo die Menschen hingehen konnten, ohne an die im nördlichen Himmel tiefhängenden Gewitterwolken erinnert zu werden. Das Feuer brannte hell, das Ale war kräftig, die Würzkartoffeln rochen köstlich. Aber auch hierher schlich sich das Grauen: Alle redeten laut und furchtsam über Krieg.

Hedericks Worte beruhigten ihre ängstlichen Herzen.

»Wir sind doch nicht wie diese leichtsinnigen Narren im Norden, die nichts Besseres zu tun hatten, als sich der Macht der Drachenfürsten zu widersetzen«, rief er, auf einem Stuhl stehend, aus. »Lord Verminaard hat persönlich auf einer Versammlung der Suchenden in Haven versichert, daß er nur Frieden will. Er hat um Erlaubnis gebeten, seine Armee durch unsere Stadt ziehen zu lassen, damit er das Elfengebiet im Süden erobern kann. Und ich bin dafür, daß er an Macht gewinnt!«

Hederick legte für vereinzelten Jubel und Applaus eine Kunstpause ein.

»Wir haben die Elfen in Qualinesti zu lange toleriert. Ich meine, soll dieser Verminaard sie nach Silvanosti zurücktreiben oder wo immer sie auch herkommen! In der Tat« – Hederick kam nun zu seinem Lieblingsthema – »sollten einige der jungen Männer von Solace sich überlegen, ob sie sich nicht der Armee des großen Lord anschließen. Er ist ein großer Lord! Ich habe ihn kennengelernt! Er ist ein wahrer Kleriker! Ich habe die Wunder gesehen, die er vollbracht hat! Unter seiner Führerschaft werden wir in ein neues Zeitalter eintreten! Wir werden die Elfen, die Zwerge und die anderen Fremden aus unserem Land vertreiben und...«

Plötzlich hörte man ein leises monotones Tosen, ähnlich wie die Wassermassen eines riesigen Ozeans. Alle verstummten und lauschten und versuchten, die Ursache des Geräusches zu verstehen. Hederick, der bemerkte, daß er seine Zuhörer verloren hatte, sah sich irritiert um. Der tosende Lärm wurde immer lauter und kam näher. Auf einmal wurde das Wirtshaus in eine tiefe erdrückende Dunkelheit getaucht. Einige schrien auf. Die meisten rannten zu den Fenstern, um draußen etwas zu erkennen.

»Laßt uns nach unten gehen und nachsehen, was los ist«, schlug einer vor.

»Es ist so verdammt dunkel, daß man nicht einmal die Sterne sehen kann«, murmelte ein anderer.

Und dann war es nicht mehr dunkel.

Draußen explodierten Flammen. Eine Hitzewelle brandete

mit solcher Wucht gegen das Gebäude, daß die Fenster zerbarsten und die Gäste mit Glasscherben überschüttet wurden. Der gewaltige Vallenholzbaum – den kein Sturm auf Krynn je bewegt hatte – begann von der Explosion zu wanken und zu schaukeln. Das Wirtshaus legte sich zur Seite. Tische und Bänke fielen um. Hederick verlor das Gleichgewicht und purzelte von seinem Stuhl. Glühende Kohlen spuckten aus dem Kamin, und die Öllampen an der Decke und die Kerzen auf den Tischen fingen Feuer.

Ein schriller Schrei übertönte den Lärm und die Verwirrung – der Schrei eines Lebewesens – ein Schrei voller Haß und Grausamkeit. Das tosende Geräusch war nun über dem Wirtshaus. Dann kam ein Windstoß, und die Dunkelheit wurde durch eine Flammenwand verdrängt, die sich im Süden erhob.

Tika ließ ein Tablett mit Krügen fallen, als sie verzweifelt Halt an der Theke suchte. Die um sie herumstehenden Leute schrien, teilweise vor Schmerzen, teilweise vor Entsetzen.

Solace brannte.

Ein geisterhaftes orangefarbenes Glimmern erhellte den Raum. Schwarze Rauchwolken zogen durch die zerbrochenen Fenster. Der Geruch verbrannten Holzes zusammen mit einem anderen, entsetzlicheren stieg in Tikas Nase – der Geruch verbrannten Fleisches. Tika würgte, und als sie hochsah, blickte sie auf kleine Flammen, die an den dicken Ästen des Vallenholzes, die die Decke hielten, züngelten. Die Geräusche des von der Hitze zischenden und aufspringenden Holzwachses vermischten sich mit den Schreien der Verletzten.

»Löscht das Feuer!« gellte Otik wild.

»Die Küche!« schrie die Köchin, die mit qualmenden Kleidern aus der Küche schoß. Tika griff einen Krug mit Ale von der Theke und goß ihn über das Kleid der Köchin. Rhea sank in einen Stuhl und weinte hysterisch.

»Alle raus hier! Das ganze Haus geht in Flammen auf!« schrie jemand.

Hederick, der an den Verwundeten vorbeieilte, war der erste

an der Tür. Er rannte zum vorderen Treppenabsatz, blieb wie gelähmt stehen und hielt sich am Geländer fest. Denn er sah nicht nur die brennenden Bäume im Norden, sondern durch das gespenstische Licht der Flammen konnte er Hunderte von marschierenden Kreaturen erkennen, in deren ledernen Flügeln sich der unheimliche Feuerschein widerspiegelte. Drakonische Bodentruppen. Er beobachtete entsetzt, wie die vorderen Reihen in Solace einströmten, und ihm war klar, daß ihnen Tausende folgen würden. Und über ihnen flogen Gestalten, wie aus Kindergeschichten entsprungen.

Drachen.

Fünf rote Drachen kreisten oben im flammenerleuchteten Himmel. Zuerst stieß einer herab, dann ein zweiter, und verbrannte mit seinem heißen Atem Teile der kleinen Stadt und löste dichte magische Dunkelheit aus.

An den Rest der Nacht hatte Tika nur noch eine schemenhafte Erinnerung. Sie hatte sich ständig gesagt, daß sie aus dem brennenden Gastraum müßte. Aber das Gasthaus war ihr Zuhause, sie fühlte sich dort sicher. Und so blieb sie trotz der Hitze aus der brennenden Küche, die so stark wurde, daß ihr bei jedem Atemzug die Lungen weh taten. In dem Moment, als die Flammen auf den Schankraum übergriffen, stürzte die Küche krachend ein. Otik und die Kellnerinnen schütteten kübelweise Ale auf die Flammen in der Gaststube, bis das Feuer schließlich gelöscht war.

Dann wandte sich Tika den Verletzten zu. Otik brach zitternd und schluchzend in einer Ecke zusammen. Tika schickte eine Kellnerin zu ihm, während sie die Verletzten versorgte. Sie arbeitete stundenlang und weigerte sich entschieden, aus den Fenstern zu sehen. Sie wollte die furchtbaren Geräusche von Tod und Zerstörung aus ihrem Bewußtsein ausklammern.

Auf einmal wurde ihr klar, daß es mit den Verletzten überhaupt kein Ende nahm und mehr und mehr Menschen auf dem Boden lagen. Verwundert sah sie hoch und bemerkte, daß die Menschen in die Stube taumelten. Frauen halfen ihren Ehemännern. Ehemänner trugen ihre Frauen. Mütter hielten ihre sterbenden Kinder in den Armen.

»Was ist denn los?« fragte Tika eine Wache der Sucher, die hereinstolperte und sich krampfhaft den Arm hielt, der von einem Pfeil getroffen war. Andere schoben sich hinter ihm rein. »Was ist denn los? Warum kommen all diese Leute hierher?«

Der Mann sah sie mit teilnahmslosen, schmerzverzerrten Augen an. »Das ist das einzige Gebäude«, murmelte er. »Alles andere brennt. Alles...«

»Nein!« Tika war gelähmt vor Entsetzen, und ihre Knie zitterten. Im selben Moment fiel der Mann ohnmächtig in ihre Arme, und sie war gezwungen, sich zusammenzureißen. Das letzte, was sie sah, als sie ihn weiter in den Raum zog, war Hederick, der am Eingang stand und mit glasigen Augen auf die brennende Stadt starrte. Tränen liefen über sein rußverschmiertes Gesicht.

»Es ist ein Irrtum«, wimmerte er. »Irgendwie ist da ein Irrtum passiert.«

Das war vor einer Woche gewesen. Zwischenzeitlich hatte sich herausgestellt, daß das Wirtshaus nicht das einzige unzerstörte Gebäude war. Die Drakonier wußten genau, welche Gebäude sie schonen mußten; sie hatten nur jene zerstört, für die sie keine Verwendung hatten. Das Wirtshaus, Theros Eisenfelds Schmiede und der Lebensmittelladen waren unversehrt geblieben. Die Schmiede war wegen der Esse sowieso nicht in einen Baum gebaut worden, und die anderen Gebäude mußten heruntergelassen werden, weil die Drakonier es unbequem fanden, in die Bäume zu steigen.

Lord Verminaard befahl den Drachen, die Gebäude runterzuholen. Nachdem ein Zwischenraum ausgebrannt worden war, ergriff eines der riesigen roten Ungeheuer mit seinen Klauen das Wirtshaus und hob es hoch. Die Drakonier jubelten, als der Drache es nicht gerade sanft auf das versengte Gras setzte. Truppführer Toede, der für die Stadt verantwortlich war, befahl Otik, das Wirtshaus unverzüglich instandzusetzen. Die Drakonier hatten eine große Schwäche – den Alkohol. Drei Tage nach der Eroberung von Solace öffnete das Gasthaus wieder.

»Es geht mir schon wieder gut«, sagte Tika zu Otik. Sie trocknete die Augen und putzte sich die Nase. »Seit jener Nacht habe ich nicht mehr geweint«, sagte sie mehr zu sich selbst. Ihre Lippen wurden zu einem dünnen Strich. »Und ich werde nie mehr weinen!« schwor sie sich.

Otik, der nichts verstand, aber erleichtert war, daß Tika sich wieder beruhigt hatte, bevor die Stammkunden kamen, eilte geschäftig hinter die Theke. »Wir öffnen bald«, sagte er und versuchte, fröhlich zu klingen. »Vielleicht haben wir heute gute Gäste.«

»Wie kannst du nur ihr Geld annehmen!« fuhr Tika ihn an.

Otik, der einen weiteren Ausbruch befürchtete, sah sie flehend an. »Ihr Geld ist genauso gut wie jedes andere. In diesen Zeiten sogar besser als das anderer.«

»Pah!« schnaufte Tika. Ihre üppigen roten Locken zitterten, als sie wütend auf ihn zuging. Otik, der ihren Zorn kannte, trat zurück. Aber es half nichts. Er kam nicht davon. Sie bohrte ihren Finger in seinen dicken Bauch. »Wie kannst du über ihre rohen Witze lachen und um sie herumspringen?« fauchte sie. »Ich hasse dieses Pack! Ich hasse ihre lüsternen Blicke und ihre kalten, schuppigen Klauen, die mich berühren! Irgendwann werde ich...«

»Tika, bitte!« bettelte Otik. »Nimm Rücksicht auf mich. Ich bin zu alt, um in den Sklavenminen zu arbeiten! Und du – sie bringen dich morgen weg, wenn du hier nicht arbeitest. Bitte reiß dich zusammen, und sei ein gutes Mädchen!«

Tika biß sich vor Wut und Enttäuschung auf die Lippen. Sie wußte, daß Otik recht hatte. Sie riskierte mehr, als zu den Sklavenkarawanen geschickt zu werden, die fast täglich durch die Stadt zogen – ein zorniger Drakonier tötete schnell und gnadenlos. Gerade als sie darüber nachdachte, wurde die Tür aufgeschlagen, und sechs Drakonierwachen stolzierten herein. Einer von ihnen riß das Schild GESCHLOSSEN von der Tür und warf es in eine Ecke.

»Es ist geöffnet«, sagte die Kreatur und ließ sich in einen Stuhl fallen.

»Ja, natürlich.« Otik grinste schwach. »Tika...«

»Ich gehe schon«, sagte Tika resigniert.

Der Fremde
Gefangen

An diesem Abend war das Wirtshaus nicht gut besucht. Die Stammgäste waren jetzt Drakonier, nur gelegentlich kehrten auch Bürger von Solace ein. Normalerweise blieben sie nicht lange, empfanden die Gesellschaft als unangenehm, deren Anblick die schrecklichen Erinnerungen wieder heraufbeschwor.

Eine Gruppe von Hobgoblins, mit wachsamen Blicken auf die Drakonier, und drei einfach gekleidete Menschen aus dem Norden saßen im Schankraum. Ursprünglich stolz, in Lord Verminaards Diensten zu stehen, kämpften sie jetzt nur noch aus reiner Lust am Töten und Plündern. Einige Ortsansässige hatten sich in einer Ecke verkrochen. Hederick, der Theokrat, saß nicht an seinem Stammplatz. Lord Verminaard hatte die Dienste des Obersten Theokraten belohnt, indem er ihn als ersten in die Sklavenminen geschickt hatte.

Vor Einbruch der Dämmerung betrat ein Fremder das Wirtshaus und setzte sich an einen Tisch in einer dunklen Ecke nahe der Tür. Tika konnte nicht viel über ihn sagen – er war in einen Mantel gehüllt und trug eine weit ins Gesicht gezogene Kapuze. Er schien müde und erschöpft zu sein und sank in den Stuhl, als würden seine Beine ihn nicht länger tragen.

»Was möchtet Ihr trinken?« fragte Tika.

Der Mann senkte den Kopf und zog mit einer schlanken Hand die Kapuze an einer Seite etwas tiefer. »Nichts, danke«, sagte er mit einer weichen, akzentuierten Stimme. »Ist es erlaubt, hier zu sitzen und sich auszuruhen? Ich soll hier jemanden treffen.«

»Wie wäre es mit einem Glas Bier, während Ihr wartet?« Tika lächelte.

Der Mann sah hoch, und seine braunen Augen blitzten aus der Kapuze hervor. »Sehr schön«, sagte der Fremde. »Ich habe Durst. Bring mir ein Bier.«

Tika steuerte auf die Theke zu. Als sie das Bier zapfte, hörte sie weitere Gäste das Lokal betreten.

»Ich komme gleich«, rief sie. »Setzt euch irgendwo hin. Ich komme so schnell wie möglich!« Sie blickte über die Schulter zu den Neuankömmlingen und ließ fast den Krug fallen. Tika keuchte, dann riß sie sich zusammen. *Laß dir nichts anmerken!*

»Setzt euch, *Fremde*«, sagte sie laut.

Einer von ihnen, ein großer Bursche, wollte gerade etwas sagen. Tika sah ihn düster an und schüttelte den Kopf. Ihre Augen bewegten sich zu den Drakoniern, die mitten im Raum saßen. Ein bärtiger Mann führte die Gruppe an den Drakoniern vorbei, die die Fremden neugierig musterten.

Es waren vier Männer und eine Frau, ein Zwerg und ein Kender. Die Gewänder und Stiefel der Männer waren schlammbedeckt. Einer war ungewöhnlich groß, ein anderer ungewöhnlich breit. Die Frau trug Felle und hatte sich bei dem großen Mann eingehakt. Alle schienen niedergeschlagen und müde zu sein. Einer der Männer hustete und stützte sich schwer auf einen seltsam aussehenden Stab. Sie durchquerten den Raum und setzten sich an einen Tisch am äußersten Ende.

»Noch mehr Flüchtlingsabschaum«, höhnte einer der Drakonier. »Aber sie sehen gesund aus, und Zwerge sollen ja gute Arbeiter sein... Ich frage mich, warum sie noch nicht in den Minen sind?«

»Das werden sie schon, sobald der Truppführer sie gesehen hat.«

»Vielleicht sollten wir jetzt gleich diese Angelegenheit regeln«, sagte ein dritter und blickte finster zu den acht Fremden hinüber.

»Na, ich bin jetzt nicht im Dienst. Sie werden sowieso nicht weit kommen.«

Die anderen lachten und wandten sich wieder ihren Getränken zu.

Tika brachte dem braunäugigen Fremden das Bier, stellte es eilig vor ihm ab und eilte zu den neuen Gästen.

»Was möchtet ihr?« fragte sie kühl.

Der große Bärtige antwortete mit heiserer Stimme. »Bier und etwas zu essen und Wein für ihn.« Dabei nickte er dem Mann zu, der fast ununterbrochen hustete.

Der zerbrechliche Mann schüttelte den Kopf. »Heißes Wasser«, flüsterte er.

Tika nickte und drehte sich um, um wie gewöhnlich die Bestellung an die Küche weiterzugeben. Dann erinnerte sie sich, daß die Küche ja zerstört war, fuhr herum und steuerte auf die provisorische Küche zu, die von Goblins unter Aufsicht der Drakonier gebaut worden war. Dort erstaunte sie den Koch, als sie ohne ein Wort die ganze Bratpfanne mit Würzbratkartoffeln nahm und in die Gaststube trug.

»Bier für alle und einen Krug heißes Wasser!« rief sie Dezra hinter der Theke zu. Sie gab den Hobgoblins Zeichen, während sie zu den neuen Gästen zurückeilte. Während sie die Bratpfanne auf dem Tisch abstellte, warf sie den Drakoniern einen schnellen Blick zu. Als sie sah, daß diese ins Trinken vertieft waren, schlang sie plötzlich ihre Arme um den breiten Mann und gab ihm einen Kuß, der ihn erröten ließ.

»O Caramon«, wisperte sie. »Ich wußte, du würdest wegen mir zurückkommen! Nimm mich mit! Bitte, bitte!«

»Nun, nun«, sagte Caramon, tätschelte verlegen ihren Rükken und sah flehend zu Tanis. Der Halb-Elf mischte sich schnell ein, indem er seine Augen auf die Drakonier richtete.

»Tika, beruhige dich«, sagte er. »Wir haben Zuschauer.«

»Du hast recht«, sagte sie lebhaft, richtete sich auf und glättete ihre Schürze. Sie deckte den Tisch und begann, die Würzkartoffeln auszuteilen, als Dezra Bier und heißes Wasser brachte.

»Was ist in Solace passiert?« fragte Tanis mit leiser Stimme.

Tika berichtete schnell, was vorgefallen war, während sie die Teller füllte, wobei sie Caramon die doppelte Portion gab. Die Gefährten lauschten in bitterem Schweigen.

»Und jetzt«, schloß Tika, »sind hier pausenlos die Sklavenkarawanen nach Pax Tarkas unterwegs. Inzwischen haben sie fast alle gefangengenommen, nur brauchbare Handwerker, wie Theros Eisenfeld, dürfen bleiben. Ich habe Angst um ihn.« Sie sprach noch leiser. »Gestern abend hat er mir geschworen, daß er nicht länger für sie arbeiten will. Es fing alles mit dieser Gruppe gefangener Elfen an...«

»Elfen? Was machen denn Elfen hier?« fragte Tanis. Vor Aufregung sprach er zu laut. Die Drakonier wandten sich zu ihm um; der Fremde mit der Kapuze hob seinen Kopf. Tanis kauerte sich zusammen und wartete, bis sich die Drakonier wieder ihrem Bier widmeten. Gerade als Tanis Tika weiter über die Elfen ausfragen wollte, bestellte ein Drakonier ein Bier.

Tika seufzte. »Ich gehe lieber.« Sie stellte die Bratpfanne ab. »Ihr könnt alles essen.«

Die Gefährten aßen lustlos, die Kartoffeln schmeckten nach Asche. Raistlin trank seinen selbstgemischten Kräutertee, worauf sich sein Husten fast umgehend verbesserte. Caramon beobachtete Tika beim Essen mit einem nachdenklichen Gesicht. Er konnte immer noch ihren warmen Körper fühlen, der ihn umarmt hatte, und ihre weichen Lippen. Angenehme Empfindungen durchströmten ihn, und er fragte sich, ob die Geschichten, die er über Tika gehört hatte, wohl stimmten. Der Gedanke stimmte ihn traurig und zugleich wütend.

Einer der Drakonier hob seine Stimme. »Wir sind zwar keine Menschen, an die du gewohnt bist, Süße«, lallte er und warf seinen schuppigen Arm um Tikas Taille. »Aber das heißt nicht, daß wir keine Mittel und Wege finden können, um dich glücklich zu machen.«

Caramon knurrte tief in seiner Brust. Sturm blickte finster drein und hatte seine Hand am Schwert. Als Tanis das bemerkte, sagte er eilig: »Hört beide auf! Wir sind in einer besetzten Stadt! Seid vernünftig. Es ist nicht die Zeit für Ritterlichkeit! Auch du, Caramon! Tika kann das selber regeln.«

Und er hatte recht: Tika entzog sich geschickt dem Griff des Drakoniers und stürzte wütend in die Küche.

»Nun, was machen wir jetzt?« murrte Flint. »Wir sind wegen Vorräten nach Solace gekommen und finden nichts außer Drakoniern. Mein Haus ist wenig mehr als ein paar ausgeglühte Kohlestücke. Tanis hat noch nicht einmal einen Vallenholzbaum, geschweige denn ein Zuhause. Wir haben nur diese Scheiben von irgendeiner alten Göttin und einen kranken Magier mit einigen neuen Zaubersprüchen.« Er ignorierte Raistlins wütenden Blick. »Wir können die Scheiben nicht essen, und der Magier hat nicht gelernt, ein Essen herbeizuzaubern; also selbst wenn wir wüßten, wohin wir gehen sollten, würden wir unterwegs verhungern!«

»Sollen wir immer noch nach Haven gehen?« fragte Goldmond und sah zu Tanis auf. »Was ist, wenn es dort genauso ist wie hier? Und woher wissen wir, ob die Versammlung der Sucher überhaupt noch existiert?«

»Ich weiß es nicht«, sagte Tanis und seufzte. »Aber ich denke, wir sollten versuchen, Qualinesti zu erreichen.«

Tolpan, von der Unterhaltung gelangweilt, gähnte und lehnte sich zurück. Es war ihm egal, wohin sie gehen würden. Er schaute mit großem Interesse durch die Schankstube. Am liebsten hätte er sich die alte Küche angesehen, aber Tanis hatte ihn zuvor schon gewarnt, kein Aufsehen zu erregen. Also begnügte sich der Kender damit, die anderen Gäste genauer zu mustern.

Sofort fiel ihm der Fremde mit der Kapuze im vorderen Teil der Wirtsstube auf, der sie aufmerksam beobachtet hatte, als sich die Unterhaltung der Gefährten erhitzt hatte. Tanis hob seine Stimme, und das Wort »Qualinesti« ertönte noch einmal. Der Fremde setzte seinen Krug Bier mit einem Krachen ab. Tolpan wollte gerade Tanis' Aufmerksamkeit auf ihn lenken, als Tika aus der Küche trat und die Drakonier bediente. Dann kam sie wieder zu den Gefährten.

»Kann ich noch mehr Kartoffeln haben?« fragte Caramon.

»Natürlich.« Tika lächelte ihn an und nahm die Bratpfanne, um Nachschub zu holen. Caramon spürte Raistlins Blick auf sich ruhen. Er errötete und begann, mit seiner Gabel zu spielen.

»In Qualinost...« wiederholte Tanis, seine Stimme war lauter geworden, da er sich mit Sturm stritt, der in den Norden wollte.

Tolpan sah den Fremden in der Ecke aufstehen und auf sie zukommen. »Tanis, wir kriegen Gesellschaft«, sagte der Kender leise.

Die Unterhaltung erstarb. Die Augen auf ihre Krüge gerichtet, konnten sie alle das Nahen des Fremden spüren und hören. Tanis verfluchte sich, daß er ihn nicht schon früher bemerkt hatte.

Aber die Drakonier hatten ihn entdeckt. Als er den Tisch der Kreaturen erreichte, streckte ein Drakonier seinen Klauenfuß aus, und der Fremde stolperte und fiel mit dem Kopf gegen einen Tisch. Die Kreaturen lachten laut. Dann erhaschte ein Drakonier einen flüchtigen Blick auf das Gesicht des Fremden.

»Elf!« zischte der Drakonier und riß ihm die Kapuze weg, um die mandelförmigen Augen und die männlich-zarten Gesichtszüge eines Elfenlords zu enthüllen.

»Laßt mich vorbei«, sagte der Elf mit erhobenen Händen. »Ich möchte nur ein Wort mit diesen Reisenden dort reden.«

»Du wirst ein Wort mit dem Truppführer reden, Elf«, fauchte der Drakonier. Er sprang auf, packte den Fremden am Kragen und drückte ihn gegen die Theke. Die zwei anderen Drakonier lachten laut.

Tika, die mit der Bratpfanne auf dem Weg zur Küche war, ging auf die Drakonier zu. »Hört auf«, schrie sie und faßte einen Drakonier am Arm. »Laßt ihn in Ruhe. Er ist ein Gast, so wie Ihr auch.«

»Kümmere dich um deine Angelegenheiten, Mädchen!« Der Drakonier schob Tika beiseite, ergriff mit einer Klauenhand den Elf und schlug ihn zweimal ins Gesicht. Der Elf fing zu bluten an. Als der Drakonier ihn losließ, taumelte er und schüttelte benommen den Kopf.

»Ach, mach Schluß mit ihm«, rief einer der Männer aus dem Norden. »Bring ihn zum Kreischen wie die anderen!«

»Ich werde ihm seine Schlitzaugen aus dem Kopf schneiden, das werde ich tun!« Der Drakonier zog sein Schwert.

»Jetzt reicht's aber!« Sturm eilte vor, die anderen hinterher, obwohl alle fürchteten, daß sie den Elfen kaum retten konnten – sie waren zu weit von ihm entfernt. Jemand anders kam ihnen zuvor. Mit einem schrillen Wutschrei ließ Tika Waylan ihre schwere gußeiserne Bratpfanne auf den Kopf des Drakoniers sausen.

Der Drakonier starrte Tika einen Moment stumpfsinnig an und glitt dann auf den Boden. Der fremde Elf sprang nach vorn und zog ein Messer, als die anderen zwei Drakonier sich auf Tika stürzten. Sturm erreichte sie und schlug einen Drakonier mit seinem Schwert nieder. Caramon fing den anderen in seinen riesigen Armen auf und schlug ihn gegen die Theke.

»Flußwind! Laß sie nicht durch die Tür!« rief Tanis, als er die Hobgoblins aufspringen sah. Der Barbar packte einen Hobgoblin, als dieser bereits die Hand auf die Türklinke gelegt hatte, doch der andere konnte entkommen. Sie hörten ihn nach den Wachen rufen.

Tika, die immer noch die Bratpfanne schwang, ging auf einen Hobgoblin los. Aber ein anderer Hobgoblin sprang aus dem Fenster, bevor Caramon etwas unternehmen konnte.

Goldmond erhob sich. »Gebrauch deine Magie!« sagte sie zu Raistlin und griff ihn am Arm. »Mach etwas!«

Der Magier sah die Frau kühl an. »Es ist sinnlos«, wisperte er. »Ich werde meine Kräfte nicht verschwenden.«

Goldmond funkelte ihn wütend an, aber er hatte sich wieder seinem Getränk zugewandt. Sie biß sich auf die Lippe und rannte zu Flußwind, den Beutel mit den wertvollen Scheiben von Mishakal im Arm. Sie konnte die Männer in den Straßen hören.

»Wir müssen hier verschwinden!« sagte Tanis, aber im selben Moment schlang einer der menschlichen Kämpfer seine Arme um Tanis' Hals und zog ihn zu Boden. Tolpan sprang mit einem wilden Schrei zur Theke und begann, Krüge auf den Angreifer zu werfen, und verfehlte dabei Tanis nur knapp.

Flint stand mitten im Chaos und starrte auf den fremden Elf. »Ich kenne dich!« schrie er plötzlich. »Tanis, ist das nicht...«

Ein Krug traf den Zwerg am Kopf und schlug ihn bewußtlos.

»Huch«, schrie Tolpan.

Tanis würgte den Kämpfer und ließ ihn ohnmächtig unter einem Tisch liegen. Er schnappte Tolpan von der Theke, setzte den Kender auf den Boden und kniete neben Flint nieder, der stöhnte und versuchte, sich aufzusetzen.

»Tanis, der Elf...«, Flint blinzelte benommen, dann fragte er: »Was hat mich getroffen?«

»Der große Bursche da unter dem Tisch!« zeigte Tolpan.

Tanis erhob sich und sah auf den Elf. »Gilthanas?«

Der Elf starrte ihn an. »Tanthalas«, sagte er kühl. »Ich hätte dich niemals erkannt. Der Bart...«

Wieder ertönten Hörner, dieses Mal lauter.

»Großer Reorx!« stöhnte der Zwerg und erhob sich schwankend. »Wir müssen hier verschwinden! Kommt schon! Zum Hinterausgang!«

»Es gibt keinen Hinterausgang!« schrie Tika heftig, immer noch mit der Bratpfanne in der Hand.

»Nein«, bestätigte eine Stimme an der Tür. »Es gibt keinen Hinterausgang. Ihr seid meine Gefangenen.«

Eine Laterne flackerte im Raum auf. Die Gefährten bedeckten ihre Augen und machten die Umrisse von Hobgoblins hinter einer vierschrötigen Figur auf der Türschwelle aus. Von draußen konnten die Gefährten unzählige trippelnde Schritte hören, an den Fenstern und an der Tür starrten Goblins ins Wirtshaus. Die Hobgoblins im Raum, die noch lebten oder bei Bewußtsein waren, erhoben sich, zogen ihre Waffen und sahen die Gefährten gierig an.

»Sturm, sei kein Narr!« rief Tanis und bekam den Ritter zu fassen, der Vorbereitungen traf, um sich in das Getümmel von Goblins zu stürzen, die langsam einen eisernen Ring um sie bildeten. »Wir sind umzingelt«, rief der Halb-Elf.

Sturm blickte den Halb-Elf zornig an, und einen Moment lang dachte Tanis, er könnte sich seiner Aufforderung widersetzen.

»Bitte, Sturm«, sagte Tanis leise. »Vertraue mir. Unsere Zeit zu sterben ist noch nicht gekommen.«

Sturm zögerte, warf einen flüchtigen Blick auf die Goblins. Sie hielten sich zurück, da sie sein Schwert und seine Geschicklichkeit fürchteten, aber er wußte, sie würden ihn bei der kleinsten Bewegung sofort angreifen. »Unsere Zeit zu sterben ist noch nicht gekommen.« Was für merkwürdige Worte. Warum hatte Tanis das gesagt? Hatte man überhaupt »eine Zeit zu sterben«? Wenn dem so war, dann hatte Tanis recht. Es gab kein glorreiches Sterben in einem Wirtshaus, niedergetrampelt von stinkenden, panischen Goblinfüßen.

Als der Ritter seine Waffe wegsteckte, entschied die Gestalt in der Türschwelle, daß es nun sicher sei, umgeben von ungefähr hundert Soldaten, einzutreten. Die Gefährten blickten auf die graue, gefleckte Haut und in die roten, schielenden Schweinsäuglein von Truppführer Toede.

Tolpan bewegte sich schnell zu Tanis. »Er wird uns sicher nicht wiedererkennen«, flüsterte der Kender. »Es war schon dunkel, als sie uns anhielten und nach dem Stab ausfragten.«

Anscheinend erkannte Toede sie wirklich nicht. In der Woche war eine Menge passiert, und der Truppführer hatte wichtige Dinge im Kopf und fühlte sich sowieso schon überfordert. Seine roten Augen fixierten die Rittersymbole an Sturms Umhang. »Noch mehr Flüchtlingsabschaum aus Solamnia«, bemerkte Toede.

»Ja«, log Tanis schnell. Er bezweifelte, ob Toede bereits von der Zerstörung Xak Tsaroths erfahren hatte. Er hielt es auch für sehr unwahrscheinlich, daß dieser Truppführer etwas über die Scheiben von Mishakal wußte. Aber Lord Verminaard wußte von den Scheiben und würde bald vom Tod des Drachen erfahren. Selbst ein Gossenzwerg konnte sich einen Reim darauf machen. Es brauchte niemand zu wissen, daß sie aus dem Osten kamen. »Wir sind viele Tage vom Norden marschiert. Wir wollten keinen Ärger machen. Diese Drakonier haben angefangen...«

»Ja, ja«, sagte Toede ungeduldig. »Das habe ich schon gehört.« Seine schielenden Äuglein verengten sich plötzlich zu Schlitzen. »He, du da!« rief er und zeigte auf Raistlin. »Was treibst du da, drückst dich da hinten herum? Packt ihn, Burschen!« Der Truppführer trat nervös einen Schritt zurück und musterte Raistlin argwöhnisch. Einige Goblins stürzten Bänke und Tische um, um den zerbrechlichen jungen Mann zu erreichen. Ein tiefes Knurren stieg aus Caramons Kehle. Tanis machte dem Krieger Zeichen, ruhig zu bleiben.

»Steh auf!« schnarrte ein Goblin und piekste Raistlin mit einem Speer.

Raistlin erhob sich langsam und suchte sorgfältig seine Beutel zusammen. Als er nach seinem Stab griff, packte der Goblin den Magier an seiner dünnen Schulter.

»Rühr mich nicht an!« zischte Raistlin und entzog sich dem Griff. »Ich bin ein Magier!«

Der Goblin zögerte und blickte zu Toede.

»Pack ihn!« schrie der Truppführer und trat hinter einen sehr großen Goblin. »Bring ihn zu den anderen. Wenn jeder Mann in roter Robe ein Magier wäre, würde das Land ja geradezu überschwemmt davon sein! Wenn er nicht freiwillig kommt, werde ich ihn töten!«

»Vielleicht sollte ich ihn gleich mal abmurksen«, krächzte der Goblin. Die Kreatur hielt die Speerspitze an die Kehle des Magiers und gurgelte vor Vergnügen.

Wieder hielt Tanis Caramon zurück. »Dein Bruder kann selbst auf sich aufpassen«, wisperte er.

Raistlin hob die Hände, spreizte die Finger, als ob er sich ergeben wollte. Plötzlich sprach er jedoch: »*Kalith karan, tobanis-kar!*« und zeigte auf den Goblin. Kleine glühende Pfeile aus purem weißem Licht strahlten aus den Fingerkuppen des Magiers, schossen durch die Luft und gruben sich in die Brust des Goblins. Die Kreatur brach kreischend zusammen und wand sich auf dem Boden.

Als der Geruch von verbranntem Fleisch und verbrannten Haaren den Raum erfüllte, sprangen andere Goblins heulend vor Wut vor.

»Tötet ihn nicht, ihr Dummköpfe!« schrie Toede. Der Truppführer war wieder vor die Tür getreten, sich immer hinter dem großen Goblin haltend. »Lord Verminaard zahlt eine gute Prämie für Magier. Aber« – Toede hatte eine Idee – »der Lord zahlt keine Prämie für lebende Kender – nur für ihre Zungen! Wenn du das noch einmal machst, Magier, wird der Kender sterben.«

»Was geht mich der Kender an?« schnaubte Raistlin.

Totenstille breitete sich aus. Tanis brach der kalte Schweiß aus. Raistlin schaffte es immer! Verdammter Magier!

Das war sicherlich nicht die Antwort, die Toede erwartet hatte, und er war etwas verunsichert – außerdem trugen die Krieger immer noch ihre Waffen. Er sah fast flehend zu Raistlin. Der Magier schien die Achseln zu zucken.

»Ich werde freiwillig kommen«, flüsterte Raistlin. »Nur wagt es nicht, mich zu berühren!«

»Nein, natürlich nicht«, murmelte Toede. »Holt ihn.«

Die Goblins, die unbehagliche Blicke in Richtung des Truppführers warfen, ließen den Magier neben seinem Bruder stehen.

»Sind das alle?« fragte Toede gereizt. »Dann nehmt ihre Waffen und ihr Gepäck.«

Um weiteren Ärger zu vermeiden, nahm Tanis seinen Bogen von der Schulter und legte ihn zusammen mit dem Köcher auf den rußigen Boden der Gaststube. Tolpan legte schnell seinen Hupak dazu, der Zwerg murrend seine Streitaxt. Die anderen folgten Tanis' Beispiel, außer Sturm, der mit über der Brust gekreuzten Armen dastand und...

»Bitte, darf ich meinen Beutel behalten?« fragte Goldmond. »Ich habe keine Waffen und nichts, was für euch wertvoll ist. Ich schwöre es!«

Die Gefährten wandten sich ihr zu – sie dachten an die wertvollen Scheiben in ihrem Beutel. Alle standen in angespanntem Schweigen. Flußwind trat zu Goldmond. Er hatte seinen Bogen abgelegt, trug aber wie der Ritter sein Schwert.

Plötzlich griff Raistlin ein. Der Magier hatte seinen Stab abgelegt, seine Beutel mit den Zauberzutaten und die wertvolle Tasche mit den Zauberbüchern. Er machte sich keine Sorgen – über den Büchern lagen Sicherungszauber: Jeder, außer dem Besitzer, würde bei dem Versuch, in ihnen zu lesen, wahnsinnig werden. Und der Zauberstab konnte selbst auf sich aufpassen. Raistlin streckte seine Hände Goldmond entgegen.

»Gib ihnen den Beutel«, sagte er sanft. »Sonst werden sie uns töten.«

»Beherzige seinen Rat, meine Liebe«, rief Toede hastig.

»Er ist ein Verräter!« rief Goldmond und umklammerte den Beutel.

»Gib ihnen den Beutel«, wiederholte Raistlin hypnotisierend.

Goldmond wurde schwächer und spürte seine seltsame Macht. »Nein!« Sie würgte. »Das ist unsere Hoffnung...«

»Es wird alles gut werden«, flüsterte Raistlin und sah intensiv in ihre klaren blauen Augen. »Erinnerst du dich an den Stab? Erinnerst du dich daran, als ich ihn berührte?«

Goldmond blinzelte. »Ja«, murmelte sie. »Du hast einen Schock bekommen...«

»Psst«, warnte Raistlin sie schnell. »Gib ihnen den Beutel. Mach dir keine Sorgen. Alles wird gut. Die Götter beschützen ihr Eigentum.«

Goldmond starrte auf den Magier, dann nickte sie widerstrebend. Raistlin streckte seine mageren Hände aus, um ihr den Beutel abzunehmen. Truppführer Toede blickte ihn gierig an und machte sich über den Inhalt Gedanken. Er würde es schon herausfinden, aber nicht vor allen Goblins.

Schließlich gab es nur noch eine Person, die dem Befehl nicht gehorcht hatte. Sturm stand unbeweglich da, sein Gesicht war blaß, seine Augen glänzten fiebrig. Er hielt das uralte zweihändige Schwert seines Vaters eng an sich gedrückt. Plötzlich drehte Sturm sich um, entsetzt, Raistlins brennende Finger auf seinem Arm zu spüren.

»Ich versichere dir, es wird ihm nichts geschehen«, flüsterte der Magier.

»Wie?« fragte der Ritter und wich vor Raistlin zurück wie vor einer Giftschlange.

»Ich erkläre dir nicht meine Methoden«, zischte Raistlin. »Entweder du vertraust mir oder nicht.«

Sturm zögerte.

»Das ist lächerlich!« kreischte Toede. »Tötet den Ritter! Tötet sie alle, wenn sie noch mehr Ärger machen. Meine Geduld ist zu Ende!«

»Na schön!« sagte Sturm mit erstickter Stimme. Er ging zu dem Waffenhaufen und legte sein Schwert ehrfürchtig dazu.

»Ah, wahrhaftig eine wunderschöne Waffe«, sagte Toede. Er hatte plötzlich eine Vision, wie er zu einer Audienz mit Lord Verminaard schritt, das Schwert des solamnischen Ritters an seiner Seite hängend. »Vielleicht sollte ich es persönlich in Gewahrsam nehmen. Bringt...«

Bevor er den Satz beenden konnte, trat Raistlin schnell nach vorne und kniete neben den Waffen nieder. Ein Licht blitzte aus der Hand des Magiers auf. Raistlin schloß die Augen und begann seltsame Worte zu murmeln, während er seine ausgebreiteten Arme über die Waffen und das Gepäck hielt.

»Haltet ihn auf!« schrie Toede. Aber keiner wagte es.

Schließlich hatte Raistlin aufgehört zu sprechen, sein Kopf fiel auf seine Brust. Sein Bruder eilte herbei, um ihm zu helfen.

Raistlin erhob sich. »Damit ihr es wißt!« sagte der Magier, seine goldenen Augen blickten sich im Schankraum um. »Ich habe auf unsere Sachen einen Zauber gelegt. Sobald jemand sie berührt, wird er langsam vom großen Wurm Catyrpelius verschlungen, der sich aus dem Abgrund erheben und euer Blut aussaugen wird, bis ihr völlig ausgetrocknet seid.«

»Der große Wurm Catyrpelius!« keuchte Tolpan mit glänzenden Augen. »Das ist ja unglaublich. Ich habe niemals von...«

Tanis drückte ihm seine Hand auf den Mund.

Die Goblins wichen vor dem Waffenhaufen zurück, der in einer grünen Aura fast zu glühen schien.

»Holt die Waffen!« befahl Toede wütend.

»Hol du sie doch selber«, murrte ein Goblin.

Niemand bewegte sich. Toede war am Ende. Obwohl er keine besondere Vorstellungskraft besaß, konnte er sich den großen Wurm Catyrpelius lebhaft vorstellen. »Na schön«, maulte er, »schafft die Gefangenen weg! Sperrt sie in die Käfige. Und schafft diese Waffen weg, oder ihr werdet euch noch wünschen, von diesem Wurm ausgesaugt zu werden!« Wütend stampfte er von dannen.

Die Goblins schoben ihre Gefangenen mit den Schwertern zur Tür hinaus, jedoch niemand berührte Raistlin.

»Das ist ein wunderbarer Zauber, Raist«, sagte Caramon leise. »Wie wirkungsvoll ist er? Könnte er...«

»Er ist genauso wirkungsvoll wie dein Verstand!« flüsterte Raistlin und hielt seine rechte Hand hoch. Als Caramon die verräterischen schwarzen Zeichen von Feuerpulver sah, lächelte er grimmig im plötzlichen Verstehen.

Tanis verließ als letzter das Wirtshaus.

Er sah sich ein letztes Mal um. Nur noch eine Lampe hing an der Decke. Tische waren umgestürzt, Stühle zerbrochen. Die Deckenbalken waren vom Feuer geschwärzt, einige waren völlig verkohlt. An den Fenstern schmierte fettiger schwarzer Ruß.

»Fast wünschte ich, ich wäre gestorben, und mir wäre dieser Anblick erspart geblieben.«

Das letzte, was er hörte, war der hitzige Streit zwischen zwei Hobgoblinhauptmännern über den Transport der verzauberten Waffen.

Die Sklavenkarawane
Ein seltsamer alter Magier

Die Gefährten verbrachten eine eiskalte, schlaflose Nacht, eingepfercht in einen mit Eisenstangen versehenen Käfigwagen auf dem Marktplatz von Solace. Jeweils drei Käfige waren an einem Pfosten zusammengekettet. Die Holzpfosten waren vom Feuer und der Hitze schwarz. Auf dem Platz wuchs nichts mehr, selbst die Steine waren schwarz und teilweise geschmolzen.

Als die Morgendämmerung anbrach, konnten sie andere Gefangene in den anderen Käfigen sehen. Es war die letzte Sklavenkarawane von Solace nach Pax Tarkas. Der Truppführer persönlich wollte sie führen. Toede hatte sich entschlossen, die Gelegenheit zu nutzen und Lord Verminaard zu beeindrucken, der sich zur Zeit in Pax Tarkas aufhielt.

Caramon hatte in der Nacht einmal versucht, die Stangen auseinanderzubiegen, und hatte aufgeben müssen.

Ein kalter Nebel zog in den frühen Morgenstunden auf und verhüllte die verwüstete Stadt vor den Gefährten. Tanis blickte zu Goldmond und Flußwind hinüber. Jetzt verstehe ich sie, dachte Tanis. Jetzt verstehe ich die eisige Leere im Herzen, die mehr verletzt als jeder Schwertstoß. Auch ich habe kein Zuhause mehr.

Er blickte zu Gilthanas, der in einer Ecke kauerte. Der Elf hatte in der Nacht mit niemandem ein Wort gesprochen und sich damit entschuldigt, daß sein Kopf schmerzen würde und er müde sei. Aber Tanis, der die ganze Nacht Wache gehalten hatte, hatte gesehen, daß Gilthanas weder geschlafen noch den Versuch dazu unternommen hatte. Er hatte an seiner Unterlippe gekaut und in die Dunkelheit hinausgestarrt. Sein Anblick erinnerte Tanis daran, daß er – falls er es beanspruchen würde – noch einen anderen Ort als sein Zuhause bezeichnen konnte: Qualinesti.

Nein, dachte Tanis und lehnte sich gegen die Stangen, Qualinesti war niemals mein Zuhause. Es war einfach nur ein Ort, an dem ich gelebt habe...

Truppführer Toede tauchte aus dem Nebel auf, rieb sich die fetten Hände und grinste breit, als er die Sklavenkarawane stolz betrachtete. Vielleicht würde er befördert werden. Lord Verminaard würde erfreut sein, besonders über seine letzte Beute. Dieser große Krieger war ein ganz besonderes Exemplar. Der konnte in den Minen wahrscheinlich für drei arbeiten. Der hochgewachsene Barbar würde sich auch gut machen. Der Ritter müßte wohl getötet werden – die Solamnics waren für ihr uneinsichtiges Verhalten bekannt. An den beiden Frauen wird Lord Verminaard sicher Vergnügen finden – sehr verschieden, aber beide liebenswert. Toede hatte sich selbst immer zu dem rothaarigen Barmädchen hingezogen gefühlt, mit ihren verführerischen grünen Augen, der hochgeschlossenen weißen Bluse, die voller Absicht gerade nur soviel von ihrer sommersprossigen Haut enthüllte, um einen Mann verrückt zu machen...

Die Träumereien des Truppführers wurden jäh durch das Gerassel von Eisen und heisere Rufe unterbrochen. Die Rufe wurden immer lauter. Bald waren alle in der Sklavenkarawane wach und spähten durch den Nebel, versuchten, etwas zu erkennen.

Toede warf den Gefangenen einen unruhigen Blick zu und wünschte sich, mehr Wachen zu haben. Die Goblins, die die Gefangenen sich rühren sahen, sprangen auf die Füße und richteten ihre Bogenwaffen auf die Wagen.

»Was ist los?« murrte Toede laut. »Können diese Idioten einen Gefangenen nicht ohne diesen Aufruhr festnehmen?«

Plötzlich übertönte ein Schrei den Lärm. Es war der Schrei eines Mannes, voller Qual und Schmerz, aber auch voller Zorn.

Gilthanas erhob sich mit blassem Gesicht.

»Ich kenne diese Stimme«, sagte er. »Theros Eisenfeld. Das habe ich befürchtet. Seit dieses Abschlachten begann, hilft er Elfen zu entkommen. Dieser Lord Verminaard hat geschworen, die Elfen auszulöschen« – Gilthanas beobachtete Tanis' Reaktion –, »hast du das nicht gewußt?«

»Nein!« antwortete Tanis schockiert. »Ich wußte es nicht. Woher auch?«

Gilthanas schwieg und musterte Tanis lange Zeit. »Vergib mir«, sagte er schließlich. »Ich habe dich wohl falsch beurteilt. Ich dachte, daß du dir vielleicht darum den Bart hast wachsen lassen.«

»Niemals!« Tanis sprang auf. »Wie kannst du es wagen, mich zu beschuldigen...«

»Tanis«, warnte Sturm.

Der Halb-Elf drehte sich um: Goblinwachen hatten sich vor ihrem Käfig aufgestellt, ihre Pfeile zielten auf sein Herz. Er hob seine Hände und trat zurück. Eine Gruppe von Hobgoblins zog einen großen, kräftig gebauten Mann in Sichtweite.

»Ich hörte, daß Theros verraten wurde«, sagte Gilthanas

leise. »Ich war zurückgekehrt, um ihn zu warnen. Denn ohne seine Hilfe wäre ich niemals lebend aus Solace entkommen. Ich sollte ihn gestern abend im Wirtshaus treffen. Als er nicht kam, fürchtete ich...«

Truppführer Toede öffnete den Käfig der Gefährten, schrie den Hobgoblins zu, sich mit dem Gefangenen zu beeilen. Die Goblins behielten die anderen Gefangenen im Auge, während die Hobgoblins Theros in den Käfig warfen.

Truppführer Toede schlug schnell die Tür zu und verriegelte sie. »Das war's dann«, gellte er. »Spannt die Tiere an. Wir fahren los.«

Die Goblins zogen riesige Pferdehirsche auf den Platz und spannten sie vor die Wagen. Ihr Kreischen und ihre Verwirrung registrierte Tanis nur am Rande. Seine bestürzte Aufmerksamkeit galt jetzt nur dem Schmied.

Theros Eisenfeld lag bewußtlos auf dem strohbedeckten Boden des Käfigs. Wo sein starker rechter Arm hätte sein sollen, hing ein zerfetzter Stumpf. Man hatte seinen Arm offensichtlich mit einer stumpfen Waffe abgehackt, genau unterhalb der Schulter. Blut strömte aus der furchtbaren Wunde und bildete eine Lache unter seinem Körper.

»Das soll eine Lektion für alle sein, die den Elfen helfen!« Der Truppführer lugte mit seinen roten Schweinsäuglein in den Käfig. »Und er wird nie mehr schmieden können – außer, ihm wächst ein neuer Arm nach! Ich, äh...« Ein riesiger Pferdehirsch lief schwerfällig auf den Truppführer zu, so daß dieser um sein Leben kriechen mußte.

Toede wandte sich der Kreatur zu, die den Pferdehirsch führte. »Sestun! Du Hornochse!« Toede schlug die kleinere Kreatur zu Boden.

Tolpan starrte auf die für einen Goblin sehr kleine Gestalt... Dann erkannte er, daß es ein Gossenzwerg in einer Goblinrüstung war. Der Gossenzwerg erhob sich, schob seinen übergroßen Helm zurück und sah dem Truppführer nach, der zur Spitze der Karawane watschelte. Grollend begann der Gossenzwerg Schlamm in seine Richtung zu werfen. Dies erleichterte offenbar seine Seele, denn er hörte bald auf und führte den Pferdehirsch langsam weiter.

»Mein treuer Freund«, murmelte Gilthanas, während er sich über Theros beugte und die gesunde starke Hand des Schmiedes ergriff. »Du hast für deine Treue mit dem Leben bezahlt.«

Theros sah ihn mit leeren Augen an, offensichtlich konnte er die Stimme des Elfen nicht hören. Gilthanas versuchte, die Blutung zu stillen, aber die Wunde war zu groß. Der Schmied schien vor ihren Augen sein Leben auszuhauchen.

»Nein«, sagte Goldmond und kniete sich neben den Schmied. »Er braucht nicht zu sterben. Ich bin eine Heilerin.«

»Meine Dame«, sagte Gilthanas ungeduldig, »auf Krynn gibt es keinen Heiler, der diesem Mann helfen könnte. Er hat soviel Blut verloren, wie ein Zwerg in seinem ganzen Körper hat! Sein Puls ist so schwach, daß ich ihn kaum spüre. Das einzige, was man für ihn tun kann, ist, ihn in Frieden sterben zu lassen – ohne deine barbarischen Rituale!«

Goldmond ignorierte ihn. Sie legte ihre Hand auf Theros' Stirn und schloß ihre Augen.

»Mishakal«, betete sie, »Göttin der Heilkunst, ehre diesen Mann mit deinem Segen. Wenn sein Schicksal noch nicht erfüllt ist, heile ihn, damit er leben und der Wahrheit dienen kann.«

Gilthanas wollte gerade wieder protestieren und Goldmond wegziehen. Dann hielt er inne und erstarrte vor Erstaunen. Das Blut hörte auf zu fließen, und der Elf konnte zusehen, wie sich die Wunde schloß. Die Blässe im Gesicht des Schmiedes verschwand, sein Atem wurde friedlich und leicht, und er schien in einen gesunden, entspannten Schlaf zu sinken. Die anderen Gefangenen in den Nachbarkäfigen gaben Laute des Erstaunens von sich. Tanis blickte sich unruhig um, ob ein Goblin oder ein Drakonier auch etwas bemerkt hätte, aber anscheinend waren alle mit dem Anspannen der Pferdehirsche beschäftigt. Gilthanas ließ sich wieder in seine Ecke fallen, seine Augen hingen an Goldmond, seine Miene war nachdenklich.

»Tolpan, trag ein wenig Stroh zusammen«, ordnete Tanis an. »Caramon und Sturm, helft mir, ihn in eine Ecke zu bringen.«

»Hier.« Flußwind bot seinen Mantel an. »Deck ihn zu.«
Goldmond sah noch einmal nach Theros, dann setzte sie sich wieder zu Flußwind. Ihr Gesicht strahlte Frieden und ruhige Gelassenheit aus, so daß es schien, als wären die Kreaturen außerhalb des Käfigs die eigentlichen Gefangenen.

Es war schon fast Mittag, als es wieder loszugehen schien. Goblins kamen vorbei und warfen Fleischstücke und Brot in die Käfige. Doch niemand, nicht einmal Caramon, wollte das widerlich stinkende Fleisch essen. Aber das Brot verschlangen sie hungrig, da sie seit dem Abend vorher nichts mehr gegessen hatten. Bald hatte Toede alles unter Kontrolle, und auf seinem schäbigen Pony reitend, gab er den Befehl aufzubrechen. Der Gossenzwerg Sestun trottete hinter Toede. Als er das Fleisch im Schlamm und Dreck vor dem Käfig liegen sah, blieb er stehen, grapschte danach und verschlang es gierig.

Jeder Wagen wurde von vier Pferdehirschen gezogen. Zwei Hobgoblins saßen hoch auf groben hölzernen Plattformen, einer hielt die Zügel, der andere eine Peitsche und ein Schwert. Toede ritt an der Spitze der Karawane, gefolgt von über fünfzig schwerbewaffneten Drakoniern. Ein weiterer Trupp mit doppelt so vielen Hobgoblins marschierte hinter den Käfigen.

Nach viel Verwirrung und vielen Flüchen setzte sich die Karawane schließlich in Bewegung. Einige übriggebliebene Bewohner von Solace sahen zu. Sie ließen es sich nicht anmerken, wenn sie jemanden unter den Gefangenen erkannten. Die Gesichter in den Straßen und in den Käfigen waren Gesichter jener, die keinen Schmerz mehr empfinden. Wie Tika hatten sie geschworen, nie wieder zu weinen.

Die Karawane reiste südlich von Solace auf der alten Straße durch den Torweg-Paß. Die Hobgoblins und Drakonier murrten über das warme Wetter, aber als sie im Schatten der hohen Winde des Passes marschierten, jubelten sie und bewegten sich schneller. Obwohl die Gefangenen froren, hatten sie ihre eigenen Gründe, dankbar zu sein – sie brauchten nicht mehr auf ihre zerstörte Heimat zu sehen.

Am Abend erreichten sie Torweg. Die Gefangenen preßten sich gegen die Stangen, um einen Blick auf die lebhafte Handelsstadt zu werfen. Doch jetzt zeigten nur noch zwei niedrige geschwärzte und geschmolzene Steinmauern, wo die Stadt einst gewesen sein könnte. Kein Lebewesen weit und breit. Die Gefangenen sanken in ihr Elend zurück.

Wieder im freien Gelände, kündigten die Drakonier ihre Vorliebe an, nachts zu reisen. Folgerichtig machte die Karawane bis zur Morgendämmerung nur kurze Pausen. An Schlaf war nicht zu denken in den schmutzigen Käfigen, die über jede Furche in der Straße holperten und rüttelten. Die Gefangenen litten Durst und Hunger. Jene, die das Essen der Drakonier hinunterwürgten, brachen es wieder aus. Nur zwei- oder dreimal am Tag erhielten sie einen kleinen Becher Wasser.

Goldmond kümmerte sich weiter um den verwundeten Schmied. Obwohl Theros Eisenfeld nicht mehr im Sterben lag, war er doch immer noch sehr krank. Hohes Fieber schüttelte ihn, und im Delirium erlebte er die Plünderung von Solace noch einmal. Theros sprach von Drakoniern, deren Körper sich nach ihrem Tod in Säurepfützen verwandelten und das Fleisch ihrer Opfer verbrannten, von Drakoniern, deren Knochen nach ihrem Tod explodierten und alles in weitem Umkreis zerstörten. Tanis hörte dem Schmied zu, der das ganze Entsetzen noch einmal durchlebte, bis ihm übel wurde. Zum ersten Mal wurde ihm das Ausmaß der Ereignisse bewußt. Wie konnten sie hoffen, Drachen zu besiegen, deren Atem töten konnte, deren Magie die der mächtigsten Magier bei weitem übertraf? Wie konnten sie riesige Drakonierarmeen besiegen, wenn sogar die Leichen dieser Kreaturen die Kraft zum Töten hatten?

Alles, was wir haben, dachte Tanis bitter, sind die Scheiben von Mishakal – und was können wir damit anfangen? Er hatte die Scheiben während ihrer Reise von Xak Tsaroth nach Solace genau angeschaut. Er hatte jedoch nur wenig von dem entziffern können, was auf ihnen geschrieben stand. Goldmond hatte zwar jene Worte, die sich auf die Heilkünste bezogen, verstanden, mehr konnte sie jedoch auch nicht entziffern.

»Dem Führer des Volkes wird alles klar sein«, sagte sie in ihrem unerschütterlichen Glauben. »Meine Mission ist es nun, ihn zu finden.«

Tanis wünschte sich, ihre Überzeugung teilen zu können, aber er begann zu bezweifeln, daß *überhaupt* ein Führer diesen mächtigen Lord Verminaard besiegen könnte.

Diese Zweifel verschlimmerten nur die anderen Probleme des Halb-Elfs. Raistlin, seiner Medizin beraubt, hustete so lange, bis er sich in einem fast so schlimmen Zustand wie Theros befand; und Goldmond hatte zwei Patienten zu versorgen. Glücklicherweise half Tika der Barbarin.

Tika, deren Vater auch Magier gewesen war, flößte jeder, der mit Magie umgehen konnte, Ehrfurcht ein.

In der Tat war es Tikas Vater gewesen, der unabsichtlich Raistlin seine Berufung gewiesen hatte. Raistlins Vater hatte die Zwillinge und seine Stieftochter Kitiara zum örtlichen Sommerfest mitgenommen, wo die Kinder den hübschen Waylan bei der Vorführung seiner Illusionen beobachteten. Der achtjährige Caramon langweilte sich bald und war schnell bereit, seine Halbschwester zu der Vorführung zu begleiten, die sie anzog – das Schwertspiel. Raistlin, schon damals mager und zerbrechlich, hatte für diese aktiven Sportarten nichts übrig. Er verbrachte den ganzen Tag damit, Waylan dem Illusionisten zuzusehen. Als die Familie am Abend nach Hause zurückkehrte, erstaunte Raistlin sie damit, daß er in der Lage war, jeden Trick einwandfrei nachzuahmen. An einem der folgenden Tage gab der Vater den Jungen in die Lehre bei einem der großen Meister der magischen Künste.

Tika hatte Raistlin schon immer bewundert, und sie war von den Geschichten, die sie über seine geheimnisvolle Reise zu den legendären Türmen der Erzmagier gehört hatte, beeindruckt gewesen. Nun pflegte sie den Magier aus Respekt und ihrem angeborenen Bedürfnis, den Schwächeren zu helfen. Sie pflegte ihn auch (das gab sie sich insgeheim zu), weil dies ihr ein dankbares und anerkennendes Lächeln von Raistlins gutaussehendem Zwillingsbruder einbrachte.

Tanis war sich nicht sicher, worüber er sich mehr Sorgen machen sollte – über den sich verschlechternden Zustand des Magiers oder über die sich anbahnende Liebesgeschichte zwischen dem älteren, erfahrenen Krieger und dem jungen und – wie Tanis trotz der Gerüchte glaubte – unerfahrenen, verletzbaren Mädchen.

Dann gab es noch ein weiteres Problem. Sturm, durch die Gefangennahme gedemütigt und durch das Land gezogen wie ein Tier zum Schlachter, fiel in eine tiefe Depression, von der Tanis glaubte, daß er niemals aus ihr herauskommen würde. Entweder saß Sturm den ganzen Tag herum und starrte durch die Stangen nach draußen, oder, was noch schlimmer war, er sank in Perioden tiefen Schlafs, aus denen er nur schwer geweckt werden konnte.

Schließlich hatte Tanis mit seinem eigenen inneren Aufruhr zu kämpfen, der sich körperlich durch den in der Ecke des Käfigs sitzenden Elfen manifestierte. Jedesmal, wenn er Gilthanas ansah, wurde Tanis von Erinnerungen an seine Heimat Qualinesti verfolgt. Als sie sich seiner Heimat näherten, waren die Erinnerungen, die er tot und vergessen wähnte, in seinen Geist geschlichen. Ihre Berührung war genauso eisig wie die Berührung der Untoten im Düsterwald.

Gilthanas, Freund aus der Kindheit – mehr als ein Freund, ein Bruder. Aufgewachsen im selben Haus und fast gleichaltrig, spielten, kämpften und vergnügten sich die beiden gemeinsam. Als Gilthanas' kleine Schwester alt genug wurde, erlaubten die Jungen dem anziehenden blonden Mädchen, mit ihnen zu spielen. Eines der Lieblingsspiele der drei war es, den älteren Bruder Porthios zu necken. Porthios war ein starker und ernsthafter junger Mann, der im frühen Alter die Verantwortung über sein Volk übernahm. Gilthanas, Laurana und Porthios waren die Kinder der Stimme der Sonnen, des Herrschers der Elfen in Qualinesti, eine Position, die Porthios nach dem Tod seines Vaters einnehmen würde.

Einige im Elfenkönigreich fanden es merkwürdig, daß die Stimme der Sonnen den Bastardsohn der Gattin seines toten

Bruders aufgenommen hatte, das Produkt der Vergewaltigung durch einen menschlichen Krieger. Sie war nur Monate nach der Geburt ihres Mischlingskindes an Kummer gestorben. Aber die Stimme der Sonnen, feste Ansichten über Verantwortlichkeit hegend, nahm den Jungen ohne zu zögern auf. Erst viele Jahre später, als er mit wachsendem Unbehagen die sich entwickelnde Beziehung zwischen seiner geliebten Tochter und dem Halb-Elf beobachtete, begann er seinen Entschluß zu bedauern. Die Situation verwirrte auch Tanis. Da er zur Hälfte Mensch war, erwarb der junge Mann eine Reife, die das sich langsamer entwickelnde Elfenmädchen nicht verstand. Tanis sah, daß ihre Vereinigung die Familie, die er liebte, ins Unglück stürzen würde. Zudem war er von einem inneren Konflikt zerrissen, der ihn auch im späteren Leben immer wieder quälen würde: der ständige Kampf zwischen der elfischen und der menschlichen Seite in ihm. Im Alter von achtzig – was ungefähr zwanzig Menschenjahren entspricht – verließ Tanis Qualinost. Die Stimme der Sonnen war darüber nicht traurig gewesen. Er versuchte, seine Gefühle gegenüber dem jungen Halb-Elf zu verbergen, aber beide wußten Bescheid.

Gilthanas war nicht so taktvoll gewesen. Er und Tanis hatten bittere Worte wegen Laurana gewechselt. Es hatte Jahre gedauert, bis der Stachel jener Worte nicht mehr schmerzte, aber Tanis fragte sich, ob er jemals wirklich vergessen oder vergeben hatte. Gilthanas hatte eindeutig beides nicht.

Die Reise war für beide sehr lang. Tanis unternahm einige Versuche, eine oberflächliche Unterhaltung zu führen. Ihm war sehr schnell bewußt geworden, daß Gilthanas sich verändert hatte. Der junge Elfenlord war immer offen, ehrlich und vergnügt gewesen. Seinen älteren Bruder hatte er nie um die Verantwortung beneidet, die mit seiner Rolle als Thronfolger verbunden war. Gilthanas war ein Gelehrter, ein Amateur in den magischen Künsten und niemals so ernsthaft wie Raistlin. Er war ein hervorragender Krieger, obwohl ihm das Kämpfen, wie allen Elfen, mißfiel. Er war mit seiner Familie eng verbunden, insbesondere mit seiner Schwester. Aber jetzt saß er still und niedergeschlagen da, für einen Elfen ein ungewöhnliches Bild abgebend. Das einzige Mal, daß er Interesse zeigte, war, als Caramon begann, einen Ausbruch zu planen. Gilthanas entgegnete ihm hitzig, er solle es vergessen, er würde nur alles verderben. Als er zur Zusammenarbeit gedrängt wurde, fiel der Elf in Schweigen und murmelte nur noch etwas wie: »Wirklich überwältigende Chancen.«

Bei Sonnenaufgang des dritten Tages war die drakonische Armee vom nächtlichen Marsch erschöpft und freute sich auf eine Rast. Die Gefährten hatten eine weitere schlaflose Nacht verbracht und konnten sich nur auf einen weiteren kühlen und trostlosen Tag freuen. Aber plötzlich hielten die Käfigwagen. Tanis, über die Änderung der Routine verwundert, sah auf. Die anderen Gefangenen erhoben sich und blickten durch die Käfigstangen. Sie erblickten einen alten Mann, in ein langes Gewand gekleidet, das einst weiß gewesen sein mußte, und mit einem zerbeulten, spitz zulaufenden Hut auf dem Kopf. Er schien sich mit einem Baum zu unterhalten.

»Ich sage... hörst du mich?« Der alte Mann schüttelte seinen abgenutzten Wanderstab gegen die Eiche. »Ich sagte, beweg dich, und das ist mein Ernst! Ich habe auf diesem Stein gesessen« – er zeigte auf einen Findling – »und den Sonnenaufgang genossen, als du die Unverschämtheit besessen hast, einen Schatten zu werfen und mich zu kühlen! Bewege dich sofort, sage ich!«

Weder antwortete der Baum, noch bewegte er sich.

»Ich werde mich nicht mit deiner Frechheit abfinden!« Der alte Mann begann mit dem Stock auf den Baum einzuschlagen. »Bewege dich oder ich... ich...«

»Sperrt diesen Verrückten in einen Käfig!« rief Truppführer Toede, der von der Spitze der Karawane herangaloppiert kam.

»Hände weg!« kreischte der alte Mann die Drakonier an, die zu ihm rannten. Er schlug nun schwach mit seinem Stock auf sie ein, bis sie ihn ihm abnahmen. »Verhaftet den Baum!« drängte er. »Verhinderung von Sonnenlicht! Das ist die Anklage!«

Die Drakonier warfen den alten Mann in den Käfig der Gefährten. Er stolperte über seine Robe und fiel hin.

»Ist alles in Ordnung, Alter?« fragte Flußwind, als er dem alten Mann beim Aufsitzen half.

Goldmond ging von Theros' Seite. »Ja, Alter«, sagte sie leise. »Bist du verletzt? Ich bin eine Klerikerin von...«

»Mishakal!« sagte er und blickte auf das Amulett um ihren Hals. »Wie interessant.« Er starrte sie erstaunt an. »Du siehst aber nicht wie dreihundert Jahre aus!«

Goldmond blinzelte, unsicher, wie sie reagieren sollte. »Woher weißt du? Hast du es wiedererkannt...? Ich bin nicht dreihundert Jahre alt...« Sie wurde immer verwirrter.

»Natürlich, du nicht. Tut mir leid, meine Liebe.« Der alte Mann tätschelte ihre Hand. »Man sollte niemals das Alter einer Dame in der Öffentlichkeit besprechen. Vergib mir. Es wird nie wieder passieren. Unser kleines Geheimnis«, sagte er mit durchdringendem Flüsterton. Tolpan und Tika fingen zu kichern an. Der alte Mann sah sich um. »Nett von euch, anzuhalten und mich ein Stück mitzunehmen. Die Straße nach Qualinost ist lang.«

»Wir fahren nicht nach Qualinost«, sagte Gilthanas scharf. »Wir sind Gefangene und auf dem Weg zu den Sklavenminen von Pax Tarkas.«

»Oh? Sollte da nicht noch eine andere Gruppe vorbeikommen? Ich hätte schwören können, es wäre diese.«

»Wie heißt du, Alter«, fragte Tika.

»Mein Name?« Der alte Mann zögerte und runzelte die Stirn. »Fizban? Ja, genau, Fizban.«

»Fizban!« wiederholte Tolpan, als der Käfig sich wieder in Bewegung setzte. »Das ist kein Name!«

»Ist es nicht?« fragte der alte Mann versonnen. »Das ist aber schade. Mir gefiel er ganz gut.«

»Ich finde, es ist ein schöner Name«, sagte Tika und blickte kurz zu Tolpan. Der Kender verkroch sich in eine Ecke, seine Augen hingen an den Beuteln, die über der Schulter des alten Mannes baumelten.

Plötzlich begann Raistlin zu husten, und alle wandten ihre Aufmerksamkeit ihm zu. Seine Hustenanfälle waren zusehends schlimmer geworden. Er war erschöpft und hatte Schmerzen. Goldmond konnte ihm nicht helfen. Was auch immer den Magier im Innern verbrannte, die Klerikerin vermochte nicht, ihn zu heilen. Caramon kniete neben ihm und wischte ihm das Blut weg, das er aushustete.

»Er muß seinen Kräutertrank haben!« Caramon blickte voller Angst auf. »Ich habe ihn noch nie so leiden gesehen. Wenn sie nicht darauf eingehen« – der große Mann knurrte – »werde ich ihre Köpfe brechen! Es ist mir egal, wie viele es sind!«

»Wir werden heute abend mit ihnen reden«, versprach Tanis, obwohl er sich die Antwort des Truppführers schon denken konnte.

»Entschuldigt mich«, sagte der alte Mann. »Darf ich?« Fizban setzte sich zu Raistlin. Er legte seine Hand auf den Kopf des Magiers und sprach ein paar Worte. Caramon konnte »Fistandan...« und »nicht die Zeit...« verstehen. Sicherlich war das kein Heilgebet, wie es Goldmond machte, aber der große Mann sah, daß sein Bruder darauf ansprach! Raistlins Augenlider zitterten und öffneten sich. Er sah auf den alten Mann mit einem wilden Ausdruck der Angst und ergriff Fizbans Handgelenk mit seiner dünnen, zerbrechlichen Hand. Einen Moment schien es, daß Raistlin den alten Mann kannte, dann strich Fizban mit seiner Hand über die Augen des Magiers. Der ängstliche Blick verschwand und wurde durch Verwirrung ersetzt.

»Hallo«, strahlte Fizban ihn an. »Mein Name ist – uh – Fizban.« Er warf Tolpan einen strengen Blick zu und brachte den Kender zum Lachen.

»Du bist... Magier!« wisperte Raistlin. Sein Husten war verschwunden.

»Ja, ich glaube ja.«

»Ich auch!« sagte Raistlin und setzte sich mühsam auf.

»Im Ernst!« Fizban schien äußerst amüsiert. »Kleine Welt

Krynn. Ich muß dir einige meiner Zaubereien beibringen. Ich habe einen... eine Feuerkugel... mal sehen, wie ging das nochmal?«

Der alte Mann redete lange Zeit drauflos und redete immer noch, als die Karawane bei Sonnenuntergang anhielt.

Gerettet
Fizbans Magie

Raistlin litt körperlich. Sturm litt seelisch, aber derjenige, der vielleicht am meisten litt während der viertägigen Gefangenschaft, war Tolpan.

Die grausamste Folter, die man einem Kender antun kann, ist, ihn einzusperren. Natürlich wird im allgemeinen angenommen, daß die grausamste Folter, die man jedem anderen antun könnte, sei, ihn mit einem Kender einzusperren. Nach drei Tagen mit Tolpans unablässigem Geplapper, Faxen und Streichen hätten die Gefährten gerne eine friedliche Stunde auf der Folterbank verbracht, um ihm zu entkommen – zumindest sagte das Flint. Als schließlich selbst Goldmond die Geduld verlor und Tolpan beinahe geschlagen hätte, schickte Tanis ihn in den hinteren Teil des Wagens. Mit den Beinen außen baumelnd, preßte der Kender sein Gesicht gegen die Eisenstangen und dachte, er würde vor Elend sterben. Er hatte sich in seinem ganzen Leben noch nie so gelangweilt.

Mit Fizban wurde es schon wieder interessanter, aber sein Wert sank wieder, als Tanis Tolpan befahl, dem alten Magier seine Beutel zurückzugeben. Und so, am Punkt der Verzweiflung angelangt, suchte sich Tolpan einen neuen Zeitvertreib.

Sestun, den Gossenzwerg.

Die Gefährten betrachteten Sestun im allgemeinen mit amüsiertem Mitleid. Der Gossenzwerg war der Gegenstand von Toedes Gespött und Mißhandlung. Die ganze Nacht lang erledigte er die Botengänge des Truppführers und trug Toedes Nachrichten vom Anfang der Karawane zum Hobgoblinhauptmann am Ende, besorgte das Essen für den Truppführer aus dem Versorgungswagen, fütterte und tränkte das Pony des Truppführers und führte jede weitere garstige Aufgabe aus, die sich der Truppführer ausdenken konnte. Toede schlug ihn mindestens dreimal am Tag zu Boden, die Drakonier quälten ihn, und die Hobgoblins stahlen sein Essen. Selbst der Pferdehirsch trat nach ihm, sobald er vorbeitrottete. Der Gossenzwerg ertrug alles mit solch einem grimmigen Trotz, daß er die Sympathie der Gefährten gewann.

Sestun begann sich in der Nähe der Gefährten aufzuhalten, wenn er nicht beschäftigt war. Tanis, neugierig auf Informationen über Pax Tarkas, fragte ihn über seine Heimat aus und wie er dazu gekommen war, für den Truppführer zu arbeiten. Sestun brauchte für die Geschichte einen ganzen Tag, und die Gefährten brauchten einen weiteren Tag, um die Teile zusammenzusetzen, da er in der Mitte angefangen und mit dem Anfang geendet hatte.

Aber seine Geschichte stellte keine große Hilfe dar. Sestun lebte mit einer großen Gruppe von Gossenzwergen in den Bergen um Pax Tarkas, als Lord Verminaard und seine Drakonier die Eisenerzminen erobert hatten, die er für die Herstellung der Waffen für seine Truppen brauchte.

»Großes Feuer – jeden Tag, jede Nacht. Schlechter Geruch.« Sestun zog die Nase kraus. »Auf Stein hämmern. Jeden Tag, jede Nacht. Ich habe guten Job in Küche« – sein Gesicht erhellte sich einen Moment – »mache heiße Suppe. Sehr heiß.« Sein Gesicht verdunkelte sich. »Suppe verschüttet. Heiße Suppe ganz schnell Rüstung erhitzt. Lord Verminaard schläft auf Rücken eine Woche.« Er seufzte. »Ich gehe mit Truppführer. Ich Freiwilliger.«

»Vielleicht können wir die Minen stillegen«, schlug Caramon vor.

»Das ist ein Gedanke«, sinnierte Tanis. »Wie viele Drakonier bewachen die Minen?«

»Zwei!« sagte Sestun und hob zehn schmutzige Finger.

Tanis seufzte und erinnerte sich, daß sie schon einmal so etwas gehört hatten.

Sestun sah hoffnungsvoll zu ihm hoch. »Es sind auch nur zwei Drachen da.«

»Zwei Drachen!« fragte Tanis ungläubig.

»Nicht mehr als zwei.«

Caramon stöhnte und setzte sich zurück. Der Krieger hatte sich seit Xak Tsaroth ernsthafte Gedanken über das Bekämpfen von Drachen gemacht. Er und Sturm waren jeder Legende über Huma nachgegangen, den einzigen bekannten Drachenämpfer, an den sich der Ritter erinnern konnte. Unglücklicherweise hatte niemand die Legenden von Huma zuvor ernstgenommen (außer den solamnischen Rittern, die dafür verspottet wurden), und viele Geschichten über Huma waren im Laufe der Zeit verzerrt worden oder in Vergessenheit geraten.

»Ein Ritter der Wahrheit und der Macht, der die Götter angefleht und die mächtige Drachenlanze geschmiedet hat«, murmelte Caramon jetzt und blickte zu Sturm, der auf dem strohbedeckten Boden ihres Gefängnisses schlief.

»Drachenlanze?« murmelte Fizban, der mit einem Schnarchen erwachte. »Drachenlanze? Wer sagte etwas über die Drachenlanze?«

»Mein Bruder«, wisperte Raistlin und lächelte bitter. »Er zitiert das Hohelied. Anscheinend haben er und der Ritter eine plötzliche Vorliebe für Kindergeschichten, von denen sie nun verfolgt werden.«

»Gute Geschichte, Huma und die Drachenlanze«, sagte der alte Mann und strich über seinen Bart.

»Geschichte – ja, vielleicht ist es das.« Caramon gähnte und kratzte sich an der Brust. »Wer weiß, ob es stimmt, ob es die Drachenlanze wirklich gab, ob Huma überhaupt gelebt hat.«

»Wir wissen, daß es Drachen gibt«, murmelte Raistlin.

»Huma hat gelebt«, sagte Fizban leise. »Und die Drachenlanze gab es auch.« Das Gesicht des alten Mannes wurde traurig.

»Was?« Caramon setzte sich auf. »Kannst du sie beschreiben?«

»Natürlich!« Fizban zog verächtlich die Nase hoch.

Nun hörten alle zu. Fizban war in der Tat ein wenig verwirrt über seine Zuhörerschaft.

»Es war eine Waffe ähnlich der – nein, das stimmt nicht. Tatsächlich war sie – nein, auch nicht. Sie war eher... fast ein... eher eine – Lanze, genau! Eine Lanze!« Er nickte ernsthaft. »Und ganz gut gegen Drachen.«

»Ich mache ein Nickerchen«, knurrte Caramon.

Tanis lächelte und schüttelte den Kopf. Er lehnte sich gegen die Stangen und schloß erschöpft seine Augen. Bald waren alle außer Raistlin und Tolpan in einen unruhigen Schlaf gefallen. Der Kender, hellwach und gelangweilt, blickte hoffnungsvoll zu Raistlin. Manchmal, wenn Raistlin gute Laune hatte, erzählte er Geschichten über Magier. Aber der Magier starrte neugierig Fizban an. Der alte Mann hatte sich auf eine Bank gesetzt, schnarchte leise, sein Kopf bewegte sich ruckweise hin und her, wenn der Wagen über die Straße holperte. Raistlins goldene Augen verengten sich zu Schlitzen, als ob ihm ein neuer und beunruhigender Gedanke gekommen wäre. Kurz darauf zog er seine Kapuze über den Kopf und lehnte sich zurück, sein Gesicht verschwand im Schatten.

Tolpan seufzte. Dann sah er Sestun nahe am Käfig vorüberlaufen. Der Kender strahlte. Hier, das wußte er, war eine dankbare Zuhörerschaft für seine Geschichten.

Tolpan rief ihn zu sich und begann, eine seiner Lieblingsgeschichten zu erzählen. Die beiden Monde gingen unter. Die Gefangenen schliefen. Die Hobgoblins schleppten sich halbschlafend hinter dem Wagen her und unterhielten sich über eine Pause. Truppführer Toede ritt vorweg und träumte von seiner Beförderung. Hinter dem Truppführer murmelten die Drakonier in ihrer rauhen Sprache und warfen Toede haßerfüllte Blicke zu, wenn er wegsah.

Tolpan ließ seine Beine durch die Eisenstangen des Käfigs baumeln und erzählte Sestun seine Geschichte. Dabei bemerkte er, daß Gilthanas nur vorgab zu schlafen. Tolpan sah, wie der Elf seine Augen öffnete und sich schnell umsah, wenn er sich unbeobachtet fühlte. Das machte Tolpan unglaublich neugierig. Es schien fast, als ob Gilthanas auf etwas warten würde. Der Kender verlor den Faden in seiner Geschichte.

»Und so habe ich... oh... einen Stein aus seinem Beutel genommen, warf ihn und – traf den Zauberer am Kopf«, schloß Tolpan eilig seine Erzählung. »Der Dämon packte den Zauberer an den Füßen und zog ihn hinunter in die Tiefen des Abgrundes.«

»Aber erst hat Dämon dir gedankt«, half Sestun nach, der die Geschichte – mit Abweichungen – schon zweimal gehört hatte. »Du vergessen.«

»Habe ich?« fragte Tolpan, während er Gilthanas nicht aus den Augen ließ. »Na gut, der Dämon dankte mir und nahm uns den magischen Ring weg, den er mir gegeben hatte. Wenn es nicht dunkel wäre, könntest du den Umriß des Ringes, der auf meinem Finger eingebrannt ist, erkennen.«

»Sonne aufgehen. Morgen bald. Ich sehe dann«, sagte der Gossenzwerg eifrig.

Es war immer noch dunkel, aber ein schwaches Licht im Osten deutete an, daß die Sonne bald aufgehen würde.

Plötzlich hörte Tolpan einen Vogel im Wald zwitschern. Mehrere antworteten ihm. Was für merkwürdig klingende Vögel, dachte Tolpan. Niemals zuvor hatte er so etwas gehört. Aber andererseits war er auch noch nie so tief im Süden gewesen. Er wußte aufgrund seiner vielen Landkarten, wo sie sich befanden. Sie hatten die einzige Brücke über den Weißen Fluß passiert und steuerten nach Süden, auf Pax Tarkas zu, das auf der Karte des Kenders als die Stätte der berühmten Thardarkan-Eisenerzminen verzeichnet war. Das Land begann anzusteigen, und dichte Espenwälder tauchten im Westen auf. Die Drakonier und Hobgoblins behielten die Wälder im Auge und beschleunigten das Tempo. Verborgen in diesen Wäldern lag Qualinesti, das uralte Elfenreich.

Ein anderer Vogel rief, diesmal viel näher. Dann sträubten sich Tolpans Haare, als der gleiche Vogelruf direkt hinter ihm ertönte. Der Kender drehte sich um: Gilthanas war auf den Füßen, die Finger an den Lippen, ein unheimlicher Pfeifton fuhr durch die Luft.

»Tanis!« rief Tolpan, aber der Halb-Elf war bereits wach, wie alle anderen im Wagen.

Fizban setzte sich auf, gähnte und blickte sich um. »O gut«, sagte er sanft, »die Elfen sind da.«

»Was für Elfen – wo?« Tanis richtete sich auf.

Plötzlich ertönte ein surrendes Geräusch, wie ein Schwarm Wachteln, der sich in die Luft erhebt. Dann folgte ein Schrei aus dem vor ihnen fahrenden Versorgungswagen, es krachte, als der nun führerlose Wagen in eine Furche geriet und sich überschlug. Der Fahrer ihres Käfigwagens zog scharf an den Zügeln und hielt den Pferdehirsch an, bevor beide Hobgoblins zum zerstörten Versorgungswagen liefen. Das gefährliche Schaukeln des Käfigs warf die Gefangenen zu Boden.

Plötzlich schrie der Kutscher des Käfigwagens auf und griff sich an den Hals, an dem die Gefährten den gefiederten Schaft eines Pfeils erkennen konnten. Der andere Wachmann sprang mit gezogenem Schwert auf, dann stürzte aber auch er mit einem Pfeil in der Brust zu Boden. Der Pferdehirsch, der merkte, daß sich die Zügel lockerten, wurde langsamer, bis der Wagen anhielt. Schreie hallten entlang der ganzen Karawane, als Pfeile durch die Luft zischten.

Die Gefährten preßten sich flach auf den Boden.

»Was ist das? Was ist los?« fragte Tanis Gilthanas.

Aber der Elf ignorierte ihn, spähte durch die aufziehende Dämmerung in den Wald. »Porthios!« rief er.

»Tanis, was ist passiert?« Sturm richtete sich auf, es waren seine ersten Worte seit vier Tagen.

»Porthios ist Gilthanas' Bruder. Ich denke, dies ist eine Rettungsaktion«, sagte Tanis. Ein Pfeil zischte vorbei und bohrte sich in die Holzseite des Wagens, um Haaresbreite den Ritter verfehlend.

»Es wird aber nicht viel gerettet werden, wenn wir alle sterben!« Sturm ließ sich wieder auf den Boden fallen. »Ich dachte immer, Elfen wären Meisterschützen.«

»Bleibt unten«, befahl Gilthanas. »Die Pfeile dienen nur zur Deckung für unsere Flucht. Wir müssen bereit sein, in die Wälder zu laufen.«

»Und wie kommen wir aus diesem Käfig?« fragte Sturm.

»Wir können nicht alles für euch tun!« erwiderte Gilthanas kühl. »Es sind Magier hier...«

»Ohne meine Zauberzutaten kann ich nicht arbeiten!« zischte Raistlin unter der Bank. »Bleib unten, Alter«, sagte er zu Fizban, der den Kopf gehoben hatte und sich interessiert umschaute.

»Vielleicht kann ich helfen«, sagte der alte Magier, seine Augen strahlten. »Nun, laßt mich nachdenken...«

»Was im Namen des Abgrundes ist hier los?« brüllte eine Stimme aus der Dunkelheit. Truppführer Toede galoppierte auf seinem Pony heran. »Warum haben wir angehalten?«

»Wir unter Angriff!« schrie Sestun und kroch unter einem Käfig hervor, wo er Schutz gesucht hatte.

»Angriff! *Blyxtshok!* Bringt diesen Wagen zum Fahren!«

schrie Toede. Ein Pfeil bohrte sich in den Sattel des Truppführers. Toedes rote Augen quollen hervor, und er starrte ängstlich in die Wälder. »Wir werden angegriffen! Elfen! Sie versuchen, die Gefangenen zu befreien!«

»Fahrer und Wache tot!« meldete Sestun und drückte sich gegen den Käfig, als ein anderer Pfeil an ihm vorbeisauste. »Was ich tun?«

Ein Pfeil surrte über Toedes Kopf. Er bückte sich und mußte sich an den Hals des Ponys klammern, um nicht herunterzufallen. »Ich hole einen anderen Fahrer«, sagte er eilig. »Du bleibst hier. Du bewachst die Gefangenen mit deinem Leben! Wenn sie entkommen, wirst du mir dafür büßen!«

Der Truppführer gab seinem Pony die Sporen, und das vor Angst fast wahnsinnige Tier sprengte davon. »Meine Wache! Hobgoblins! Zu mir!« gellte der Truppführer, während er zum hinteren Teil der Karawane ritt. Seine Schreie verhallten. »Hunderte von Elfen! Wir sind umzingelt. Das muß ich Lord Verminaard berichten.« Toede hielt an, als er einen Drakonierhauptmann erblickte. »Ihr Drakonier bleibt bei den Gefangenen!« Wieder gab er dem Pony die Sporen, schrie weiter, und hundert Hobgoblins verließen hinter ihrem mutigen Anführer den Schauplatz der Schlacht. Bald waren sie außer Sichtweite.

»Nun, die sind wir schon mal los«, sagte Sturm, sein Gesicht entspannte sich zu einem Lächeln. »Jetzt brauchen wir uns nur noch über fünfzig Drakonier Sorgen zu machen. Nebenbei bemerkt, ich glaube nicht, daß Hunderte von Elfen draußen sind.«

Gilthanas schüttelte den Kopf. »Nicht mehr als zwanzig.«

Tika, die flach auf dem Boden lag, hob vorsichtig den Kopf und sah nach Süden. Im blassen Morgenlicht konnte sie etwa eine Meile entfernt die schwerfälligen Gestalten der Drakonier erkennen, die auf beiden Seiten der Straße Deckung suchten, als die Elfen in ihre Reihen schossen. Sie berührte Tanis' Arm.

»Wir müssen aus dem Käfig raus«, sagte Tanis. »Die Drakonier werden sich keine Mühe machen, uns nach Pax Tarkas zu bringen, da der Truppführer verschwunden ist. Sie werden uns gleich hier abschlachten. Caramon?«

»Ich werde es versuchen«, knurrte der Krieger. Er stand auf und umklammerte die Eisenstangen mit seinen riesigen Händen. Er schloß die Augen, holte tief Luft und versuchte, die Stangen auseinanderzubiegen. Sein Gesicht lief rot an, seine Muskeln traten hervor, die Knöchel wurden weiß. Nichts geschah. Nach Atem ringend warf sich Caramon auf den Boden.

»Sestun!« schrie Tolpan. »Deine Axt! Zerschlag das Schloß!«

Der Gossenzwerg riß seine Augen weit auf. Er starrte auf die Gefährten, dann den Weg hinunter, den der Truppführer genommen hatte. Sein Gesicht war im Kampf der Unentschlossenheit verzerrt.

»Sestun...«, begann Tolpan. Ein Pfeil zischte am Kender vorbei. Die Drakonier kamen immer näher und beschossen die Käfige. Tolpan legte sich flach auf den Boden. »Sestun«, begann er wieder, »hilf uns, du kannst mit uns kommen!«

Ein Blick fester Entschlossenheit verhärtete Sestuns Gesichtszüge. Er griff nach seiner Axt. Die Gefährten beobachteten mit atemloser Enttäuschung, wie Sestun nach seiner Axt suchte, die mitten auf seinem Rücken hing. Schließlich entdeckte eine Hand den Griff, und er zog die Axt hervor. Die Klinge funkelte im grauen Licht der Dämmerung.

Flint sah sie und stöhnte. »Diese Axt ist älter als ich! Sie muß noch von vor der Umwälzung stammen! Er kann wahrscheinlich damit nicht einmal das Gehirn eines Kenders durchschneiden, geschweige denn ein Schloß!«

»Pssst!« machte Tanis, obwohl seine eigenen Hoffnungen beim Anblick der Waffe des Gossenzwerges sanken. Es war nicht einmal eine Kampfaxt, nur eine kleine, zerdellte und rostige Axt, mit der man Holz hacken konnte und die der Gossenzwerg anscheinend irgendwann gefunden und mitgenommen hatte, in der Meinung, es wäre eine Waffe. Sestun steckte die Axt zwischen seine Knie und spuckte in die Hände.

Pfeile zischten und surrten durch die Käfigstangen. Einer traf Caramons Schild. Ein anderer durchschlug Tikas Bluse und ritzte ihren Arm. Tika konnte sich nicht erinnern, in ihrem Leben mehr Angst gehabt zu haben – nicht einmal in jener Nacht, als die Drachen Solace überfallen hatten. Sie wollte schreien, sie wollte, daß Caramon seinen Arm um sie legte. Aber Caramon wagte nicht, sich zu bewegen.

Tika blickte zu Goldmond, die den verletzten Theros mit ihrem Körper schützte, ihr Gesicht war zwar blaß, aber gelassen. Tika preßte ihre Lippen zusammen und atmete tief ein. Grimmig zog sie den Pfeil aus der Bluse und warf ihn weg, ignorierte den stechenden Schmerz im Arm. Sie sah wieder zu den Drakoniern, die immer noch etwas verwirrt schienen durch den plötzlichen Angriff und das Verschwinden von Toede, sich aber jetzt wieder organisierten und auf die Käfige zurannten. Ihre Pfeile füllten die Luft. Ihre Brustpanzer strahlten im grauen Morgenlicht wie das helle Metall ihrer Langschwerter, die sie zwischen ihren Kiefern hielten.

»Die Drakonier kommen näher«, berichtete sie Tanis. Sie versuchte, klar und deutlich zu sprechen.

»Beeil dich, Sestun!« schrie Tanis.

Der Gossenzwerg packte die Axt, schwang sie mit seiner ganzen Kraft – und verfehlte das Schloß, strich nur über die Eisenstangen, daß ihm fast die Axt aus den Händen fiel. Er hob entschuldigend die Achseln und schwang von neuem die Axt. Dieses Mal traf er das Schloß.

»Er hat nicht einmal eine Delle geschlagen«, meldete Sturm.

»Tanis«, stammelte Tika. Mehrere Drakonier waren nun nur noch wenige Meter von ihnen entfernt, zwar für einen Augenblick von den Elfenschützen abgelenkt, aber jede Hoffnung auf Rettung schien verloren.

Sestun traf wieder das Schloß.

»Er hat es nur angeschlagen«, sagte Sturm ärgerlich. »Bei dieser Geschwindigkeit werden wir ungefähr in drei Tagen hier raus sein! Was machen denn überhaupt die Elfen? Warum hören sie nicht auf, herumzuschleichen, und greifen endlich an!«

»Wir haben nicht genügend Männer, um diese Truppe anzugreifen!« entgegnete Gilthanas wütend und kroch zum Ritter.

»Sie kommen zu uns, wenn sie können! Sie sind weiter vorn. Sieh, andere flüchten schon.«

Der Elf zeigte auf die zwei Wagen vor ihnen. Die Elfen hatten die Schlösser aufgebrochen, und die Gefangenen rasten wie verrückt in die Wälder, während die Elfen ihnen von den Bäumen Deckung gaben. Aber sobald die Gefangenen in Sicherheit waren, zogen sich die Elfen in die Bäume zurück.

Die Drakonier hatten nicht die Absicht, ihnen in den Elfenwäldern nachzustürmen. Sie waren auf den letzten Gefangenenkäfig und den Wagen mit dem Eigentum der Gefangenen aus. Die Gefährten konnten die Rufe des Drakonierhauptmannes hören. Die Bedeutung war klar: »Tötet die Gefangenen. Teilt die Beute auf.«

Alle konnten erkennen, daß die Drakonier sie lange vor den Elfen erreichen würden. Tanis fluchte vor Enttäuschung. Es schien alles vergeblich zu sein. Er fühlte eine Bewegung neben sich. Der alte Magier Fizban erhob sich.

»Nein, Alter!« Raistlin zog an Fizbans Kleidern. »Bleib in Deckung!«

Ein Pfeil zischte durch die Luft und traf den zerbeulten Hut des alten Mannes. Fizban, der vor sich hin murmelte, schien es nicht zu bemerken. Er stellte im grauen Licht ein wundervolles Ziel dar. Drakonierpfeile surrten wie Wespen um ihn herum und schienen genausowenig Wirkung zu haben, obwohl Fizban leicht verärgert schien, als ein Pfeil den Beutel traf, in dem er gerade wühlte.

»Geh runter!« brüllte Caramon. »Du lenkst sie auf dich!«

Fizban kniete sich einen Moment hin, aber nur, um zu Raistlin zu sprechen. »Sag mal, mein Junge«, sagte er, als ein Pfeil genau da vorbeiflog, wo er gestanden hatte. »Hast du ein bißchen Fledermausguano dabei? Ich habe nichts mehr.«

»Nein, Alter«, flüsterte Raistlin hektisch. »Geh runter!«

»Nein? Schade. Nun, ich denke, dann muß ich's anders versuchen.« Und er rollte die Ärmel seines Gewandes hoch. Er schloß die Augen, zeigte auf die Käfigtür und begann seltsame Worte zu murmeln.

»Welchen Zauber macht er denn?« fragte Tanis Raistlin. »Verstehst du ihn?«

Der junge Magier hörte aufmerksam zu, seine Augenbrauen zogen sich zusammen. Plötzlich riß Raistlin seine Augen weit auf. »NEIN!« schrie er und versuchte, am Gewand des alten Magiers zu ziehen, um seine Konzentration zu stören. Aber es war zu spät. Fizban hatte gerade seinen Spruch beendet und zeigte mit dem Finger zum Schloß der hinteren Tür des Käfigs.

»Geht in Deckung!« Raistlin warf sich unter eine Bank. Sestun, der den alten Magier auf die Käfigtür zeigen gesehen hatte – und auf ihn auf der anderen Seite –, fiel flach aufs Gesicht. Drei Drakonier, die die Käfigtür erreicht hatten, konnten gerade noch abbremsen und starrten beunruhigt darauf.

»Was ist los!« schrie Tanis.

»Feuerkugel!« keuchte Raistlin, und in diesem Moment schoß eine gigantische Kugel mit einem gelborangefarbenen Feuer aus den Fingerspitzen des alten Magiers und schlug mit einem explosiven Knall gegen die Käfigtür. Tanis vergrub sein Gesicht in seinen Händen, als die Flammen um ihn zischten und sich bauschten. Eine Hitzewelle überspülte ihn und drang in seine Lungen. Er hörte die Drakonier vor Schmerzen aufschreien und roch verbranntes Reptilienfleisch. Dann strömte Rauch in seine Kehle.

»Die Tür steht in Flammen!« gellte Caramon.

Tanis öffnete die Augen und taumelte auf die Füße. Er erwartete, vom alten Magier nur noch einen Haufen schwarzer Asche zu sehen, so wie die Körper der Drakonier hinter dem Wagen. Aber Fizban stand da und starrte auf die Eisentür und strich voller Abscheu über seinen angesengten Bart. Die Tür war immer noch verschlossen.

»Das hätte aber wirklich klappen müssen«, sagte er.

»Was ist mit dem Schloß?« schrie Tanis und versuchte, durch den Rauch etwas zu erkennen. Die Eisenstangen der Zellentür glühten bereits rot.

»Sie hat sich überhaupt nicht gerührt!« rief Sturm. Er versuchte, die Tür aufzutreten, aber die glühendheißen Stangen verhinderten kräftige Tritte. »Das Schloß ist wohl heiß genug, um es zu brechen!« Er würgte von dem Qualm.

»Sestun!« Tolpans schrille Stimme übertönte die knisternden Flammen. »Versuche es nochmal! Beeil dich!«

Der Gossenzwerg taumelte auf die Füße, schwang die Axt, verfehlte das Schloß, schwang sie wieder und traf dieses Mal. Das überhitzte Metall zersprang, das Schloß gab nach, und die Tür öffnete sich.

»Tanis, hilf uns!« schrie Goldmond, während sie und Flußwind versuchten, den verletzten Theros herauszuziehen.

»Sturm, die anderen!« gellte Tanis, im Rauch hustend. Er stolperte zum vorderen Teil des Wagens, während die anderen bereits aus dem Käfig sprangen. Sturm ergriff Fizban, der immer noch traurig die Tür anstarrte.

»Komm schon, Alter!« schrie er, sein sanftes Handeln stand im Widerspruch zu seinen barschen Worten, als er Fizbans Arm nahm. Caramon, Raistlin und Tika fingen Fizban auf, als er aus dem brennenden Wrack sprang. Tanis und Flußwind empfingen Theros an der Schulter und zogen ihn heraus, Goldmond stolperte hinterher. Sie und Sturm sprangen in dem Moment vom Wagen, als die Decke einstürzte.

»Caramon! Hol unsere Waffen aus dem Versorgungswagen!« schrie Tanis. »Sturm, geh mit ihm. Flint und Tolpan, holt unser Gepäck. Raistlin...«

»Ich werde... hole meine Sachen«, sagte der Magier, im Rauch würgend. »Und meinen Stab. Niemand soll sie berühren.«

»In Ordnung«, sagte Tanis. »Gilthanas...«

»Ich unterstehe nicht deinen Befehlen, Tanthalas«, unterbrach ihn der Elf und rannte in die Wälder, ohne sich noch einmal umzudrehen.

Bevor Tanis antworten konnte, waren Sturm und Caramon zurück. Caramons Knöchel waren aufgerissen und bluteten. Zwei Drakonier hatten sich an dem Versorgungswagen zu schaffen gemacht.

»Wir müssen verschwinden!« schrie Sturm. »Es kommen immer mehr! Wo ist denn dein Elfenfreund?« fragte er Tanis argwöhnisch.

»Er ist in die Wälder vorausgelaufen«, antwortete Tanis. »Vergiß nicht, er und seine Leute haben uns gerettet.«

»Haben sie?« fragte Sturm, seine Augen verengten sich. »Davon habe ich nichts gemerkt!«

In diesem Moment traten sechs Drakonier aus dem Rauch hervor und hielten beim Anblick der Krieger inne.

»Lauft in die Wälder!« schrie Tanis und bückte sich, um Flußwind beim Tragen von Theros zu helfen. Sie trugen den Schmied, während Caramon und Sturm Seite an Seite ihren Rückzug sicherten. Beide bemerkten sofort, daß die ihnen gegenüberstehenden Kreaturen mit den Drakoniern, gegen die sie zuvor gekämpft hatten, nichts gemeinsam hatten. Ihre Rüstungen und ihre Gesichtsfarbe waren anders, und sie trugen Pfeile und Langschwerter, von denen eine merkwürdige Flüssigkeit tröpfelte. Beide dachten sofort an Geschichten über Drakonier, die sich in Säure verwandelten und deren Knochen explodierten.

Caramon stürmte nach vorn, sein Schwert schwingend und wie ein aufgebrachtes Tier bellend. Zwei der Kreaturen stürzten, bevor sie überhaupt begriffen, wer sie angriff. Sturm begrüßte die anderen vier mit seinem Schwert und schlug einer den Kopf ab. Er sprang auf die anderen zu, aber die hielten sich grinsend zurück; anscheinend warteten sie auf etwas.

Sturm und Caramon sahen sich unbehaglich an. Dann wußten sie Bescheid. Die Körper der erschlagenen Drakonier neben ihnen auf der Straße begannen zu schmelzen. Das Fleisch kochte und zerlief wie Schweinefett in einer Pfanne. Ein gelblicher Dampf bildete sich über ihnen und vermischte sich mit dem Qualm des brennenden Käfigs. Beide Männer würgten, als der gelbe Dampf zu ihnen hochstieg. Ihnen wurde schwindelig, und sie wußten, sie wurden vergiftet.

»Kommt schon! Schnell!« schrie Tanis aus dem Wald.

Die zwei stolperten zurück, flüchteten vor einem Pfeilsturm, als vierzig oder fünfzig Drakonier kreischend vor Zorn um den

Käfig herumstürmten. Die Drakonier machten Anstalten, die Verfolgung aufzunehmen, wichen aber zurück, als eine klare Stimme ertönte: »*Hai! Ulsain!*« und zehn von Gilthanas geführte Elfen aus dem Wald rannten.

»*Quen talas uvenelei!*« schrie Gilthanas. Caramon und Sturm stolperten an ihm vorbei, und die Elfen deckten ihren Rückzug; dann ergriffen auch sie die Flucht.

»Folgt mir«, sagte Gilthanas den Gefährten in der Umgangssprache. Auf ein Zeichen von Gilthanas hoben vier Elfenkrieger Theros hoch und trugen ihn in den Wald.

Tanis sah zum Käfig zurück. Die Drakonier waren nicht weitergegangen und beäugten argwöhnisch den Wald.

»Beeilt euch!« drängte Gilthanas. »Meine Männer decken euch.«

Elfenstimmen ertönten im Wald, verhöhnten die Drakonier und versuchten, sie in Reichweite der Pfeile zu locken. Die Gefährten sahen sich zögernd an.

»Ich werde den Elfenwald nicht betreten«, sagte Flußwind barsch.

»Es ist schon in Ordnung«, sagte Tanis und legte seine Hand auf Flußwinds Arm. »Du hast mein Versprechen.« Flußwind sah ihn einen Moment lang an, dann tauchte er in den Wald ein, die anderen gingen hinterher. Zuletzt kamen Caramon und Raistlin, die Fizban halfen. Der alte Mann blickte zum Käfig zurück, von dem nur noch ein Haufen Asche und verbogene Eisenstäbe übriggeblieben waren.

»Wunderbarer Zauber. Und hat irgendeiner ein Dankeschön gesagt?« fragte er wehmütig.

Die Elfen führten sie geschwind durch die Wildnis. Ohne ihre Führung wären die Gefährten hoffnungslos verloren gewesen.

»Die Drakonier wissen genau, daß sie uns nicht in die Wälder folgen sollten«, sagte Gilthanas und lächelte grimmig. Tanis, der bewaffnete Elfenkrieger hinter den Bäumen verborgen sah, fürchtete kaum eine Verfolgung. Bald verloren sich alle Geräusche des Kampfes.

Ein dicker Laubteppich bedeckte den Boden. Kahle Baumäste knisterten im kalten Morgenwind. Nach der tagelangen Fahrt im Käfig bewegten sich die Gefährten langsam und steif. Gilthanas führte sie zu einer weiten Lichtung, als die Morgensonne den Wald mit ihrem blassen Licht durchbrach.

Auf der Lichtung hatten sich die befreiten Gefangenen versammelt. Tolpan blickte sich eifrig um, dann schüttelte er traurig den Kopf.

»Ich frage mich, was mit Sestun passiert ist«, sagte er zu Tanis. »Ich dachte, ich hätte ihn weglaufen gesehen.«

»Mach dir keine Sorgen.« Der Halb-Elf klopfte ihm auf die Schulter. »Er wird es schon schaffen. Die Elfen lieben zwar die Gossenzwerge nicht, aber sie würden ihn auch nicht töten.«

Tolpan schüttelte den Kopf. Es waren nicht die Elfen, derentwegen er sich sorgte.

Als sie die Lichtung betraten, sahen die Gefährten einen ungewöhnlich hochgewachsenen und breitgebauten Elfen zu den Flüchtlingen sprechen. Seine Stimme war kalt, sein Auftreten ernst.

»Ihr seid nun frei, um zu gehen, soweit man in diesem Land überhaupt frei sein kann. Wir haben Gerüchte gehört, daß das Land südlich von Pax Tarkas nicht unter der Kontrolle des Drachenfürsten steht. Ich schlage darum vor, daß ihr euch in südöstliche Richtung begebt. Marschiert heute so schnell und so weit, wie ihr könnt. Wir geben euch Proviant für eure Reise mit, soviel wir entbehren können. Ansonsten können wir wenig für euch tun.«

Die Flüchtlinge aus Solace, wie gelähmt durch ihre plötzliche Freiheit, sahen sich düster und hilflos um. Sie waren Bauern am Stadtrand von Solace gewesen, die mit ansehen mußten, wie ihre Häuser verbrannt und ihre Ernte von der Armee des Drachenfürsten geraubt wurde. Die meisten von ihnen waren von Solace nie weiter weg gekommen als bis nach Haven. Drachen und Elfen waren Legendenwesen. Jetzt hatten die Kindergeschichten sie eingeholt.

Goldmonds klare blaue Augen blitzten auf. Sie wußte, wie

sie sich fühlten. »Schau dir diese Leute an. Ihr ganzes Leben haben sie Solace nie verlassen, und du erzählst ihnen ganz ruhig, sie sollen durch ein Land marschieren, das von feindlichen Armeen überzogen wird...«

»Was soll ich sonst tun, Mensch?« unterbrach der Elf sie. »Soll ich sie selber in den Süden führen? Es reicht, daß wir sie befreit haben. Mein Volk hat seine eigenen Probleme. Ich kann mich nicht auch noch mit den Problemen der Menschen beschäftigen.« Er richtete seine Augen auf die Flüchtlingsgruppe. »Ich warne euch. Die Zeit fließt. Macht euch auf den Weg!«

Goldmond wandte sich an Tanis, um Unterstützung zu suchen, aber er schüttelte nur den Kopf, sein Gesicht war dunkel und betrübt.

Einer der Männer warf den Elfen einen verängstigten Blick zu und stolperte auf den Pfad zu, der sich durch die Wildnis nach Süden schlängelte. Die anderen Männer schulterten grobe Waffen, die Frauen nahmen ihre Kinder, und die Familien wankten davon.

Goldmond ging auf den Elf zu. »Wie kannst du dich so wenig um...«

»Menschen kümmern?« Der Elf blickte sie kühl an. »Es waren Menschen, die die Umwälzung über uns brachten. Sie waren es, die die Götter aufsuchten und in ihrem Stolz die Macht verlangten, die Huma gewährt wurde. Es waren Menschen, die die Götter dazu brachten, sich von uns abzuwenden...«

»Das haben sie nicht!« rief Goldmond. »Die Götter sind unter uns!«

Porthios' Augen funkelten vor Zorn auf. Er wollte sich gerade umdrehen, als Gilthanas zu seinem Bruder trat und auf ihn in der Elfensprache einredete.

»Was sagen sie?« fragte Flußwind Tanis argwöhnisch.

»Gilthanas erzählt, wie Goldmond Theros geheilt hat«, sagte Tanis langsam. Es war schon sehr viele Jahre her, daß er mehr als einige Worte in der Elfensprache gehört oder gesprochen hatte. Er hatte vergessen, wie schön diese Sprache war, so schön, daß sie ihm in die Seele schnitt und ihn verletzt und blutend zurückließ. Er beobachtete, wie sich Porthios' Augen ungläubig weiteten.

Dann zeigte Gilthanas auf Tanis. Beide Brüder wandten sich ihm zu, ihre ausdrucksvollen Elfengesichter verhärteten sich. Flußwind warf Tanis einen Blick zu. Tanis hielt mit blassem, aber gefaßtem Blick der Prüfung stand.

»Du bist in das Land deiner Geburt zurückgekehrt, oder?« fragte Flußwind. »Es sieht aber nicht so aus, als wärst du willkommen.«

»Ja«, sagte Tanis bitter, da er verstand, was der Barbar dachte. Er wußte, daß Flußwind sich nicht aus Neugierde in seine persönlichen Angelegenheiten mischte. In vielerlei Hinsicht befanden sie sich nun in größerer Gefahr als bei dem Truppführer.

»Sie werden uns nach Qualinost bringen«, sagte Tanis langsam, die Worte schienen ihm offensichtlich tiefen Schmerz zu bereiten.

»Ich war schon viele Jahre nicht mehr dort. Wie Flint dir bestätigen wird, wurde ich nicht gezwungen wegzugehen, aber nur wenige waren traurig, als ich es dann schließlich tat. Wie ich dir schon einmal sagte, Flußwind – für die Menschen bin ich nur ein halber Elf. Für die Elfen war ich nur ein halber Mensch.«

»Dann laßt uns gehen und mit den anderen in den Süden marschieren«, sagte Flußwind.

»Hier würdest du nie lebend rauskommen«, murmelte Flint.

Tanis nickte. »Schau dich um«, sagte er.

Flußwind blickte um sich und sah Elfenkrieger sich wie Schatten um die Bäume bewegen, ihre braune Kleidung vermischte sich mit den Farben der Wildnis, die ihr Zuhause war. Als die zwei Elfen ihr Gespräch beendet hatten, wandte Porthios seinen Blick von Tanis zu Goldmond.

»Ich habe von meinem Bruder seltsame Geschichten gehört, von denen ich gern mehr wüßte. Darum gewähre ich nun, was die Elfen seit vielen Jahren den Menschen nicht mehr gewährt haben – unsere Gastfreundschaft. Ihr seid unsere geehrten Gäste. Bitte folgt mir.«

Porthios machte eine Geste. Fast zwei Dutzend Elfenkrieger traten aus dem Wald hervor und umzingelten die Gefährten.

»Geehrte Gefangene wäre besser ausgedrückt. Das wird für dich hart werden, mein Junge«, sagte Flint zu Tanis mit leiser, sanfter Stimme.

»Ich weiß, alter Freund.« Tanis' Hand ruhte auf der Schulter der Zwerges. »Ich weiß.«

Die Stimme der Sonnen

Ich hätte nie geglaubt, daß es so etwas Schönes gibt«, sagte Goldmond leise. Der Tagesmarsch war anstrengend gewesen, aber die Belohnung am Ende übertraf ihre kühnsten Träume. Die Gefährten standen auf einer Klippe, hoch über der legendären Stadt Qualinost.

Vier schlanke Turmspitzen ragten an den vier Ecken der Stadt empor wie schimmernde Spindeln; der glänzende weiße Stein war mit strahlendem Silber gesprenkelt. Zierliche, mit den Turmspitzen verbundene Bögen erhoben sich in die Luft. Vor langer Zeit von Zwergenschmieden gebaut, waren sie stark genug, um eine ganze Armee zu tragen, dennoch erschienen sie so zerbrechlich, als ob ein Vogel schon ausreichen würde, sie niederzureißen. Diese glitzernden Bögen bezeichneten die Stadtgrenzen; es gab keine Mauern um Qualinost. Die Elfenstadt öffnete ihre Arme liebevoll der Wildnis entgegen.

Die Gebäude in Qualinost zeigten die Verwobenheit mit der Natur. Die Häuser und Geschäfte waren aus rosafarbenem Quarz gebaut. Hoch und schlank wie Espen wölbten sie sich in bizarren Spiralen von quarzgesäumten Straßen nach oben. Im Zentrum stand ein großartiger Turm aus poliertem Gold, der das Sonnenlicht in wirbelnden funkelnden Mustern einfing, die dem Turm Leben gaben. Wenn man auf die Stadt hinuntersah, hatte man den Eindruck, als hätte es seit Jahrhunderten in Qualinost nur Friede und Schönheit gegeben, falls es das überhaupt auf Krynn gab.

»Ruht euch aus«, sagte Gilthanas, als sie ein Espenwäldchen erreichten. »Die Reise war lang, und dafür entschuldige ich mich. Ich weiß, ihr seid müde und hungrig...«

Caramon sah hoffnungsvoll auf.

»Aber ich muß euch noch etwas länger um Nachsicht bitten. Entschuldigt mich.« Gilthanas verbeugte sich und ging dann zu seinem Bruder. Seufzend begann Caramon zum fünften Mal in seinem Rucksack nach Eßbarem zu suchen. Raistlin las in seinem Zauberbuch, seine Lippen wiederholten die schwierigen Worte, versuchten ihre Bedeutung zu erfassen, ihre richtige Betonung zu finden.

Die anderen sahen sich um, bestaunten die Schönheit der Stadt unter ihnen und die Aura uralter Ruhe und Gelassenheit, die über ihr lag. Selbst Flußwind schien berührt zu sein; sein Gesicht entspannte sich, und er hielt Goldmond eng an sich gedrückt. Einen kurzen Moment linderten sich ihre Sorgen und Leiden, und sie fanden Wohlbehagen in der Nähe des anderen. Tika saß abseits und beobachtete sie versonnen. Tolpan versuchte, eine Karte über ihren Weg von Torweg nach Qualinost zu zeichnen, obwohl Tanis ihm bereits viermal gesagt hatte, daß der Weg geheim sei und die Elfen ihn niemals mit einer solchen Karte gehen lassen würden. Der alte Magier Fizban schlief. Sturm und Flint beobachteten Tanis besorgt. Flint, weil nur er allein eine Vorstellung davon hatte, wie der Halb-Elf litt. Sturm, weil er wußte, wie es ist, in eine Heimat zurückzukehren, in der man unerwünscht ist.

Der Ritter legte seine Hand auf Tanis' Arm. »Nach Hause zurückkehren ist nicht einfach, mein Freund, nicht wahr?« fragte er.

»Nein«, antwortete Tanis leise. »Ich habe gedacht, ich hätte all dies vor langer Zeit hinter mir gelassen, aber jetzt weiß ich, daß das überhaupt nicht der Fall war. Qualinost ist ein Teil von mir, gleichgültig, wie sehr ich es auch leugnen möchte.«

»Psst – Gilthanas«, warnte Flint.

Der Elf ging auf Tanis zu. »Läufer wurden vorgeschickt und sind jetzt zurückgekommen«, sagte er in der Elfensprache. »Mein Vater möchte dich – euch alle – sofort im Sonnenturm sehen. Es gibt leider keine Zeit für Erfrischungen. Wir scheinen roh und unhöflich zu wirken...«

»Gilthanas«, Tanis unterbrach ihn in der Umgangssprache. »Meine Freunde und ich sind durch unvorstellbare Gefahren gegangen. Wir haben Straßen bereist, auf denen – wortwörtlich – die Toten gehen. Wir werden nicht vor Hunger zusammenbrechen« – er blickte kurz zu Caramon, »zumindest die meisten von uns nicht.«

Der Krieger seufzte und schnallte seinen Gürtel enger.

»Danke«, sagte Gilthanas steif. »Ich freue mich, daß du verstehst. Jetzt folgt mir bitte, so schnell ihr könnt.«

Die Gefährten packten eilig ihre Sachen zusammen und weckten Fizban. Als er sich erheben wollte, fiel er über eine Baumwurzel. »Alter Trottel!« schalt er und schlug mit seinem Stab auf die Wurzel ein. »Da – hast du gesehen? Wollte mir eine Falle stellen!« sagte er zu Raistlin.

Der Magier verstaute sein kostbares Buch in seinem Beutel. »Ja, Alter.« Raistlin lächelte und half Fizban beim Aufstehen. Der alte Magier lehnte sich an die Schulter des jüngeren, als sie den anderen folgten. Tanis beobachtete sie erstaunt. Der alte

Magier war offensichtlich wirklich etwas senil. Doch dann erinnerte sich Tanis an Raistlins entsetzten Blick, als er wach geworden war und Fizban über sich gebeugt gesehen hatte. Was hatte der Magier gesehen? Was wußte er über den alten Mann? Tanis nahm sich vor, ihn später zu fragen. Nun hatte er jedoch andere Probleme. Er ging schneller und holte den Elf ein.

»Erzähl mir, Gilthanas«, sagte Raistlin in der Elfensprache, die nicht mehr vertrauten Worte fielen ihm nach und nach wieder ein. »Was ist los? Ich habe ein Recht, es zu erfahren.«

»Hast du?« fragte Gilthanas barsch und sah Tanis aus den Winkeln seiner mandelförmigen Augen an. »Hat es dich je gekümmert, was mit den Elfen geschieht? Du kannst ja kaum noch unsere Sprache sprechen!«

»Natürlich kümmert es mich«, sagte Tanis wütend. »Ihr seid auch mein Volk!«

»Und warum stellst du dann dein menschliches Erbe zur Schau?« Gilthanas zeigte auf Tanis' bärtiges Gesicht. »Man könnte meinen, du würdest dich schämen...« Er stockte, biß sich auf die Lippen und errötete.

Tanis nickte bitter. »Ja, ich habe mich geschämt, und darum bin ich fortgegangen. Aber daß ich mich geschämt habe – wer brachte mich dazu?«

»Vergib mir, Tanthalas«, sagte Gilthanas und schüttelte den Kopf. »Was ich sagte, war gemein, und ich meinte es wirklich nicht so. Es ist nur so... Wenn du nur die Gefahr verstehen würdest, der wir gegenüberstehen!«

»Erzähl mir!« Tanis schrie. »Ich will verstehen!«

»Wir werden Qualinost verlassen«, sagte Gilthanas.

Tanis hielt an und starrte den Elf an. »Qualinost verlassen?« wiederholte er, in seiner Bestürzung hatte er in der Umgangssprache geredet. Die Gefährten hörten ihn und tauschten Blicke aus. Das Gesicht des alten Magiers verdunkelte sich, als er an seinem Bart zog.

»Das kann nicht dein Ernst sein!« sagte Tanis. »Qualinost verlassen! Warum? Sicherlich stehen die Dinge nicht so schlimm...«

»Es steht schlimmer«, sagte Gilthanas traurig. »Sieh dich genau um, Tanthalas. Du siehst Qualinost in seinen letzten Tagen.«

Sie betraten die ersten Straßen der Stadt. Tanis sah auf den ersten Blick, daß alles genauso war, wie er es vor fünfzig Jahren verlassen hatte. Weder die Straßen noch die Espenbäume hatten sich verändert: Die sauberen Straßen glänzten hell im Sonnenschein; die Espen waren vielleicht größer geworden. Ihre Blätter schimmerten im Morgenlicht; die mit Gold und Silber eingelegten Zweige raschelten und sangen. Die Häuser an den Straßen hatten sich nicht verändert. Ihre Quarzverzierungen glänzten im Sonnenlicht und schufen kleine Regenbögen, wohin das Auge sah. Alles schien so, wie es die Elfen lieben – wunderschön, ordentlich, unverändert...

Nein, es stimmte nicht, bemerkte Tanis. Das Lied der Bäume war jetzt traurig und klagend, es war nicht das friedliche und lustige Lied, an das sich Tanis erinnerte. Qualinost *hatte* sich verändert. Er versuchte, sie zu erfassen, sie zu verstehen, selbst als er spürte, wie seine Seele vor Kummer schmerzte. Die Veränderung lag nicht in den Gebäuden, nicht in den Bäumen, nicht in der Sonne, die durch die Blätter schien. Die Veränderung lag in der Luft, die vor Spannung knisterte wie vor einem Sturm. Und als Tanis durch die Straßen von Qualinost lief, sah er Dinge, die er nie zuvor in seiner Heimat gesehen hatte. Er sah Eile. Er sah Hast. Er sah Unentschlossenheit. Er sah Panik, Verzweiflung und Hoffnungslosigkeit.

Frauen, die einander trafen, umarmten sich und weinten, dann trennten sie sich und eilten auf verschiedenen Wegen weiter. Kinder saßen verloren da, verstanden nicht, wußten nur, daß Spielen nicht passend war. Männer versammelten sich in Gruppen, die Hand am Schwert, und hielten ein wachsames Auge auf ihre Familien. Hier und dort brannten Feuer. Die Elfen vernichtete alles, was sie liebten und doch nicht mitnehmen konnten, um es nicht der kommenden Dunkelheit anheimfallen zu lassen.

Tanis hatte um die Zerstörung von Solace getrauert, aber der

Anblick dessen, was in Qualinost geschah, drang in seine Seele wie die Klinge eines stumpfen Messers. Er hatte nicht gewußt, was ihm das alles bedeutete. Er hatte gewußt, tief in seinem Herzen, daß Qualinost immer da sein würde, selbst wenn er nie zurückkehren würde. Und nun sollte er selbst das verlieren. Qualinost würde untergehen.

Tanis hörte ein seltsames Geräusch, er wandte sich um und sah den alten Magier weinen.

»Was für Pläne habt ihr? Wohin wollt ihr gehen? Könnt ihr entkommen?« fragte Tanis Gilthanas düster.

»Du wirst die Antworten auf diese Fragen und noch mehr bald bekommen, zu bald, zu bald«, murmelte Gilthanas.

Der Sonnenturm überragte hoch die anderen Gebäude in Qualinost. Das sich in der goldenen Oberfläche reflektierende Sonnenlicht schuf die Illusion von wirbelnder Bewegung. Die Gefährten betraten schweigend den Turm, von Ehrfurcht ergriffen über die Schönheit und Erhabenheit des uralten Gebäudes. Nur Raistlin sah sich unbeeindruckt um. Für seine Augen gab es keine Schönheit, nur Tod.

Gilthanas führte die Gefährten zu einer kleinen Nische. »Wir befinden uns direkt vor dem Hauptsaal«, erklärte er. »Mein Vater trifft sich mit den Familienoberhäuptern, um die Evakuierung zu besprechen. Mein Bruder ist vorgegangen, um ihm unsere Ankunft mitzuteilen. Wenn sie fertig sind, werden wir hineingerufen.« Auf sein Zeichen erschienen Elfen mit Krügen und Schüsseln mit kühlem Wasser. »Bitte, erfrischt euch, solange noch Zeit ist.«

Die Gefährten tranken, dann wuschen sie sich den Reisestaub von Gesicht und Händen. Sturm legte seinen Umhang ab und polierte sorgfältig seine Rüstung mit einem von Tolpans Taschentüchern. Goldmond bürstete ihr glänzendes Haar, behielt aber ihren Umhang an. Sie und Tanis hatten entschieden, das Amulett von Mishakal zu verbergen, bis die Zeit gekommen war, es zu enthüllen. Sie befürchteten, einige könnten es wiedererkennen. Fizban versuchte ohne viel Erfolg, seinen zerbeulten Hut zu richten. Caramon sah sich nach Eßbarem um. Gilthanas stand abseits von ihnen, sein Gesicht war blaß und verkrampft.

Kurz darauf erschien Porthios im gewölbten Türeingang. »Ihr seid aufgerufen«, sagte er ernst.

Die Gefährten betraten den Saal der Stimme der Sonnen. Seit Jahrhunderten hatte kein Mensch das Innere dieses Gebäudes gesehen. Ein Kender gar hatte es noch nie gesehen. Die letzten Zwerge, die ihn gesehen hatten, waren jene, die zur Bauzeit anwesend waren, und das war vor vielen hundert Jahren gewesen.

»Ah, das ist wahre Kunstfertigkeit«, sagte Flint. In seinen Augen schimmerten Tränen.

Der Saal war rund und viel größer, als man von draußen hätte vermuten können. Er war völlig aus weißem Marmor gebaut und wurde weder von Balken noch von Säulen getragen. Der Raum erhob sich einige hundert Meter nach oben und bildete an der Turmspitze eine Kuppel, in der ein wunderschönes Mosaik aus eingelegten glitzernden Kacheln auf der einen Seite den blauen Himmel und die Sonne, auf der anderen den silbernen Mond, den roten Mond und die Sterne darstellte; die Hälften waren durch einen Regenbogen getrennt.

Im Saal gab es keine Lampen. Geschickt gebaute Fenster und Spiegel reflektierten das Sonnenlicht in den Raum, egal, wo sich die Sonne befand. Die Sonnenstrahlen liefen in der Mitte des Raumes zusammen und beleuchteten ein Podium.

Sitzmöglichkeiten waren im Turm nicht vorhanden. Die Elfen standen – Männer und Frauen: Nur die Familienoberhäupter hatten das Recht, an der Versammlung teilzunehmen. Es waren viel mehr Frauen anwesend als früher, wie Tanis sich erinnern konnte; viele waren in Dunkelrosa gekleidet, die Trauerfarbe. Elfen heirateten für das ganze Leben, und eine Wiederheirat nach dem Tod eines Gatten war ausgeschlossen. Dann hatte die Witwe den Status des Familienoberhaupts bis zu ihrem Tod inne.

Die Gefährten wurden zum vorderen Teil des Saales geführt.

Die Elfen machten ihnen in respektvollem Schweigen Platz, warfen ihnen aber seltsam bedrohliche Blicke zu – besonders dem Zwerg, dem Kender und den beiden Barbaren, die in ihren Pelzen grotesk wirkten. Beim Anblick des stolzen und edlen Ritters von Solamnia hob erstauntes Gemurmel an. Vereinzeltes Murren erfolgte beim Erscheinen von Raistlin in seinen roten Gewändern. Elfische Magier trugen die weißen Roben des Guten, und nicht die roten, die für Neutralität standen. Die Elfen glaubten, daß Rot nur eine Stufe von Schwarz entfernt war. Als sich die Menge beruhigt hatte, trat die Stimme der Sonnen auf das Podium.

Es war schon viele Jahre her, daß Tanis die Stimme der Sonnen, seinen Adoptivvater, gesehen hatte. Und auch hier sah er Veränderung. Der Mann war immer noch hochgewachsen, sogar größer als sein Sohn Porthios. Er trug seine gelb schimmernde Amtstracht. Sein Gesicht war ernst und hart, sein Auftreten streng. Er war die Stimme der Sonnen, genannt die Stimme. So hieß er schon seit mehr als einem Jahrhundert. Jene, die seinen Namen kannten, sprachen ihn niemals aus – nicht einmal seine Kinder. Aber Tanis sah in seinen Haaren Silbersträhnen, die vorher noch nicht dagewesen waren, und Falten der Sorge und des Leids waren in sein Gesicht gezeichnet.

Porthios gesellte sich zu seinem Bruder, als die Gefährten, von den Elfen geführt, eintraten. Die Stimme der Sonnen breitete seine Arme aus und rief sie zu sich. Sie gingen nach vorn, um ihren Vater zu umarmen.

»Meine Söhne«, sagte die Stimme der Sonnen gebrochen, und Tanis erschrak über diesen Gefühlsausbruch. »Ich habe nicht gedacht, euch beide in diesem Leben noch wiederzusehen. Erzähle mir vom Überfall«, sagte er zu Gilthanas.

»Zu gegebener Zeit, Stimme der Sonnen«, antwortete Gilthanas. »Zuerst bitte ich dich, unsere Gäste zu begrüßen.«

»Ja, richtig, es tut mir leid.« Die Stimme der Sonnen strich mit einer zitternden Hand über sein Gesicht. »Vergebt mir, Gäste. Ich heiße Euch willkommen. Ihr habt dieses Königreich betreten, zu dem seit vielen Jahren niemand Zutritt hatte.«

Gilthanas sprach zu ihm ein paar Worte, und die Stimme der Sonnen warf Tanis einen scharfen Blick zu, dann winkte er den Halb-Elfen zu sich. Seine Worte waren kühl, sein Auftreten höflich angespannt. »Bist du es wirklich, Tanthalas, der Sohn meines Bruders Frau? Es sind viele Jahre vergangen, und wir alle haben uns gefragt, was aus dir geworden ist. Wir heißen dich in unserer Heimat willkommen, obwohl ich fürchte, du wirst ihre letzten Tage erleben. Besonders meine Tochter wird sich freuen, dich zu sehen. Sie hat ihren Gefährten der Kindheit vermißt.«

Bei diesen Worten versteifte sich Gilthanas, sein Gesicht verdunkelte sich, als er Tanis ansah. Der Halb-Elf spürte, wie er errötete. Er verbeugte sich tief vor der Stimme der Sonnen, unfähig, ein Wort herauszubringen.

»Ich heiße Euch andere willkommen und hoffe, Euch später besser kennenzulernen. Wir werden Euch nicht lange aufhalten, aber es ist nur Rechtens, wenn ihr in diesem Raum erfahrt, was in der Welt passiert. Dann werdet ihr Euch ausruhen und erfrischen können. Nun, mein Sohn« – die Stimme der Sonnen wandte sich an Gilthanas, offensichtlich dankbar, die Formalitäten beendet zu haben. »Der Überfall auf Pax Tarkas?«

Gilthanas trat mit gebeugtem Kopf nach vorn. »Ich habe versagt, Stimme der Sonnen.«

Ein Gemurmel ging durch die Elfen. Das Gesicht der Stimme der Sonnen blieb unbeweglich. Er seufzte nur und bat ruhig: »Erzähle deine Geschichte.«

Gilthanas schluckte, dann sprach er so leise, daß die Hinteren im Raum vorrücken mußten, um ihn zu verstehen.

»Ich reiste heimlich in den Süden mit meinen Kriegern, so wie es geplant war. Alles verlief gut. Wir trafen auf eine Gruppe menschlicher Widerstandskämpfer, Flüchtlinge aus Torweg, die sich uns anschlossen. Dann stolperten wir durch einen grausamen Zufall in eine Patrouille der Drakoarmee. Wir kämpften mutig, Elfen und Menschen zusammen, aber ohne Erfolg. Ich wurde am Kopf getroffen und erinnerte mich an nichts mehr. Als ich wieder erwachte, lag ich in einer Bergschlucht, umgeben von den Körpern meiner Kameraden. Offenbar hatten die Drakos die Verwundeten über die Klippe geschoben und gedacht, wir wären tot.« Gilthanas hielt inne und räusperte sich. »Druiden in den Wäldern kümmerten sich um meine Verletzungen. Von ihnen erfuhr ich, daß die meisten meiner Kämpfer noch lebten und gefangengenommen worden waren. Ich verließ die Druiden und folgte den Spuren der Drakoarmee und kam schließlich nach Solace.«

Gilthanas stockte. Sein Gesicht glitzerte vom Schweiß, und seine Hände zuckten nervös. Wieder räusperte er sich, versuchte zu sprechen, es gelang ihm nicht. Sein Vater beobachtete ihn mit wachsender Sorge.

Dann sprach Gilthanas wieder. »Solace ist zerstört.«

Die Zuhörer stöhnten auf.

»Die mächtigen Vallenholzbäume sind gefällt und verbrannt – es stehen nur noch wenige.«

Die Elfen jammerten und weinten vor Abscheu und Wut. Die Stimme der Sonnen hielt seine Hand hoch. »Das sind furchtbare Nachrichten«, sagte er ernst. »Wir trauern um das Vergehen der Bäume, die selbst für unser Verstehen alt sind. Aber fahre fort – was ist mit unseren Leuten?«

»Ich fand meine Männer mitten auf dem Marktplatz an Pfähle gefesselt, zusammen mit den Menschen, die uns geholfen haben«, sagte Gilthanas mit gebrochener Stimme. »Sie waren von Drakonierwachen umgeben. Ich hoffte, sie in der Nacht befreien zu können. Dann...« Jetzt brach seine Stimme völlig, und er senkte seinen Kopf, bis sein älterer Bruder zu ihm trat und eine Hand auf seine Schulter legte. Gilthanas richtete sich wieder auf. »Ein roter Drache erschien am Himmel...«

Von den versammelten Elfen kamen entsetzte und erschreckte Aufschreie. Die Stimme der Sonnen schüttelte kummervoll den Kopf.

»Ja, Stimme der Sonnen«, sagte Gilthanas, und seine Stimme wurde laut, unnatürlich laut und kreischend. »Es ist wahr. Diese Ungeheuer sind nach Krynn zurückgekehrt. Der rote Drache kreiste über Solace, und alle, die ihn sahen, flohen vor

Entsetzen. Er flog niedriger und niedriger und landete auf dem Marktplatz. Sein riesiger, glänzender roter Reptilienkörper füllte den ganzen Platz, seine Flügel verbreiteten Zerstörung, sein Schwanz riß Bäume aus. Gelbe Fänge glitzerten, grüner Speichel troff aus seinem Rachen, seine riesigen Klauen krallten sich in den Boden... und auf seinem Rücken saß ein Mensch.

Stabil gebaut, war er in die schwarze Robe eines Klerikers der Königin der Finsternis gekleidet. Ein schwarzgoldener Umhang flatterte um ihn. Sein Gesicht war hinter einer abscheulichen, gehörnten Maske in Schwarz und Gold, in Anlehnung an das Gesicht eines Drachen, verborgen. Die Drachenleute fielen vor Verehrung auf die Knie, als der Drache landete. Die Goblins und Hobgoblins und die verrufenen Menschen, die sich den Drachenleuten angeschlossen hatten, verkrochen sich vor Angst; viele rannten fort. Nur das Beispiel meiner Leute gab mir den Mut auszuharren.«

Jetzt schien Gilthanas geradezu erpicht darauf zu sein, die Geschichte zu Ende zu erzählen. »Einige der an die Pfähle gefesselten Menschen wurden verrückt vor Angst und schrien erbärmlich. Aber meine Krieger blieben ruhig und trotzig, obwohl alle gleichermaßen von der Drachenangst gepackt waren. Der Drachenreiter schien darüber nicht erfreut zu sein. Er starrte sie an, und dann sprach er mit einer Stimme, die aus den Tiefen des Abgrundes kam. Seine Worte sind immer noch in meinem Kopf eingebrannt.

›Ich bin Verminaard, Drachenfürst aus dem Norden. Ich habe gekämpft, um dieses Land und diese Leute von dem falschen Glauben, der von jenen, die sich Sucher nennen, verbreitet wird, zu befreien. Viele sind zu mir gekommen, um für mich zu arbeiten, glücklich, der großen Sache der Drachenfürsten dienen zu können. Ich habe ihnen Gnade erwiesen und sie mit den Segnungen, die meine Göttin mir gewährt hat, ausgezeichnet. Ich verfüge über Zaubersprüche der Heilkunst wie kein anderer in diesem Land, und von daher wißt ihr, daß ich ein Vertreter der wahren Götter bin. Aber ihr Menschen, die ihr jetzt vor mir steht, habt mich herausgefordert. Ihr habt euch entschieden, mich zu bekämpfen, und darum wird eure Bestrafung als Beispiel für all jene dienen, die sich für Torheit und nicht für Weisheit entscheiden.‹

Dann wandte er sich an die Elfen und sagte: ›Durch diesen Akt gebe ich, Verminaard, zu verstehen, daß ich eure Rasse völlig ausrotten werde, wie es meine Göttin bestimmt hat. Menschen kann man ihre Fehler klarmachen, aber Elfen – niemals!‹ Die Stimme des Mannes wurde lauter, bis sie die Winde übertönte. ›Laßt das eure letzte Warnung sein – für alle, die zusehen! Ember, zerstöre!‹
Und nach diesem Befehl spie der große Drache Feuer auf alle an den Pfählen Gefesselten. Sie krümmten sich hilflos, verbrannten in einem furchtbaren Todeskampf...«

Im Saal war es völlig still. Der Schock und das Entsetzen waren zu groß, um sie in Worte zu fassen.

»Der Wahnsinn überfiel mich«, fuhr Gilthanas fort, seine Augen brannten fiebrig. »Ich wollte vorstürzen, um mit meinen Leuten zu sterben, als mich eine Hand ergriff und nach hinten zog. Es war Theros Eisenfeld, der Schmid von Solace. ›Es ist nicht die Zeit zu sterben, Elf‹, sagte er. ›Jetzt ist die Zeit für Rache.‹ Ich... ich wurde ohnmächtig, und er brachte mich in sein Haus, obwohl er dadurch selbst sein Leben in Gefahr brachte. Und er hätte für seine Hilfsbereitschaft mit seinem Leben bezahlt, wenn diese Frau ihn nicht geheilt hätte!«

Gilthanas zeigte auf Goldmond, die weiter hinten stand, ihr Gesicht kaum erkennbar durch ihren Fellumhang. Die Stimme der Sonnen und die anderen Elfen starrten sie an, ihr Gemurmel war düster und unheilvoll.

»Auch Theros wurde heute hierher gebracht, Stimme der Sonnen«, sagte Porthios. »Der Mann mit nur einem Arm. Unsere Heiler sagen, daß er leben wird. Aber sie sagen auch, daß ein Wunder geschehen sein muß, so schrecklich waren seine Verletzungen.«

»Tritt vor, Frau der Ebenen«, befahl die Stimme der Sonnen ernst. Goldmond trat einen Schritt auf das Podium zu, Flußwind blieb an ihrer Seite. Zwei Elfenwachen wollten ihn aufhalten. Er sah sie nur an, blieb aber dann, wo er war.

Die Tochter des Stammeshäuptlings ging weiter nach vorn. Als sie ihre Kapuze zurückzog, fiel die Sonne auf ihr silbriggoldenes Haar. Die Elfen starrten sie bewundernd an.

»Du behauptest, diesen Mann – Theros Eisenfeld – geheilt zu haben?« fragte die Stimme der Sonnen sie mit Verachtung.

»Ich behaupte nichts«, antwortete Goldmond kühl. »Dein Sohn hat gesehen, wie ich ihn geheilt habe. Bezweifelst du seine Worte?«

»Nein, aber er war erschöpft, krank und verwirrt. Er könnte Hexenkunst mit Heilen verwechselt haben.«

»Schau her«, sagte Goldmond sanft, öffnete ihren Umhang und machte ihren Hals frei. Das Amulett funkelte im Sonnenlicht.

Die Stimme der Sonnen verließ die Plattform und kam auf sie zu, seine Augen voll Zweifel weit aufgerissen. Dann verzerrte sich sein Gesicht vor Zorn. »Gotteslästerung!« schrie er. Er holte aus und wollte Goldmond das Amulett vom Hals reißen.

Blaues Licht blitzte auf. Die Stimme der Sonnen stürzte mit einem Schmerzensschrei zu Boden. Als die Elfen nach den Wachen schrien und ihre Schwerter zogen, griffen die Gefährten nach ihnen. Elfenkrieger umzingelten sie.

»Hört mit dem Unsinn auf!« sagte der alte Magier mit energischer, ernster Stimme. Fizban trottete auf das Podium zu und schob gelassen Schwertklingen beiseite, als wären sie schlanke Zweige eines Espenbaumes. Die Elfen starrten ihn erstaunt an, unfähig, ihn aufzuhalten. Zu sich selbst murmelnd erreichte Fizban die Stimme der Sonnen, der wie gelähmt auf dem Boden lag. Der alte Mann half dem Elf beim Aufstehen.

»Nun denn, du hast danach gefragt, das weißt du«, schimpfte Fizban und streifte mit der Hand über die Robe der Stimme der Sonnen, während der Elf ihn mit offenem Mund angaffte.

»Wer bist du?« keuchte die Stimme der Sonnen.

»Mmmmh. Wie war der Name?« Der alte Magier warf Tolpan einen Blick zu.

»Fizban«, sagte der Kender hilfsbereit.

»Ja, Fizban. Der bin ich.« Der Magier strich über seinen weißen Bart. »Nun, Solostaran, ich schlage vor, du rufst deine Wachen zurück und sagst allen, sie sollen sich beruhigen. Ich für meinen Teil würde gern die Geschichte dieser jungen Frau hören, und du für deinen Teil solltest ihr lieber auch zuhören. Es würde dir auch nicht weh tun, dich zu entschuldigen.«

Als Fizban auf die Stimme der Sonnen mit einem Finger zeigte, rutschte sein zerbeulter Hut nach vorn und bedeckte seine Augen. »Hilfe! Ich bin blind!« Raistlin, mit einem mißtrauischen Blick auf die Elfenwachen, eilte zu ihm. Er nahm den Arm des alten Mannes und schob ihm den Hut aus dem Gesicht.

»Ah, Dank den wahren Göttern«, sagte der Magier, blinzelte und schlurfte davon. Die Stimme der Sonnen beobachtete mit verwirrtem Gesichtsausdruck den alten Magier. Dann, als ob er träumen würde, wandte er sich zu Goldmond.

»Ich entschuldige mich, Dame der Ebenen«, sagte er leise. »Es ist schon über dreihundert Jahre her, seit die Elfenkleriker verschwunden sind, dreihundert Jahre, seit das Symbol von Mishakal in diesem Land gesehen wurde. Mein Herz blutete, als ich das Amulett entweiht sah, wie ich dachte. Vergib mir. Wir sind nun schon so lange verzweifelt, daß ich nicht mehr das Kommen der Hoffnung erkenne. Bitte, wenn du nicht erschöpft bist, erzähle uns deine Geschichte.«

Goldmond erzählte die Geschichte des Stabs, erzählte von Flußwind und der Steinigung, vom Treffen der Gefährten im Wirtshaus und von ihrer Reise nach Xak Tsaroth. Sie erzählte von der Vernichtung des Drachen und wie sie das Amulett von Mishakal erhalten hatte. Aber sie erwähnte nicht die Scheiben.

Die Sonnenstrahlen wurden länger, während sie sprach, änderten ihre Farbe, als die Dämmerung nahte. Als sie mit ihrer Geschichte fertig war, schwieg die Stimme der Sonnen lange Zeit.

»Ich muß über all das nachdenken und darüber, was es für uns bedeutet«, sagte er schließlich. Er wandte sich an die Gefährten. »Ihr seid erschöpft. Ich sehe, einige von euch können sich nur aus reiner Tapferkeit auf den Füßen halten. In der Tat« – er lächelte, als er zu Fizban sah, der an eine Säule gelehnt stand und leise schnarchte –, »einige von euch schlafen sogar auf den Füßen. Meine Tochter Laurana wird euch an einen Ort führen, an dem ihr eure Ängste vergessen könnt. Heute abend werden wir euch zu Ehren ein Festessen geben, denn ihr habt uns Hoffnung gebracht. Der Friede der wahren Götter soll mit euch sein.«

Die Elfen teilten sich und ließen eine Elfe durch, die zum Podium ging und sich neben die Stimme der Sonnen stellte. Bei ihrem Anblick blieb Caramon der Mund offen stehen. Flußwinds Augen weiteten sich. Selbst Raistlin erstarrte: Endlich sahen seine Augen Schönheit, denn keine Spur von Zerfall zeichnete das junge Elfenmädchen. Ihr Haar war wie Honig, der aus einem Krug floß; es lief über ihre Arme und über ihren Rücken, ihre Taille, bis zu den Handgelenken. Ihre Haut war glatt und waldbraun. Sie hatte die zarten und feinen Gesichtszüge der Elfen, nur der Mund war ein wenig voller, und ihre Augen waren groß und klar; Augen, die ihre Farbe wie Blätter im flackernden Sonnenschein veränderten.

»Auf meine Ehre als Ritter«, sagte Sturm mit stockender Stimme, »noch nie habe ich solch eine wunderschöne Frau gesehen.«

»Das wirst du auch nicht mehr in dieser Welt«, murmelte Tanis.

Die Gefährten blickten erstaunt auf, als Tanis sprach, aber der Halb-Elf bemerkte es nicht. Seine Augen waren auf das Elfenmädchen gerichtet. Sturm runzelte die Augenbrauen, tauschte mit Caramon Blicke, der seinen Bruder anstieß. Flint schüttelte den Kopf und seufzte tief.

»Jetzt wird vieles klarer«, sagte Goldmond zu Flußwind.

»Für mich ist es aber nicht klar«, sagte Tolpan. »Weißt du, was los ist, Tika?«

Alles, was Tika wußte, als sie Laurana sah, war, daß sie sich plötzlich plump und halbnackt, sommersprossig und rothaarig fühlte. Sie zog ihre Bluse höher über ihren Busen, hoffte, daß sie nicht ganz soviel enthüllte, oder wünschte, daß sie weniger zu enthüllen hätte.

»Sag mir, was los ist?« flüsterte Tolpan, der sah, wie die anderen einander ansahen.

»Ich weiß nicht!« schnappte Tika. »Ich weiß nur, daß sich Caramon zum Narren macht. Sieh dir doch den großen Ochsen an. Man könnte meinen, er hat noch nie eine Frau gesehen.«

»Sie ist hübsch«, sagte Tolpan. »Ganz anders als du, Tika. Sie ist schlanker, und sie geht wie ein Baum, der sich im Wind neigt und...«

»Oh, halt den Mund!« flüsterte Tika wütend und gab Tolpan einen Schubs, daß er beinahe hingefallen wäre.

Tolpan sah sie verletzt an, dann ging er zu Tanis, entschlossen, sich in der Nähe des Halb-Elfs aufzuhalten, bis er wußte, was vor sich ging.

»Ich heiße euch in Qualinost willkommen, geehrte Gäste«, sagte Laurana schüchtern mit einer Stimme, die wie ein klarer Bach perlte. »Folgt mir bitte. Der Weg ist nicht weit, und am Ende könnt ihr essen und trinken und euch ausruhen.«

Anmutig ging sie auf die Gefährten zu, die sich vor ihr teilten, so wie es die Elfen getan hatten, und sie bewundernd anstarrten. Laurana senkte ihre Augen in mädchenhafter Bescheidenheit und Befangenheit, ihre Wangen röteten sich. Sie sah nur einmal auf, als sie an Tanis vorbeiging – ein flüchtiger Blick, den nur Tanis bemerkte. Sein Gesicht wurde finster, seine Augen verdunkelten sich.

Die Gefährten weckten Fizban und verließen den Sonnenturm.

Tanis und Laurana

Laurana führte sie zu einem schattigen Espenwäldchen mitten im Stadtzentrum. Sie schienen sich im Herzen eines Waldes zu befinden, obwohl sie von Gebäuden und Straßen umgeben waren. Nur das Gemurmel eines nahen Baches brach die Stille. Laurana zeigte auf Obstbäume zwischen den Espen und bat die Gefährten, sich an den Früchten zu bedienen. Elfenmädchen brachten Körbe mit frischem, duftendem Brot. Die Gefährten wuschen sich im Bach, dann legten sie sich auf das weiche Moos und genossen die friedliche Atmosphäre.

Alle außer Tanis. Er lehnte ab zu essen und wanderte in dem

Wäldchen herum, in Gedanken versunken. Tolpan beobachtete ihn heimlich, von Neugierde verzehrt.

Laurana war eine vollendet charmante Gastgeberin. Sie kümmerte sich um alle und tauschte mit jedem einzelnen ein paar Worte aus.

»Flint Feuerschmied, nicht wahr?« fragte sie. Der Zwerg errötete vor Freude. »Ich habe immer noch einige wundervolle Spielsachen, die du mir gemacht hast. Wir haben dich in all diesen Jahren vermißt.«

Flint war so verwirrt, daß er nicht sprechen konnte. Er ließ sich auf das Gras fallen und kippte hastig einen riesigen Krug Wasser hinunter.

»Du bist Tika?« fragte Laurana das Barmädchen.

»Tika Waylan«, antwortete das Mädchen heiser.

»Tika, ein schöner Name. Und was für schönes Haar du hast«, sagte Laurana und berührte bewundernd die federnden roten Locken.

»Findest du wirklich?« fragte Tika und errötete, als sie Caramons Augen auf sich gerichtet sah.

»Natürlich! Es ist die Farbe der Flamme. Dein Charakter muß genauso sein. Ich habe gehört, wie du das Leben meines Bruders gerettet hast, Tika. Ich stehe tief in deiner Schuld.«

»Danke«, sagte Tika leise. »Dein Haar ist auch sehr schön.«

Laurana lächelte und ging weiter. Tolpan bemerkte jedoch, daß ihre Augen ständig Tanis suchten. Als der Halb-Elf plötzlich einen Apfel wegwarf und in den Bäumen verschwand, entschuldigte sich Laurana eilig und folgte ihm.

»Ah, jetzt werde ich herausfinden, was hier vor sich geht!« sagte Tolpan zu sich. Er blickte sich um und schlüpfte Tanis hinterher.

Tolpan kroch einen Pfad entlang, der sich unter den Bäumen dahinschlängelte, und war plötzlich dicht beim Halb-Elf, der allein an einem reißenden Fluß stand und Laub in das Wasser warf. Als er zu seiner Linken eine Bewegung wahrnahm, verkroch sich Tolpan schnell hinter einem Gebüsch. Laurana tauchte von einem anderen Pfad auf.

»*Tanthalas Quisif nan-Pah!*« rief sie.

Als Tanis sich bei dem Klang seines Namens umdrehte, schlang sie ihre Arme um seinen Hals und küßte ihn. »Ugh«, sagte sie neckend und bog sich zurück. »Rasier diesen furchtbaren Bart ab. Er kratzt! Und du siehst gar nicht mehr wie Tanthalas aus.«

Tanis legte seine Hände um ihre Taille und schob sie sanft weg. »Laurana...«, begann er.

»Nein, sei jetzt nicht wegen des Barts eingeschnappt. Ich werde mich daran gewöhnen, wenn du darauf bestehst«, bat Laurana schmollend. »Küß mich! Nein? Dann küsse ich dich so lange, bis du nicht mehr anders kannst.« Sie küßte ihn immer wieder, bis sich Tanis schließlich aus ihrem Griff befreite.

»Hör auf, Laurana«, sagte er barsch und wandte sich ab.

»Warum, was ist los?« fragte sie und ergriff seine Hand. »Du warst so viele Jahre fort. Und jetzt bist du zurück. Sei nicht so kalt und düster. Du bist mein Verlobter, erinnerst du dich nicht mehr? Es ist normal, daß ein Mädchen ihren Verlobten küßt.«

»Das ist lange her«, sagte Tanis. »Damals waren wir Kinder und spielten ein Spiel, nichts weiter. Es war romantisch, geheimnisvoll. Du weißt, was geschehen wäre, wenn dein Vater dahintergekommen wäre. Gilthanas hat es herausgefunden, nicht wahr?«

»Natürlich! Ich habe es ihm erzählt«, sagte Laurana, ließ ihren Kopf hängen und sah Tanis durch ihre langen Wimpern an. »Ich erzähle Gilthanas alles, das weißt du. Ich habe nicht geahnt, daß er so reagieren würde! Ich weiß, was er dir damals gesagt hat. Er erzählte es mir später. Es ging ihm sehr schlecht.«

»Darauf wette ich.« Tanis ergriff ihre Handgelenke und hielt ihre Hände fest. »Er hatte recht, Laurana! Ich bin ein uneheliches Kind und ein Mischling. Dein Vater hätte jedes Recht gehabt, mich zu töten! Wie könnte ich Schande über ihn bringen, nach allem, was er für meine Mutter und für mich getan hatte? Das war ein Grund, warum ich fortging – und um herauszufinden, wer ich bin und wohin ich gehöre.«

»Du bist Tanthalas, mein Geliebter, und du gehörst zu mir!«

schrie Laurana. Sie befreite sich aus seinem Griff und nahm seine Hände. »Sieh! Du trägst immer noch meinen Ring. Ich weiß, warum du fortgegangen bist. Du hattest Angst, mich zu lieben, aber du brauchst keine Angst mehr zu haben. Alles hat sich geändert. Vater hat so viele Probleme, es würde ihn nicht stören. Außerdem bist du jetzt ein Held. Bitte, laß uns heiraten. Ist das nicht der Grund, warum du zurückgekehrt bist?«

»Laurana«, Tanis sprach sanft, aber bestimmt, »meine Rückkehr war ein Zufall...«

»Nein!« schrie sie und schob ihn weg. »Ich glaube dir nicht.«

»Aber du mußt doch Gilthanas' Geschichte kennen. Wenn Porthios uns nicht befreit hätte, wären wir jetzt in Pax Tarkas!«

»Er hat es erfunden! Er wollte mir nicht die Wahrheit sagen. Du bist zurückgekommen, weil du mich liebst. Etwas anderes will ich nicht hören.«

»Ich wollte es dir nicht sagen, aber es bleibt mir wohl nichts anderes übrig«, sagte Tanis ärgerlich. »Laurana, ich liebe eine andere – eine menschliche Frau. Sie heißt Kitiara. Das heißt nicht, daß ich dich nicht auch liebe. Ich...«, Tanis stockte.

Laurana starrte ihn an, aus ihrem Gesicht war jede Farbe gewichen.

»Ich liebe dich, Laurana. Aber, verstehst du, ich kann dich nicht heiraten, weil ich sie auch liebe. Mein Herz ist gespalten, so wie mein Blut.« Er zog den Ring aus goldenen Efeublättern ab und reichte ihn ihr. »Ich entbinde dich von allen Versprechen, die du mir gegeben hast, Laurana. Ich bitte dich, auch mich zu entbinden.«

Laurana nahm den Ring, unfähig etwas zu sagen. Sie sah Tanis flehend an, doch als sie nur Mitleid in seinem Gesicht sah, schrie sie gellend auf und warf den Ring fort. Er fiel vor Tolpans Füße. Er hob ihn auf und ließ ihn in einen Beutel gleiten.

»Laurana«, sagte Tanis kummervoll, nahm sie in seine Arme, als sie wild aufschluchzte. »Es tut mir leid. Ich habe nie gewollt...«

An diesem Punkt entfernte sich Tolpan und ging wieder zu den anderen.

»Nun«, sagte der Kender zu sich und seufzte zufrieden, »jetzt weiß ich zumindest, was los ist.«

Tanis wurde plötzlich wach, als Gilthanas über ihm stand. »Laurana?« fragte er und erhob sich.

»Mit ihr ist alles in Ordnung«, sagte Gilthanas ruhig. »Ihre Mädchen haben sie nach Hause gebracht. Sie hat mir euer Gespräch erzählt. Ich will nur wissen, ob ich es richtig verstanden habe. Genau das habe ich die ganze Zeit befürchtet. Die menschliche Seite in dir schreit nach anderen Menschen. Ich habe versucht, ihr das zu erklären, habe gehofft, sie nicht zu verletzen. Jetzt wird sie mir zuhören. Vielen Dank, Tanthalas. Ich weiß, es war bestimmt nicht einfach.«

»Das war es wahrhaftig nicht«, sagte Tanis und schluckte. »Ich will ehrlich sein, Gilthanas – ich liebe sie, wirklich. Es ist nur...«

»Bitte, sag nichts mehr. Laß es, wie es ist, und vielleicht, wenn wir schon keine Freunde sein können, können wir uns wenigstens respektieren.« Gilthanas' Gesicht wirkte im Sonnenuntergang abgespannt und blaß. »Du und deine Freunde müßt euch jetzt vorbereiten. Wenn der silberne Mond aufgeht, wird es ein Fest geben, und dann findet die Zusammenkunft des Obersten Rates statt. Es ist an der Zeit, Entscheidungen zu fällen.«

Er ging. Tanis sah ihm einen Moment nach, dann machte er sich seufzend daran, die anderen zu wecken.

Lebwohl
Die Entscheidung der Gefährten

Das Fest in Qualinost erinnerte Goldmund an den Totenschmaus nach der Beerdigung ihrer Mutter. Wie das Fest sollte die Bestattung ein fröhliches Ereignis sein – denn Tearsong war eine Göttin geworden. Aber für die Leute war es schwer, den Tod der schönen Frau zu akzeptieren. Und so hatten die Barbaren von Que-Shu ihr Dahinscheiden mit einem Gram betrauert, der an Gotteslästerung grenzte.

Der Leichenschmaus zu Ehren Tearsongs war das prunkvollste gewesen, was Que-Shu je erlebt hatte. Der trauernde Gatte hatte keine Kosten gescheut. Wie das Festessen in Qualinost an diesem Abend gab es Berge von Essen, die kaum bewältigt werden konnten. Es gab halbherzige Versuche, eine Unterhaltung zu führen, obwohl niemand reden wollte. Gelegentlich war einer, von Leid überwältigt, gezwungen, den Tisch zu verlassen.

Diese Erinnerung war so lebhaft, daß Goldmond wenig essen konnte; das Essen schmeckte ihr wie Asche. Flußwind betrachtete sie mit Sorge. Seine Hand fand die ihre unter dem Tisch, und sie umklammerte sie fest und lächelte, als seine Kraft in ihren Körper strömte.

Das Elfenfest fand im Hof südlich vom großen goldenen Turm statt. Um die Plattform aus Kristall und Marmor auf dem höchsten Hügel von Qualinost war keine Mauer, sie bot einen unbehinderten Ausblick auf die darunter liegende glitzernde Stadt, auf den dunklen Wald dahinter und sogar auf den tiefvioletten Rand des Tharkadangebirges weit im Süden.

Goldmond saß rechts neben der Stimme der Sonnen. Er versuchte, eine höfliche Unterhaltung zu führen, aber seine Sorgen und Probleme überwältigten ihn schließlich, und er verstummte.

Zur Linken der Stimme der Sonnen saß seine Tochter Laurana. Sie aß nichts, sondern saß nur mit gesenktem Kopf da, ihr langes Haar floß um ihr Gesicht. Wenn sie aufsah, dann nur, um Tanis' Augen zu suchen.

Der Halb-Elf, sich den Blicken der Verzweifelten als auch Gilthanas' kühler Beobachtung bewußt, aß wenig und ohne Appetit, seine Augen waren auf seinen Teller gerichtet. Sturm neben ihm überlegte sich Pläne für die Verteidigung von Qualinost.

Flint fühlte sich fremd und fehl am Platze, so wie sich Zwerge unter Elfen immer fühlen. Das Elfenessen schmeckte ihm sowieso nicht, und er lehnte alles ab. Raistlin knabberte geistesabwesend an den Köstlichkeiten, seine goldenen Augen musterten Fizban. Tika, die sich ebenfalls linkisch und fehl am Platze unter den anmutigen Elfenfrauen fühlte, bekam keinen Bissen hinunter. Caramon glaubte zu wissen, warum Elfen so schlank waren: Ihre Nahrung bestand nur aus Obst und Gemüse, mit delikaten Soßen verfeinert, mit Brot und Käse und einem sehr leichten, würzigen Wein serviert. Nach vier Tagen Hunger im Käfig wurde der Krieger davon einfach nicht satt.

Die einzigen in Qualinost, die das Fest genossen, waren Tolpan und Fizban. Der alte Magier führte mit einer Espe einen einseitigen Streit, während Tolpan einfach alles genoß und später – zu seiner großen Überraschung – zwei goldene Löffel, ein silbernes Messer und eine Schale aus Perlmutt entdeckte, die in einen seiner Beutel gewandert waren.

Der rote Mond war nicht sichtbar. Lunitari begann abzunehmen – ein schmales silbernes Band im Himmel. Als die ersten Sterne erschienen, nickte die Stimme der Sonnen seinem Sohn traurig zu. Gilthanas erhob sich und stellte sich neben den Stuhl seines Vaters.

Gilthanas begann zu singen. Die Elfenworte flossen in eine zarte und wundersame Melodie. Während er sang, hielt Gilthanas eine kleine Kristallampe in beiden Händen, das Kerzenlicht bestrahlte seine marmornen Gesichtszüge. Tanis schloß bei dem Lied die Augen; sein Kopf versank in seinen Händen.

»Was ist es? Was bedeuten die Worte?« fragte Sturm leise.

Tanis hob den Kopf. Mit gebrochener Stimme flüsterte er:

> »Die Sonne,
> Das herrliche Auge
> In unser aller Himmel,
> Verläßt den Tag
>
> Und läßt
> Den verträumten Himmel
> Mit Feuerfliegen übersät,
> Die das Dunkel vertiefen.«

Die Elfen am Tisch erhoben sich nun leise, während sie in den Gesang einfielen. Ihr Gesang verwob sich zu einem unvergeßlichen Lied unendlicher Traurigkeit.

»Der Schlaf,
Unser ältester Freund,
Wiegt sich in den Bäumen
Und ruft
Uns zu sich.

Die Blätter
Verbreiten kaltes Feuer,
Verglühen zu Asche
Am Ende des Jahres.

Und Vögel
Bewegen sich im Wind
Und fliegen zum Norden,
Wenn der Herbst endet.

Der Tag wird dunkel,
Die Jahreszeit kühl,
Aber wir
Erwarten der Sonne
Grünes Feuer über
Den Bäumen.«

Flackerndes Laternenlicht verbreitete sich vom Hof wie Wellen in einem ruhigen Teich durch die Straßen in die Wälder und noch weiter weg. Und mit jeder angezündeten Laterne stimmte ein anderer Elf in das Lied ein, bis der Wald selbst ein Lied voller Verzweiflung zu singen schien.

»Der Wind
Taucht durch die Tage.
In der Jahreszeit, während der Nacht
Entstehen große Königreiche.

Der Atem
Der Feuerfliege, des Vogels,

Der Bäume, der Menschen
Verblaßt in einem Wort.

Der Schlaf jetzt,
Unser ältester Freund,
Wiegt sich in den Bäumen
Und ruft
Uns zu sich.

Die unendlich lange Zeit,
Die tausend Leben
Der Menschen und ihre Geschichten
Kehren in ihre Gräber ein.

Aber wir,
Das ewige Volk
Im Gedicht und in der Pracht,
Verblassen im Lied.«

Gilthanas' Stimme erstarb. Sanft blies er die Kerze seiner Lampe aus. Einer nach dem anderen beendete das Lied und blies seine Kerze aus. In ganz Qualinost erloschen die Stimmen und die Lichter, bis Stille und Dunkelheit über das Land zogen.

Dann erhob sich die Stimme der Sonnen.

»Und jetzt«, sagte er niedergeschlagen, »ist es Zeit für die Zusammenkunft des Obersten Rates. Sie wird im Himmelssaal stattfinden. Tanthalas, wenn du deine Gefährten dorthin führen würdest.«

Es stellte sich heraus, daß der Himmelssaal ein riesiger, von Fackeln beleuchteter Platz war. Über ihm erhob sich die Kuppel des Himmels und der glitzernden Sterne. Aber es war zu dunkel. Die Stimme der Sonnen machte Tanis Zeichen, die Gefährten in seine Nähe zu bringen, dann versammelten sich sämtliche Einwohner von Qualinost um sie. Es war nicht notwendig, für Ruhe zu sorgen. Selbst der Wind wurde still, als die Stimme der Sonnen zu sprechen begann.

»Hier seht ihr unsere Lage.« Er zeigte auf den Boden. Die Gefährten erblickten eine riesige Landkarte zu ihren Füßen. Tolpan, der mitten in den Ebenen von Abanasinia stand, holte tief Luft. Noch nie hatte er solch eine wunderschöne Karte gesehen.

»Da ist Solace!« rief er aufgeregt.

»Ja, Kenderkind«, erwiderte die Stimme der Sonnen. »Und dort sammeln sich die Drachenarmeen. In Solace« – er zeigte mit einem Stock auf die Stelle – »und in Haven. Lord Verminaard hat kein Geheimnis aus seinen Plänen gemacht, in Qualinost einzufallen. Er erwartet nur seine Streitkräfte und sichert die Versorgungswege. Wir können gegen diese Horde nicht ankämpfen.«

»Sicherlich ist Qualinost leicht zu verteidigen«, sagte Sturm. »Auf dem Landweg gibt es keine direkte Straße. Wir überquerten Brücken über Schluchten, die keine Armee überwinden könnte, wenn man die Brücken vernichtete. Warum erhebst du dich nicht gegen sie?«

»Wenn es nur eine Armee wäre, könnten wir Qualinost wohl verteidigen«, antwortete die Stimme der Sonnen. »Aber was können wir gegen Drachen ausrichten?« Die Stimme der Sonnen spreizte hilflos seine Hände. »Nichts! Nach den Legenden konnte der mächtige Huma nur mit der Drachenlanze die Drachen besiegen. Nun gibt es niemanden – zumindest wissen wir nichts davon –, der sich an das Geheimnis dieser mächtigen Waffe erinnert.«

Fizban wollte etwas sagen, aber Raistlin stieß ihn an.

»Nein«, fuhr die Stimme der Sonnen fort, »wir müssen diese Stadt und diese Wälder aufgeben. Wir planen, in den Westen zu gehen, in das unerforschte Land, wo wir hoffen, für unser Volk eine neue Heimat zu finden – oder wir kehren vielleicht nach Silvanesti zurück, der ältesten Elfenheimat. Vor einer Woche machten unsere Pläne gute Fortschritte. Der Drachenfürst wird einen dreitägigen Gewaltmarsch brauchen, um seine Männer in Angriffsposition zu bringen, und Spione werden uns informieren, wenn die Armee in Solace aufbricht. Wir hätten genügend

Zeit gehabt, in den Westen zu flüchten. Aber dann erfuhren wir von der dritten Drachenarmee in Pax Tarkas, kaum mehr als eine Tagesreise von hier. Wenn diese Armee nicht aufgehalten wird, sind wir verloren.«

»Und du weißt einen Weg, um diese Armee aufzuhalten?« fragte Tanis.

»Ja.« Die Stimme der Sonnen sah zu seinem jüngsten Sohn. »Wie ihr wißt, werden Männer aus Torweg und Solace und den Nachbarortschaften in der Festung von Pax Tarkas gefangengehalten; sie arbeiten als Sklaven für den Drachenfürsten. Verminaard ist klug. Aus Furcht vor einer Sklavenrevolte hält er die Frauen und Kinder dieser Männer als Geiseln. Wir sind überzeugt, daß sich die Männer gegen ihre Herren wenden und sie vernichten würden, wenn wir diese Geiseln befreien. Es war Gilthanas' Mission, die Geiseln zu befreien und die Revolte anzuführen. Er hätte die Menschen nach Süden in die Berge gebracht, die dritte Armee aufgehalten und uns so Zeit zur Flucht gegeben.«

»Und was wäre dann mit den Menschen geschehen?« fragte Flußwind barsch. »Es scheint mir, daß du sie der Drakoarmee in den Rachen wirfst, so wie ein Verzweifelter Wölfen Fleischstücke zuwirft.«

»Lord Verminaard wird sie nicht mehr lange leben lassen, befürchte ich. Das Eisenerz ist fast erschöpft. Er wird noch jedes kleine Stück zusammentragen, aber dann werden die Sklaven für ihn nutzlos sein. In den Bergen gibt es Täler, Höhlen, wo die Menschen leben und den Drachenarmeen widerstehen könnten. Sie könnten leicht die Gebirgspässe gegen sie halten, besonders jetzt, da der Winter einsetzt. Zugegeben, einige werden sterben, aber das ist der Preis, der bezahlt werden muß. Wenn du die Wahl hättest, Mann aus den Ebenen, würdest du lieber in der Sklaverei oder kämpfend sterben?«

»Gilthanas' Mission ist gescheitert«, sagte Tanis, »und jetzt möchtest du, daß wir die Revolte anführen?«

»Ja, Tanthalas«, erwiderte die Stimme der Sonnen. »Gilthanas kennt einen Weg nach Pax Tarkas – den Sla-Mori. Er kann euch in die Festung führen. Du hast nicht nur die Möglichkeit, deine eigene Rasse zu befreien, sondern du bietest den Elfen eine Möglichkeit zur Flucht« – die Stimme der Sonnen verhärtete sich –, »eine Möglichkeit zu leben, die viele Elfen nicht mehr hatten, als die Menschen die Umwälzung über uns herbeiführten!«

Flußwind sah knurrend auf. Selbst Sturms Miene verfinsterte sich. Die Stimme der Sonnen holte tief Luft und seufzte dann. »Bitte vergebt mir«, sagte er. »Ich will euch nicht mit Peitschen aus der Vergangenheit schlagen. Ich werde meinen Sohn Gilthanas bereitwillig mit euch schicken, wohl wissend, daß wir uns vielleicht nie mehr wiedersehen werden. Ich bin zu diesem Opfer bereit, damit mein Volk – und euer Volk – leben kann.«

»Wir brauchen Bedenkzeit«, sagte Tanis, obwohl sein Entschluß schon feststand. Die Stimme der Sonnen nickte, und Elfenkrieger bahnten den Gefährten einen Weg durch die Menge und führten sie zu einem Wäldchen. Hier ließ man sie allein.

Tanis' Freunde standen vor ihm, ihre ernsten Gesichter wirkten wie Masken aus Licht und Schatten unter den Sternen. Die ganze Zeit, dachte er, habe ich darum gekämpft, daß wir zusammenbleiben. Jetzt, glaube ich, müssen wir uns trennen. Wir können nicht riskieren, die Scheiben mit nach Pax Tarkas zu nehmen, und Goldmond wird sie nicht aus der Hand geben.

»Ich werde nach Pax Tarkas gehen«, sagte Tanis leise. »Aber mir scheint, es ist jetzt an der Zeit, daß wir uns trennen, meine Freunde. Bevor ihr was sagt, hört mir bitte zu. Ich möchte Tika, Goldmond, Flußwind, Caramon, Raistlin und dich, Fizban, bei den Elfen lassen in der Hoffnung, daß die Scheiben bei euch in Sicherheit sind. Sie sind zu wertvoll, um sie bei einem Überfall auf Pax Tarkas zu riskieren.«

»Das kann schon sein, Halb-Elf«, flüsterte Raistlin, »aber unter den Qualinost-Elfen wird Goldmond nicht denjenigen finden, den sie sucht.«

»Woher weißt du das?« fragte Tanis bestürzt.

»Er weiß überhaupt nichts, Tanis«, unterbrach Sturm bitter. »Mehr Geschwätz...«

»Raistlin?« beharrte Tanis und ignorierte Sturm.

»Du hast doch den Ritter gehört!« zischte der Magier. »Ich weiß nichts!«

Tanis seufzte, dann blickte er sich um. »Ihr habt mich zum Anführer ernannt...«

»Ja, das haben wir, Bursche«, sagte Flint plötzlich. »Aber deine Entscheidung kommt aus deinem Kopf – nicht aus deinem Herzen. Tief innen bist du nicht überzeugt, daß wir uns trennen sollten.«

»Nun, ich werde nicht bei diesen Elfen bleiben«, sagte Tika und kreuzte ihre Arme über der Brust. »Ich gehe mit dir, Tanis. Ich will eine Schwertkämpferin werden, wie Kitiara.«

Tanis zuckte zusammen. Diesen Namen zu hören, war wie ein Schlag ins Gesicht.

»Auch ich werde mich nicht bei Elfen verstecken«, sagte Flußwind, »erst recht nicht, wenn es bedeutet, meine Rasse für mich kämpfen zu lassen.«

»Er und ich sind eins«, sagte Goldmond und legte ihre Hand auf seinen Arm. »Außerdem«, sagte sie weicher, »irgendwie weiß ich, daß der Magier die Wahrheit sagt – der Führer ist nicht unter den Elfen. Sie wollen vor der Welt fliehen, anstatt für sie zu kämpfen.«

»Wir kommen alle mit, Tanis«, sagte Flint bestimmt.

Der Halb-Elf sah sich hilflos in der Gruppe um, dann lächelte er und schüttelte den Kopf. »Ihr habt recht. Es war nicht meine wirkliche Überzeugung, daß wir uns trennen sollten. Es ist natürlich am vernünftigsten und logischsten, und darum handeln wir wohl nicht so.«

»Und jetzt könnten wir vielleicht ein wenig schlafen«, gähnte Fizban.

»Warte eine Minute, Alter«, sagte Tanis ernst. »Du gehörst nicht dazu. Du solltest wirklich bei den Elfen bleiben.«

»Soll ich?« fragte der alte Magier sanft, während seine Augen ihren unbestimmten Blick verloren. Er sah Tanis mit solch einem durchdringenden, fast drohenden Blick an, daß der Halb-Elf instinktiv einen Schritt zurücktrat, da er plötzlich eine fast greifbare Aura von Macht um den alten Mann spürte. Seine Stimme war sanft und intensiv. »Ich allein entscheide, wohin ich in dieser Welt gehe, und ich habe mich entschieden, mit dir zu gehen, Tanis Halb-Elf.«

Raistlin sah zu Tanis, als ob er sagen wollte: *Verstehst du jetzt?* Tanis erwiderte unentschlossen den Blick. Er bereute, das Gespräch mit Raistlin unterbrochen zu haben, aber fragte sich jetzt, wie sie in Anwesenheit des alten Mannes überhaupt miteinander sprechen sollten.

»Ich sage dir das, Raistlin«, sagte Tanis plötzlich im Lagerfeuer-Slang, einer verzerrten Form der Umgangssprache, die von den gemischtrassigen Söldnern auf Krynn entwickelt worden war. Die Zwillinge hatten sich vor langer Zeit einmal als Söldner verdingt – wie die meisten der Gefährten –, um zu überleben. Tanis wußte, daß Raistlin ihn verstehen würde. Und er war sich ziemlich sicher, daß der alte Mann diese Sprache nicht verstand.

»Wir sprechen, wenn willst«, antwortete Raistlin in der gleichen Sprache, »aber wenig weiß ich.«

»Du Furcht. Warum?«

Raistlins seltsame Augen sahen in die Ferne, als er langsam antwortete. »Ich weiß nicht, Tanis. Aber – du recht. Da ist Macht, im Alten. Ich fühle große Macht. Ich fürchte.« Seine Augen glänzten. »Und ich hungrig!« Der Magier seufzte und schien von daher wiederzukehren, wo er gewesen war. »Aber er recht. Versuchen, ihn aufhalten? Sehr viel Gefahr.«

»Als ob es nicht schon reichen würde«, sagte Tanis bitter und wechselte wieder in die Umgangssprache.

»Andere sind vielleicht genauso gefährlich«, sagte Raistlin und warf seinem Bruder einen bedeutungsvollen Blick zu. Der Magier sprach auch wieder in der Umgangssprache. »Ich bin müde. Ich muß schlafen. Bleibst du auf, Bruder?«

»Ja«, antwortete er und tauschte einen Blick mit Sturm. »Wir werden uns noch ein wenig mit Tanis unterhalten.«

Raistlin nickte und reichte Fizban seinen Arm. Der alte und der junge Magier gingen. Der alte Magier schlug mit seinem

Stab auf einen Baum ein und beschuldigte ihn, versucht zu haben, sich an ihn heranzuschleichen.

»Als ob ein verrückter Magier nicht reichen würde«, murrte Flint. »Ich werde schlafen gehen.«

Einer nach dem anderen ging, bis Tanis, Caramon und Sturm allein waren. Tanis wandte ihnen müde sein Gesicht zu. Er hatte das Gefühl zu wissen, was kommen würde. Caramon errötete und starrte auf seine Füße. Sturm strich über seinen Schnurrbart und sah Tanis nachdenklich an.

»Nun?« fragte Tanis.

»Gilthanas«, antwortete Sturm.

Tanis runzelte die Stirn und kratzte seinen Bart. »Das ist meine Sache und nicht eure«, sagte er kurz.

»Es ist *unsere* Sache, Tanis«, beharrte Sturm, »wenn er uns nach Pax Tarkas führt. Wir wollen uns nicht in deine Angelegenheit mischen, aber offensichtlich besteht eine Feindschaft zwischen euch. Ich habe mitbekommen, wie er dich ansieht, Tanis, und ich an deiner Stelle würde nirgendwo hingehen, ohne einen Freund im Rücken zu haben.«

Caramon sah Tanis ernst an. »Ich weiß, er ist ein Elf und so weiter«, sagte der Krieger langsam. »Aber, wie Sturm sagt, er hat manchmal in seinen Augen einen komischen Blick. Kennst du nicht diesen Weg nach Sla-Mori? Können wir ihn nicht selbst finden? Ich traue ihm nicht. Sturm und Raist auch nicht.«

»Hör zu, Tanis«, sagte Sturm, als er sah, wie sich das Gesicht des Halb-Elf vor Zorn verdunkelte. »Wenn Gilthanas in solch einer Gefahr in Solace war, wie er behauptet, warum saß er dann so lässig im Wirtshaus? Und dann diese Geschichte, wie seine Kämpfer ›zufällig‹ in eine ganze Armee liefen! Tanis, schüttel nicht so schnell den Kopf. Er braucht nicht bösartig zu sein, nur irregeleitet. Was ist, wenn Verminaard irgendeinen Einfluß auf ihn ausübt? Vielleicht hat der Drachenfürst ihn überzeugt, sein Volk zu verschonen, wenn er uns dafür betrügt! Vielleicht war er darum in Solace, um auf uns zu warten.«

»Das ist lächerlich!« sagte Tanis schnell. »Woher hätte er denn wissen sollen, daß wir kommen?«

»Wir haben unsere Reise von Xak Tsaroth nach Solace nicht direkt geheimgehalten«, entgegnete Sturm kühl. »Wir sahen überall auf dem Weg Drakonier, und jenen, die aus Xak Tsaroth entkommen konnten, mußte klar gewesen sein, daß wir wegen der Scheiben dort waren. Verminaard weiß wahrscheinlich besser, wie wir aussehen, als er seine Mutter kennt.«

»Nein! Das glaube ich nicht!« sagte Tanis wütend und blickte Sturm und Caramon haßerfüllt an. »Ihr irrt euch beide! Ich würde mein Leben darauf setzen. Ich bin mit Gilthanas aufgewachsen, ich kenne ihn! Ja, es bestand eine Feindschaft, aber wir haben darüber geredet, und die Sache ist erledigt. Ich glaube, er wird an dem Tag ein Verräter seines Volkes werden, wenn du oder Caramon zu Verrätern werdet. Und, nein, ich kenne nicht den Weg nach Pax Tarkas. Ich bin dort noch nie gewesen. Und noch eine Sache«, schrie Tanis jetzt völlig in Rage, »wenn ich Leuten in dieser Gruppe nicht traue, dann sind es dein Bruder und dieser alte Mann!« Er sah Caramon anschuldigend an.

Der große Mann wurde blaß und senkte seine Augen. Er begann sich umzudrehen. Tanis beruhigte sich wieder, plötzlich war ihm klar, was er gesagt hatte. »Es tut mir leid, Caramon.« Er legte seine Hand auf den Arm des Kriegers. »Ich meinte das nicht so. Raistlin hat mehr als einmal unser Leben auf dieser wahnsinnigen Reise gerettet. Es ist nur, daß ich nicht glauben kann, daß Gilthanas ein Verräter ist!«

»Wir wissen es, Tanis«, sagte Sturm ruhig. »Und wir vertrauen deinem Urteil. Aber – eine Nacht ist zu dunkel, um mit verschlossenen Augen herumzulaufen, wie es bei meinem Volk heißt.«

Tanis seufzte und nickte. Er legte die andere Hand auf Sturms Arm. Der Ritter drückte sie, und die drei Männer standen schweigend da. Dann verließen sie das Wäldchen und gingen zum Himmelssaal zurück. Sie konnten immer noch die Stimme der Sonnen mit seinen Kriegern reden hören.

»Was bedeutet Sla-Mori?« fragte Caramon.
»Geheimer Weg«, antwortete Tanis.

Tanis wachte erschrocken auf, seine Hand griff zum Dolch an seinem Gürtel. Eine dunkle Gestalt bückte sich zu ihm, löschte die Sterne über ihm aus. Er faßte schnell zu und zog die Person herunter und legte den Dolch an ihre Kehle.

»Tanthalas!« Beim Anblick der blitzenden Waffe wurde ein leiser Schrei ausgestoßen.

»Laurana!« keuchte Tanis.

Ihr Körper drückte sich an seinen. Er spürte sie zittern, und jetzt, da er völlig wach war, konnte er ihr langes Haar über ihre Schultern fließen sehen. Sie war nur in ein dünnes Nachtgewand gekleidet. Ihr Umhang war ihr in ihrem kurzen Kampf entglitten.

Laurana hatte impulsiv ihr Bett verlassen, nur einen Umhang gegen die Kälte übergezogen und war in die Nacht geschlüpft. Nun lag sie über Tanis' Brust, zu verängstigt, um sich zu bewegen. Dies war eine Seite von Tanis, von der sie nie gewußt hatte. Ihr wurde plötzlich klar, daß sie nun tot wäre – mit aufgeschlitzter Kehle –, wenn sie ein Feind gewesen wäre.

»Laurana...«, wiederholte Tanis und steckte mit zitternder Hand den Dolch wieder in den Gürtel. Er schob sie fort und setzte sich, wütend auf sich, weil er sie erschreckt hatte, und wütend auf sie, weil sie etwas Tiefes in ihm geweckt hatte. Einen Moment lang, als sie auf ihn gelegen hatte, hatte er intensiv den Duft ihres Haares, die Wärme ihres schlanken Körpers, das Muskelspiel ihrer Oberschenkel, ihre weichen kleinen Brüste wahrgenommen. Laurana war ein Mädchen gewesen, als er gegangen war. Er war zu einer Frau zurückgekehrt – einer wunderschönen, begehrenswerten Frau.

»Was im Namen der Hölle machst du hier zu dieser nächtlichen Stunde?«

»Tanthalas«, sagte sie, schluckte, zog ihren Umhang dichter um sich. »Ich wollte dich bitten, deine Meinung zu ändern. Laß deine Freunde die Menschen in Pax Tarkas befreien. Du mußt mit uns kommen! Wirf dein Leben nicht fort. Mein Vater ist verzweifelt. Er glaubt nicht, daß der Plan funktioniert – ich weiß es genau. Aber er hat keine andere Wahl! Er trauert jetzt schon um Gilthanas, als wäre er tot. Ich werde meinen Bruder verlieren. Ich will dich nicht auch noch verlieren!« Sie schluchzte. Tanis sah sich flüchtig um. Vermutlich waren überall Elfenwachen aufgestellt. Wenn die Elfen ihn in dieser kompromittierenden Situation fanden...

»Laurana«, sagte er, faßte sie an den Schultern und schüttelte sie. »Du bist kein Kind mehr. Du mußt endlich erwachsen werden. Ich lasse meine Freunde nicht allein auf dieser gefährlichen Reise. Mir ist das Risiko klar; ich bin nicht blind! Aber wenn wir die Menschen von Verminaard befreien und deinem Volk Zeit zur Flucht geben können, ist es eine Möglichkeit, die wir nutzen müssen! Es wird auch für dich eine Zeit kommen, Laurana, da du dein Leben für etwas riskieren mußt, von dem du überzeugt bist – etwas, das mehr als das Leben selbst ist. Verstehst du?«

Sie sah zu ihm auf durch ihre goldenen Haare. Sie hörte auf zu schluchzen und zu zittern. Sie sah ihn aufmerksam an.

»Verstehst du, Laurana?« wiederholte er.

»Ja, Tanthalas«, antwortete sie weich. »Ich verstehe.«

»Gut!« Er seufzte. »Dann geh jetzt wieder ins Bett. Schnell. Du hast mich in Gefahr gebracht. Wenn Gilthanas uns so sehen würde...«

Laurana erhob sich und entfernte sich schnell aus dem Wäldchen, huschte durch die Straßen und an den Häusern vorbei wie der Wind durch die Espen. Sich an den Wachen vorbeizuschleichen, um in das Haus ihres Vaters zu kommen, war einfach – sie und Gilthanas machten das seit ihrer Kindheit. Bevor sie in ihr Zimmer ging, stand sie einen Moment an der Tür ihrer Eltern und lauschte. Das Licht brannte noch. Sie konnte Pergamentpapier rascheln hören, dann etwas Beißendes riechen. Ihr Vater verbrannte Papiere. Sie hörte das sanfte Murmeln ihrer Mutter, die ihren Vater ins Bett rief. Laurana schloß im stummen Schmerz kurz die Augen, dann preßte sie ihre Lippen entschlossen zusammen und rannte durch den dunklen kühlen Flur zu ihrem Schlafgemach.

Zweifel. Hinterhalt
Ein neuer Freund

Die Elfen weckten die Gefährten vor der Morgendämmerung. Gewitterwolken verdunkelten den nördlichen Horizont und streckten sich wie greifende Finger nach Qualinost aus. Gilthanas erschien nach dem Frühstück, in eine blaue Tunika und ein Kettenhemd gekleidet.

»Hier ist Proviant«, sagte er und zeigte auf die Krieger, die in ihren Händen Pakete hielten. »Wir können euch auch mit Waffen oder Rüstungen versorgen, falls ihr etwas braucht.«

»Tika braucht eine Rüstung, einen Schild und ein Schwert«, sagte Caramon.

»Wir werden nachsehen, ob sich das machen läßt«, sagte Gilthanas, »obwohl ich nicht glaube, daß wir alles in ihrer Größe haben.«

»Wie geht es Theros Eisenfeld heute morgen?« fragte Goldmond.

»Es geht ihm gut, Klerikerin der Mishakal.« Gilthanas verbeugte sich respektvoll vor Goldmond. »Mein Volk wird ihn natürlich mitnehmen, wenn wir aufbrechen. Du solltest ihm Lebwohl sagen.«

Schon bald kam ein Elf mit einer Rüstung und einem leichten Kurzschwert für Tika zurück. Tikas Augen glänzten, als sie den Helm und den Schild sah. Beide waren auf Elfenart gearbeitet und mit Juwelen verziert.

Gilthanas nahm dem Elf Helm und Schild ab. »Ich muß mich noch bei dir bedanken, daß du mein Leben im Wirtshaus gerettet hast«, sagte er zu Tika. »Bitte nimm dies an. Es ist die Rüstung meiner Mutter, die sie bei Zeremonien trug, und sie stammt aus der Zeit der Sippenkriege. Eigentlich war sie meiner Schwester zugedacht, aber Laurana und ich glauben, daß du sie verdient hast.«

»Wie schön«, murmelte Tika und errötete. Sie nahm den Helm und sah dann verwirrt auf die restliche Rüstung. »Ich weiß nicht, wie man das anlegt«, gestand sie.

»Ich helfe dir«, bot Caramon eifrig an.

»Ich werde ihr helfen«, sagte Goldmond bestimmt. Sie hob die Rüstung auf und führte Tika in ein Wäldchen.

»Was weiß *sie* denn über Rüstungen?« murrte Caramon.

Flußwind sah den Krieger an und lächelte das seltene Lächeln, das sein ernstes Gesicht weicher werden ließ. »Du vergißt«, sagte er, »sie ist die Tochter des Stammeshäuptlings. Es war ihre Pflicht bei der Abwesenheit ihres Vaters, den Stamm in den Krieg zu führen. Sie weiß eine Menge über Rüstungen, Krieger – und sogar noch mehr über das Herz, das in ihrer Brust schlägt.«

Caramon wurde rot. Nervös hob er ein Paket Proviant auf und sah hinein. »Was ist das für ein Zeug?« fragte er.

»*Quith-pa*«, antwortete Gilthanas. »Eiserne Rationen, in eurer Sprache. Im Notfall kommen wir damit viele Wochen aus.«
»Es sieht aus wie Trockenobst!« sagte Caramon.
»Das ist es auch«, entgegnete Tanis grinsend.
Caramon stöhnte auf.

Die Dämmerung begann schon die spärlichen Gewitterwolken in ein blasses kühles Licht zu färben, als Gilthanas die Gruppe aus Qualinost führte. Tanis hielt seine Augen nach vorn gerichtet, er wollte sich nicht umschauen. Er wünschte, daß seine letzte Reise hierher glücklicher verlaufen wäre. Er hatte Laurana den ganzen Morgen nicht gesehen, und obwohl er erleichtert war, einem tränenvollen Abschied aus den Weg gegangen zu sein, wunderte er sich insgeheim, warum sie ihm nicht Lebwohl gesagt hatte.
Der Pfad verlief nach Süden und allmählich bergab. Er war mit Gebüsch dicht bewachsen gewesen, aber die Krieger, die Gilthanas vorher angeführt hatte, hatten ihn freigemacht, so daß sie relativ mühelos vorwärtskamen. Caramon ging neben Tika, die in ihrer nicht zusammenpassenden Rüstung prächtig aussah, und erteilte ihr Unterricht im Schwertgebrauch. Unglücklicherweise hatte der Lehrer eine furchtbare Zeit.
Goldmond hatte Tikas roten Magdrock bis zu den Oberschenkeln aufgeschlitzt, damit sie sich leichter bewegen konnte. Tikas weißes, fellbesetztes Unterkleid lugte verführerisch durch die Schlitze. Beim Gehen wurden ihre Beine sichtbar; und die Beine des Mädchens waren genauso, wie Caramon sie sich immer vorgestellt hatte – rund und wohlgeformt. Darum empfand Caramon es als sehr schwierig, sich auf seine Lektion zu konzentrieren. Völlig in Anspruch genommen von seiner Schülerin, hatte er nicht einmal bemerkt, daß sein Bruder verschwunden war.
»Wo ist der junge Magier?« fragte Gilthanas barsch.
»Vielleicht ist ihm etwas passiert«, sagte Caramon besorgt, sich selbst verfluchend, daß er seinen Bruder vergessen hatte. Der Krieger zog sein Schwert und wollte zurückeilen.

»Unsinn!« Gilthanas hielt ihn auf. »Was sollte ihm denn passiert sein? Meilenweit gibt es hier keine Feinde. Er muß den Weg verlassen haben – aus irgendeinem Grund.«

»Was meinst du damit?« fragte Caramon mit finsterem Blick. »Vielleicht ging er, um...«

»Um zu sammeln, was ich für meine Magie brauche, Elf«, flüsterte Raistlin, der aus einem Gebüsch trat. »Und um die Kräutervorräte aufzufüllen, die meinen Husten lindern.«

»Raist!« Caramon erdrückte ihn fast vor Erleichterung. »Du solltest nicht allein fortgehen – es ist gefährlich.«

»Meine Zauberzutaten sind geheim«, flüsterte Raistlin wütend und schob seinen Bruder zur Seite. Auf seinen Zauberstab gestützt, gesellte er sich wieder zu Fizban.

Gilthanas warf Tanis einen durchdringenden Blick zu, der die Achseln zuckte und den Kopf schüttelte. Als die Gruppe ihren Marsch fortsetzte, wurde der Pfad immer steiler und führte aus den Espenwäldern in den Nadelwald des Flachlandes. Er wand sich einen klaren Bach entlang, der schon bald zu einem reißenden Strom wurde, als sie weiter nach Süden marschierten.

Als sie für ein hastiges Mittagsmahl anhielten, setzte sich Fizban zu Tanis. »Jemand verfolgt uns«, sagte er in durchdringendem Flüsterton.

»Was?« fragte Tanis und sah den alten Mann ungläubig an.

»Ja, wirklich«, nickte der alte Magier eindringlich. »Ich habe es gesehen – es bewegt sich blitzschnell zwischen den Bäumen.«

Sturm sah Tanis' besorgten Blick. »Was ist los?«

»Der Alte meint, wir werden verfolgt.«

»Quatsch!« Gilthanas warf seinen letzten Bissen *Quith-pa* voller Abscheu fort und erhob sich. »Das ist unsinnig. Laßt uns nun aufbrechen. Der Sla-Mori ist noch viele Meilen entfernt, und wir müssen bis Sonnenuntergang dort sein.«

»Ich übernehme die Nachhut«, sagte Sturm leise zu Tanis.

Viele Stunden wanderten sie durch den verwilderten Kiefernwald. Die Sonne verschwand langsam am Horizont, als die Gruppe plötzlich auf eine Lichtung stieß.

»Pssst!« warnte Tanis und trat beunruhigt zurück.

Caramon, sofort auf der Hut, zog sein Schwert und gab mit der anderen Hand seinem Bruder und Sturm Zeichen.

»Was ist denn?« piepste Tolpan. »Ich kann nichts sehen!«

»Pssst!« Tanis sah den Kender wütend an, und Tolpan schlug sich selbst auf den Mund, um Tanis die Mühe zu ersparen.

Die Lichtung mußte noch vor kurzem Schauplatz einer blutigen Schlacht gewesen sein. Körper von Menschen und Hobgoblins lagen in den obszönen Stellungen des brutalen Todes herum. Die Gefährten sahen sich furchtsam um und lauschten lange Zeit, konnten aber außer dem tosenden Strom nichts hören.

»Meilenweit kein Feind!« Sturm sah Gilthanas finster an und wollte auf die Lichtung zugehen.

»Warte!« sagte Tanis. »Ich glaube, etwas hat sich bewegt!«

»Vielleicht lebt einer von denen noch«, sagte Sturm kühl und ging weiter. Die anderen folgten ihm langsam. Ein leises Stöhnen drang von zwei Hobgoblinleichen herüber. Die Krieger gingen mit gezogenen Schwertern durch die Leichenberge.

»Caramon...«, zeigte Tanis.

Der Krieger schob die Körper auseinander. Darunter lag ein jammerndes Wesen.

»Ein Mensch«, berichtete Caramon. »Stark blutend. Bewußtlos, glaube ich.«

Die anderen kamen näher, um sich den Mann anzusehen. Goldmond wollte sich zu ihm knien, aber Caramon hielt sie auf.

»Nein, meine Dame«, sagte er leise. »Es könnte sinnlos sein, ihn zu heilen, sollten wir ihn hinterher wieder töten müssen. Vergiß nicht – in Solace haben Menschen für den Drachenfürsten gekämpft.«

Der Mann trug ein Kettenhemd von sichtbar guter Qualität. Seine Kleider waren kostbar, aber an einigen Stellen war der Stoff verschlissen. Er schien Ende Dreißig zu sein. Sein Haar war dicht und schwarz, sein Kinn entschlossen und seine Gesichtszüge regelmäßig. Der Fremde öffnete die Augen und starrte erschöpft auf die Gefährten.

»Dank den Göttern der Sucher!« sagte er heiser. »Meine Freunde – sind sie alle tot?«

»Sorge dich erst um dich«, sagte Sturm ernst. »Sag uns, wer deine Freunde waren – die Menschen oder die Hobgoblins?«

»Die Menschen – Krieger gegen die Drachenmänner.« Der Mann brach ab, seine Augen waren weit aufgerissen. »Gilthanas?«

»Eben«, sagte Gilthanas überrascht. »Wie hast du den Kampf in der Schlucht überlebt?«

»Wie hast du ihn denn überlebt?« Der Mann mit dem Namen Eben versuchte, sich zu erheben. Caramon reichte ihm hilfsbereit seine Hand, als Eben plötzlich zeigte: »Seht! Drak...«

Caramon fuhr herum und ließ Eben wieder fallen. Die anderen folgten seinem Blick: Zwölf Drakonier standen mit gezogenen Waffen am Rande der Lichtung.

»Alle Fremden in diesem Land werden dem Drachenfürsten zur Vernehmung vorgeführt«, rief einer. »Wir fordern Euch auf, ohne Widerstand mitzukommen.«

»Niemand sollte diesen Weg nach Sla-Mori kennen«, flüsterte Sturm Tanis mit einem bedeutungsvollen Blick zu Gilthanas zu. »So sagte jedenfalls der Elf.«

»Wir nehmen keine Befehle von Lord Verminaard entgegen!« gellte Tanis, Sturm ignorierend.

»Das werdet ihr noch früh genug«, sagte der Drakonier und winkte mit der Hand. Die Kreaturen drängten zum Angriff.

Fizban, der am Rande des Waldes stand, zog etwas aus seinem Beutel und begann einige Worte zu murmeln.

»Keine Feuerkugel!« zischte Raistlin und griff nach dem Arm des alten Magiers. »Du wirst alle verbrennen!«

»O wirklich? Da hast du wohl recht.« Der alte Magier seufzte enttäuscht auf, dann strahlte er wieder. »Warte – ich denke mir etwas anderes aus.«

»Bleib einfach hier in Deckung stehen!« befahl Raistlin. »Ich gehe zu meinem Bruder.«

»Wie war das bloß noch mit diesem Netzzauber...?« grübelte der alte Mann.

Tika, die ihr neues Schwert gezogen hatte und kampfbereit dastand, zitterte vor Furcht und Aufregung. Ein Drakonier stürzte auf sie zu, und sie holte zu einem kraftvollen Schlag aus. Die Klinge verfehlte den Drakonier um eine Meile und Caramons Kopf um einige Millimeter. Er zog Tika hinter sich und schlug den Drakonier mit der flachen Seite seines Schwertes zu Boden. Bevor er sich erheben konnte, trat Caramon auf seine Kehle und brach ihm das Genick.

»Bleib hinter mir«, sagte er zu Tika, dann sah er auf das Schwert, mit dem sie immer noch wild um sich fuchtelte. »Noch besser ist«, fügte Caramon nervös hinzu, »wenn du dort hinüber zu Goldmond rennst.«

»Ich will aber nicht«, sagte Tika entrüstet. »Ich werde es ihm schon zeigen«, murmelte sie, ihre verschwitzten Handflächen rutschten über den Schwertgriff. Zwei weitere Drakonier bedrängten Caramon, aber nun war sein Bruder an seiner Seite – die beiden vereinigten Magie und Eisen zur Zerstörung ihres Feindes. Tika wußte, daß sie ihnen nur im Wege stehen würde, und sie hatte vor Raistlins Wut mehr Angst als vor den Drakoniern. Sie sah sich um, ob jemand ihre Hilfe brauchen konnte. Sturm und Tanis kämpften Seite an Seite, Gilthanas kämpfte in – man sollte es nicht glauben – Zusammenarbeit mit Flint, während Tolpan – seinen Hupak hatte er auf den Boden gelegt – eine tödliche Steinladung durch das Feld sausen ließ. Goldmond stand unter den Bäumen, neben ihr Flußwind. Der alte Magier hatte sein Zauberbuch hervorgekramt und blätterte die Seiten durch.

»Netz... Netz... wie ging das nochmal?« murmelte er.

»Aaaarrgghh!« Ein Kreischen hinter Tika hätte beinahe dazu geführt, daß sie ihre Zunge abgebissen hätte. Sie wirbelte herum und ließ ihr Schwert fallen, als ein grauenvoll lachender Drakonier durch die Luft auf sie zuflog. Völlig panisch hielt Tika ihren Schild mit beiden Händen hoch und schlug dem Drakonier damit in seine furchterregende Reptilienfratze. Der Schlag riß ihr fast den Schild aus den Händen, aber er ließ die Kreatur bewußtlos zu Boden sinken. Tika hob ihr Schwert auf, und mit einer wilden Grimasse stieß sie ins Herz der Kreatur. Sein Körper verwandelte sich sofort in Stein und schloß ihr Schwert ein. Tika konnte ziehen und zerren, es blieb im Körper stecken.

»Tika, zu deiner Linken!« gellte Tolpan schrill.

Tika taumelte herum und sah einen weiteren Drakonier. Sie schwang ihren Schild und blockte seinen Schwerthieb ab. Dann, mit einer aus Angst geborenen Kraft, schlug sie immer wieder mit ihrem Schild auf den Drakonier ein, sie wußte nur, daß sie dieses Ding da töten mußte. Sie drosch weiter auf ihn ein, bis sie eine Hand auf ihrem Arm fühlte. Sie fuhr mit ihrem blutverschmierten Schild herum und sah Caramon.

»Es ist alles in Ordnung!« sagte der Krieger besänftigend. »Es ist alles vorbei, Tika. Sie sind alle tot. Du hast es gut gemacht, ganz gut.«

Tika blinzelte. Einen Moment lang erkannte sie ihn nicht wieder. Dann senkte sie zitternd ihren Schild.

»Mit dem Schwert war ich nicht so gut«, sagte sie, immer noch zitternd.

Caramon bemerkte es. Er nahm sie fest in seine Arme und strich ihr über die verschwitzten roten Locken.

»Du warst mutiger als viele erfahrene Krieger«, sagte der große Mann mit seiner tiefen Stimme.

Tika sah hoch in Caramons Augen. Ihre Angst schmolz weg, und an ihre Stelle trat eine tiefe Freude. Sie schmiegte sich an Caramon. Seine harten Muskeln an ihrem Leib und der Geruch von Schweiß, vermischt mit dem von Leder, erhöhten ihre Aufregung. Tika schlang ihre Arme um seinen Hals und küßte ihn mit solch einer Heftigkeit, daß ihre Zähne in seine Lippen drangen und sie sein Blut schmeckte.

Caramon, völlig erstaunt, spürte den Schmerz – ein seltsamer Gegensatz zu ihren weichen Lippen – und wurde von Lust überwältigt. Er begehrte diese Frau mehr, als er je eine andere begehrt hatte – und es waren viele gewesen – in seinem Leben. Er vergaß, wo er war, wer um ihn herum war. Sein Gehirn und sein Blut gerieten in Wallung, und er spürte den Schmerz seiner

Leidenschaft. Er preßte Tika an seine Brust, hielt sie fest und küßte sie mit fast brutaler Intensität.

Den Schmerz seiner Umarmung empfand Tika als herrlich. Sie sehnte sich danach, daß der Schmerz zunehmen und sie einnehmen würde, aber gleichzeitig hatte sie plötzlich Angst. Sie erinnerte sich an die Geschichten, die ihre Freundinnen über die furchtbaren und wunderschönen Dinge erzählt hatten, die zwischen Mann und Frau passieren, und Panik ergriff sie.

Caramon verlor völlig den Sinn für die Wirklichkeit. Er hielt Tika in seinen Armen fest und hatte nur den einen Wunsch – sie in den Wald zu tragen, als er eine kalte vertraute Hand an seiner Schulter spürte.

Der große Mann starrte seinen Bruder an und fiel wieder in die Wirklichkeit zurück. Sanft setzte er Tika wieder auf dem Boden ab. Benommen und desorientiert öffnete sie die Augen, um Raistlin neben seinem Bruder stehen zu sehen, der sie mit seinen seltsam funkelnden Augen musterte.

Tika wurde über und über rot. Sie trat zurück, fiel fast über den Körper des Drakoniers, hob ihren Schild auf und rannte davon.

Caramon schluckte, räusperte sich und wollte etwas sagen, aber Raistlin sah ihn nur voller Abscheu an und ging zu Fizban zurück. Caramon, der wie ein neugeborenes Füllen zitterte, seufzte schwach und gesellte sich zu Sturm, Tanis und Gilthanas, die mit Eben redeten.

»Nein, mir geht es gut«, versicherte der Mann. »Ich fühlte mich nur ein bißchen schwach, als ich diese Kreaturen sah, das ist alles. Ihr habt wirklich eine Klerikerin dabei? Das ist wundervoll, aber sie soll ihre Heilkräfte nicht verschwenden. Es ist nur ein Kratzer. Es ist mehr Blut von ihnen als von mir. Meine Gruppe und ich verfolgten diese Drakonier durch die Wälder, als wir von mindestens vierzig Hobgoblins angegriffen wurden.«

»Und du bist als einziger geblieben, um diese Geschichte zu erzählen«, sagte Gilthanas.

»Ja«, erwiderte Eben und begegnete dem argwöhnischen Blick des Elfen. »Ich bin ein erfahrener Schwertkämpfer – wie du weißt. Ich habe diese getötet« – er zeigte auf sechs Hobgoblins –. »dann wurden es zu viele. Die anderen müssen angenommen haben, daß ich tot sei, und ließen mich liegen. Aber genug von meinen Heldentaten. Ihr geht recht gut mit euren Schwertern um. Wohin wollt ihr?«

»Zum Sla...«, begann Caramon, aber Gilthanas schnitt ihm das Wort ab.

»Wir reisen in geheimer Mission«, sagte Gilthanas. Dann fügte er vorsichtig hinzu. »Wir könnten noch einen erfahrenen Schwertkämpfer gebrauchen...«

»Solange ihr gegen Drakonier kämpft, ist euer Kampf mein Kampf«, sagte Eben erfreut. Er zog seinen Rucksack unter dem Körper eines Hobgoblins hervor und schwang ihn sich über die Schulter.

»Ich heiße Eben Sprungstein. Ich bin aus Torweg. Ihr habt sicherlich von meiner Familie gehört«, sagte er. »Wir hatten eine der beeindruckendsten Villen westlich von...«

»Das ist es!« schrie Fizban. »Mir ist es wieder eingefallen!« plötzlich füllte sich die Luft mit Strängen von klebrigen, schwebenden Spinnweben.

Die Sonne war schon fast untergegangen, als die Gruppe eine offene, von hohen Bergen umgrenzte Ebene erreichte. In Rivalität mit dem Gebirge lag die gigantische Festung, bekannt als Pax Tarkas, die den Paß zwischen den Bergen bewachte. Die Gefährten starrten sie in stummer Ehrfurcht an.

Tika gingen die Augen über beim Anblick der massiven, hoch aufragenden Zwillingstürme. »So etwas Großes habe ich noch nie gesehen! Wer hat das gebaut? Es müssen mächtige Menschen gewesen sein.«

»Es waren keine Menschen«, sagte Flint traurig. Sein Bart bebte, als er mit einem nachdenklichen Gesichtsausdruck auf Pax Tarkas schaute. »Elfen und Zwerge haben sie gemeinsam gebaut. Vor langer, langer Zeit, in friedlichen Tagen.«

»Der Zwerg sagt die Wahrheit«, fügte Gilthanas hinzu. »Vor langer Zeit brach Kith-Kanan das Herz seines Vaters und verließ die uralte Heimat Silvanesti. Er und seine Leute begaben sich zu den wunderschönen Wäldern, die ihnen vom Herrscher von Ergod gemäß der Schriftrolle der Schwertscheide nach Beendigung der Sippenmordkriege zugesprochen worden waren. Seit Kith-Kanans Tod sind schon viele Jahrhunderte vergangen, in denen die Elfen in Qualinost leben. Seine größte Leistung war der Bau von Pax Tarkas. Sie wurde im Geiste einer Freundschaft gebaut, die es auf Krynn nicht mehr gibt, seit es zwischen den Königreichen der Elfen und dem der Zwerge liegt. Es grämt mich, die Festung jetzt zu sehen als Teil einer mächtigen Kriegsmaschine.«

Während Gilthanas sprach, sahen die Gefährten, wie sich das riesige Tor an der Vorderseite von Pax Tarkas öffnete. Eine Armee – lange Reihen von Drakoniern, Hobgoblins und Goblins – marschierte in die Ebene hinaus. Hörnerklang hallte von dem Gipfel der Berge wider. Und von oben wurden sie von einem großen roten Drachen beobachtet. Die Gefährten kauerten sich ins Unterholz. Obwohl der Drache zu weit von ihnen entfernt war, um sie zu sehen, wurden sie doch von der Drachenangst berührt.

»Sie marschieren nach Qualinost«, sagte Gilthanas mit gebrochener Stimme. »Wir müssen in die Festung rein und die Gefangenen befreien. Dann wird Verminaard gezwungen sein, seine Armee zurückzurufen.«

»Du willst nach Pax Tarkas hineinkommen!« keuchte Eben.

»Ja«, antwortete Gilthanas zögernd, anscheinend bereute er, soviel gesagt zu haben.

»Hui!« Eben holte tief Luft. »Ihr habt ganz schön Mut, das muß ich euch lassen. Nun – wie kommen wir rein? Warten, bis die Armee weg ist? Höchstwahrscheinlich werden nur ein paar Wachen am Vordertor stehen. Mit denen werden wir doch schnell fertig, nicht wahr, großer Mann?« Er stieß Caramon an.

»Sicher«, grinste Caramon.

»Das gehört nicht zu unserem Plan«, sagte Gilthanas kühl. Der Elf zeigte auf ein enges, in die Berge führendes Tal, im schwindenden Licht kaum sichtbar. »Das ist unser Weg. Wir werden im Schutz der Dunkelheit eindringen.«

Er erhob sich und ging fort. Tanis eilte ihm nach und holte ihn ein. »Was weißt du über diesen Eben?« fragte der Halb-Elf in der Elfensprache und blickte zu dem Mann zurück, der sich gerade mit Tika unterhielt.

Gilthanas zuckte die Schulter. »Er gehörte zu der Gruppe von Menschen, die mit uns in der Schlucht gekämpft haben. Die Überlebenden wurden nach Solace verschleppt und starben dort. Er konnte wohl entfliehen. Ich ja auch«, sagte Gilthanas mit einem Seitenblick zu Tanis. »Er kommt aus Torweg, wo sein Vater und dessen Vater wiederum wohlhabende Kaufleute waren. Die anderen erzählten mir, wenn er nicht dabei war, daß seine Familie um ihr Vermögen gebracht wurde und er sich seitdem seinen Lebensunterhalt mit dem Schwert verdient.«

»Das dachte ich mir«, sagte Tanis. »Seine Kleider sehen wertvoll aus, obwohl sie mal bessere Tage erlebt haben. Du hast die richtige Entscheidung getroffen, ihn mitzunehmen.«

»Ich wagte nicht, ihn zurückzulassen«, antwortete Gilthanas grimmig. »Einer von uns sollte ein Auge auf ihn haben.«

»Ja.« Tanis fiel ins Schweigen.

»Und auch auf mich, denkst du«, sagte Gilthanas mit angespannter Stimme. »Ich weiß, was die anderen denken – besonders der Ritter. Aber ich schwöre dir, Tanis, ich bin kein Verräter! Ich will nur eines!« Die Augen des Elfen glühten fiebrig im schwindenden Licht. »Ich will diesen Verminaard vernichten. Wenn du ihn nur gesehen hättest, als sein Drache über mein Volk kam... Dafür opfere ich gern mein Leben...« Gilthanas brach abrupt ab.

»Und auch unser Leben?« fragte Tanis.

Als Gilthanas ihm sein Gesicht zuwandte, betrachteten seine mandelförmigen Augen Tanis ohne jegliches Gefühl. »Du mußt wissen, Tanthalas, dein Leben bedeutet das...« Er schnippte mit seinen Fingern. »Aber das Leben meines Volkes bedeutet mir alles. Das ist das einzige, was für mich zählt.« Er ging voran, als Sturm sie einholte.

»Tanis«, sagte er. »Der alte Mann hatte recht. Wir werden verfolgt.«

Der Verdacht verstärkt sich
Der Sla-Mori

Der enge Pfad verlief steil von den Ebenen nach oben in ein bewaldetes Tal an den Ausläufern des Gebirges. Die abendlichen Schatten wurden immer länger, als sie einem Strom ins Gebirge folgten. Sie waren jedoch erst eine kurze Strecke gewandert, als Gilthanas den Pfad verließ und im Gebüsch verschwand. Die Gefährten hielten und sahen sich fragend an.

»Das ist Wahnsinn«, flüsterte Eben Tanis zu. »In diesem Tal leben Trolle – wer, glaubst du wohl, hat diesen Pfad gemacht?« Der dunkelhaarige Mann nahm Tanis' Arm mit einer Vertrautheit, die den Halb-Elf aus der Fassung brachte. »Zugegeben, ich bin neu in eurem Kreis, und du hast keinen Grund, mir zu trauen, aber wieviel weißt du über diesen Gilthanas?«

»Ich weiß...«, begann Tanis, aber Eben ignorierte ihn.

»Es gab einige unter uns, die nicht glaubten, daß die Drakonierarmee zufällig auf uns traf, wenn du verstehst, was ich meine. Meine Kameraden und ich hielten uns in den Bergen versteckt und bekämpften von dort aus die Drachenarmeen, nachdem sie Torweg überfallen hatten. In der letzten Woche gesellten sich diese Elfen wie aus dem Nichts zu uns. Sie sagten uns, sie wollten eine der Festungen des Drachenfürsten überfallen und ob wir mitkommen und sie unterstützen würden. Wir sagten, ja sicher, warum nicht!

Während des Marsches wurden wir wirklich nervös. Überall trafen wir auf Drakonierspuren! Aber die Elfen störte es nicht, Gilthanas behauptete sogar, die Spuren wären alt. In jener Nacht schlugen wir ein Lager auf und stellten Wachen auf. Es stellte sich heraus, daß uns das wenig brachte, denn wir wurden erst wenige Sekunden vor dem Angriff der Drakonier gewarnt. Und...« – Eben blickte sich um und trat näher – »während wir versuchten, wach zu werden, nach unseren Waffen zu greifen und diese stinkigen Kreaturen zu bekämpfen, hörte ich die Elfen rufen, als würde jemand vermißt. Und was glaubst du wohl, nach wem gerufen wurde?«

Eben beobachtete Tanis gespannt. Der Halb-Elf runzelte die Stirn und schüttelte irritiert den Kopf.

»Gilthanas!« zischte Eben. »Er war verschwunden! Sie schrien und schrien immer wieder nach ihm – ihrem Anführer!« Der Mann zuckte die Achseln. »Ich erlebte nicht mehr, ob er wieder auftauchte oder nicht. Ich wurde gefangengenommen. Sie brachten uns nach Solace, wo ich entfliehen konnte. Auf alle Fälle würde ich mir lieber zweimal über diesen Elfen Gedanken machen. Er könnte einen guten Grund gehabt haben zu verschwinden, als die Drakonier angriffen, aber...«

»Ich kenne Gilthanas seit langer Zeit«, unterbrach ihn Tanis schroff, aber auch verunsicherter, als er zugeben wollte.

»Dachte nur, du solltest das wissen«, lenkte Eben verständnisvoll lächelnd ein. Er klopfte Tanis auf die Schulter und begab sich wieder zu Tika.

Tanis brauchte sich nicht umzudrehen, um zu wissen, daß Caramon und Sturm jedes Wort mitgehört hatten. Beide sagten jedoch nichts, und bevor Tanis mit ihnen reden konnte, erschien Gilthanas plötzlich im Gehölz.

»Es ist nicht sehr weit«, sagte der Elf. »Das Gebüsch lichtet sich weiter vorn, und das Laufen wird einfacher.«

»Ich meine, wir sollten versuchen, durch das Vordertor reinzukommen«, ließ sich Eben hören.

»Ich denke auch so«, sagte Caramon. Der Krieger blickte auf seinen Bruder, der sich unter einem Baum niedergelassen hatte. Goldmond war völlig erschöpft. Und selbst Tolpan ließ müde den Kopf hängen.

»Wir könnten hier übernachten und in der Morgendämmerung durch das Vordertor gehen«, schlug Sturm vor.

»Wir halten uns an den ursprünglichen Plan«, sagte Tanis scharf. »Wir lagern erst, wenn wir den Sla-Mori erreicht haben.«

Dann ergriff Flint das Wort. »Wir könnten doch am Tor läuten und Lord Verminaard bitten, dich hineinzulassen, Sturm Feuerklinge. Ich bin sicher, er wird es liebend gern tun.« Der Zwerg stapfte auf dem Pfad weiter.

»Zumindest«, sagte Tanis leise zu Sturm, »würde das vielleicht unseren Verfolger abschütteln.«

»Wer oder was auch immer er ist«, antwortete Sturm, »er scheint sich auszukennen, möchte ich sagen. Immer wenn ich versuche herauszufinden, wer uns da eigentlich folgt, und mich etwas zurückfallen lasse, verschwindet er. Ich dachte daran, ihm eine Falle zu stellen, fand aber bisher keine Zeit dazu.«

Die Gruppe hatte den Fuß eines riesigen Granitfelsens erreicht und trat dankbar aus dem Gestrüpp hervor. Gilthanas ging einige hundert Meter an der Felswand entlang und tastete sie suchend ab. Plötzlich hielt er inne.

»Wir sind da«, flüsterte er. Er griff in seine Tunika und holte einen kleinen Edelstein hervor, der in einem sanften, gedämpften Gelb glühte. Er fuhr noch einmal mit der Hand über die Gesteinswand und fand schließlich, was er gesucht hatte – eine kleine Nische im Granit. Er legte den Edelstein in die Nische und begann, uralte Worte zu murmeln und in der nächtlichen Luft mit der Hand Zeichen zu ziehen.

»Höchst eindrucksvoll«, flüsterte Fizban. »Ich wußte gar nicht, daß er einer von uns ist«, sagte er zu Raistlin.

»Ein Dilettant, weiter nichts«, erwiderte der Magier. Trotzdem stützte er sich erschöpft auf seinen Stab und beobachtete Gilthanas aufmerksam.

Plötzlich und lautlos bewegte sich ein riesiger Steinblock aus der Felswand zur Seite. Die Gefährten wichen zurück, als ein kühler, feuchter Luftzug aus der Öffnung strömte.

»Was ist dort?« fragte Caramon argwöhnisch.

»Ich weiß nicht, was sich dort jetzt befindet«, antwortete Gilthanas. »Ich habe es noch nie betreten. Ich kenne diesen Ort nur aus den Legenden meines Volkes.«

»Na gut«, knurrte Caramon. »Was *war* das denn früher?«

Gilthanas machte eine Pause, dann antwortete er. »Dies war die Grabkammer von Kith-Kanan.«

»Schon wieder Gespenster«, murrte Flint und spähte in die Dunkelheit. »Schickt den Magier zuerst hinein, damit er sie warnen kann, daß wir kommen.«

»Werft den Zwerg hinein«, parierte Raistlin. »Sie sind es gewöhnt, in dunklen feuchten Höhlen zu hausen.«

»Du meinst die Bergzwerge«, sagte Flint mit gesträubtem Bart. »Es ist schon viele Jahre her, daß die Hügelzwerge unter der Erde im Königreich von Thorbardin gelebt haben.«

»Nur weil ihr hinausgeschmissen wurdet!« zischte Raistlin.

»Hört beide auf!« sagte Tanis wütend. »Raistlin, was spürst du bei diesem Ort?«

»Böses. Viel Böses«, entgegnete der Magier.

»Aber ich spüre auch viel Gutes«, sagte Fizban unerwartet. »Die Elfen sind in diesen Gemäuern nicht in Vergessenheit geraten, auch wenn heute das Böse an ihrer statt regiert.«

»Das ist verrückt!« schrie Eben. Der Lärm echote unheimlich von den Steinen, und die anderen fuhren erschreckt herum, starrten ihn beunruhigt an. »Tut mir leid«, sagte er und sprach leiser. »Aber ich kann nicht glauben, daß ihr da hineingehen wollt! Man braucht keinen Magier, der einem sagt, daß in diesem Loch das Böse weilt. *Ich* kann es spüren! Laßt uns zurück zur Vorderseite gehen«, drängte er. »Sicher, da werden ein oder zwei Wachen sein – aber das ist nichts im Vergleich zu dem, was hier in dieser Dunkelheit lauert!«

»Er hat den Punkt getroffen, Tanis«, sagte Caramon. »Du kannst nicht gegen die Toten kämpfen. Das haben wir im Düsterwald erfahren.«

»Dies ist der einzige Weg!« sagte Gilthanas wütend. »Wenn ihr solche Feiglinge seid...«

»Zwischen Vorsicht und Feigheit besteht ein Unterschied, Gilthanas«, sagte Tanis ruhig und gelassen. Der Halb-Elf dachte einen Moment nach. »Wir könnten die Wachen am Vordertor überwältigen, aber vorher werden sie die anderen warnen. Ich denke, wir gehen erst einmal hier hinein und sehen uns diesen Weg näher an. Flint, du führst. Raistlin, wir brauchen dein Licht.«

»*Shirak*«, befahl der Magier leise, und der Kristall glomm auf. Er und Flint tauchten in die Höhle, dicht gefolgt von den anderen. Der Tunnel, in den sie traten, war offensichtlich uralt, aber es war unmöglich zu sagen, ob er natürlichen oder künstlichen Ursprungs war.

»Was ist mit unserem Verfolger?« fragte Sturm leise. »Sollen wir den Eingang offen lassen?«

Tanis wandte sich an Gilthanas. »Laß den Eingang nur einen Spalt offen, Gilthanas, so weit, daß unser Verfolger weiß, daß wir hier waren, aber nicht so breit, daß er uns folgen kann.«

Gilthanas zog den Edelstein weg, legte ihn in eine Nische im Innern der Höhle und sprach ein paar Worte. Das Gestein begann sich geräuschlos zusammenzuschieben. Im letzten Moment, der Spalt war nur noch wenige Zentimeter breit, entfernte Gilthanas schnell den Edelstein. Das Gestein kam zum

Halt, und der Ritter, der Elf und der Halb-Elf traten zu den Gefährten im Eingang zum Sla-Mori.

»Hier ist es sehr staubig«, berichtete Raistlin hustend, »aber keine Spuren, zumindest nicht in diesem Teil der Höhle.«

»Ungefähr hundert Meter weiter ist eine Gabelung«, fügte Flint hinzu. »Dort fanden wir Fußspuren, aber wir konnten sie nicht näher bestimmen. Sie sehen weder nach Drakoniern noch nach Hobgoblins aus, und sie führen nicht in diese Richtung. Der Magier meint, das Böse käme von rechts.«

»Wir werden hier übernachten«, sagte Tanis, »in der Nähe des Eingangs. Wir werden zwei Wachen aufstellen – eine an der Tür, die andere weiter im Tunnel. Sturm und Caramon übernehmen die erste Wache, dann Gilthanas und ich, Eben und Flußwind, Flint und Tolpan.«

»Und ich«, sagte Tika tapfer, obwohl sie sich noch nie so müde gefühlt hatte. »Ich werde auch Wache stehen.«

Tanis war froh, daß man in der Dunkelheit sein Lächeln nicht sehen konnte. »Sehr gut«, sagte er. »Du wirst mit Flint und Tolpan Wache halten.«

»Einverstanden!« antwortete Tika. Sie öffnete ihren Rucksack, kramte eine Decke hervor und legte sich hin. Die ganze Zeit über war sie sich bewußt, daß Caramons Augen auf ihr ruhten. Ebenso wußte sie, daß Eben sie beobachtete. Aber es störte sie nicht. Sie war daran gewöhnt, daß Männer sie bewundernd anstarrten, und Eben sah noch besser aus als der Krieger. Jedoch die Erinnerung an Caramons Umarmung ließ sie von neuem in furchtsamem Entzücken erbeben. Sie versuchte, nicht daran zu denken. Das Kettenhemd war kalt und zwickte durch die Bluse. Aber die anderen nahmen auch nicht die Rüstung ab. Außerdem war sie müde genug, um so wie sie war zu schlafen. Tikas letzter Gedanke vor dem Einschlafen war, daß sie dankbar war, nicht mit Caramon allein zu sein.

Goldmond sah die Augen des Kriegers auf Tika ruhen. Sie flüsterte Flußwind etwas zu, der lächelnd nickte, und ging zu Caramon hinüber. Sie zog ihn von den anderen weg, in den Schatten des Korridors.

»Tanis hat mir erzählt, daß du eine ältere Schwester hast«, bemerkte sie.

»Ja«, antwortete Caramon erstaunt. »Kitiara. Aber sie ist meine Halbschwester.«

Goldmond lächelte und legte ihre Hand behutsam auf den Arm des Kriegers. »Ich werde jetzt mit dir wie deine ältere Schwester reden.«

Caramon grinste. »Nicht wie Kitiara, das schaffst du nicht, Prinzessin von Que-Shu. Kit sagte mir als erste, was all die Flüche bedeuteten, die ich hörte, und noch einiges andere mehr. Sie zeigte mir, wie man ein Schwert gebraucht und wie man bei Turnieren ehrenhaft kämpft. Aber sie brachte mir auch bei, wie man einem Mann in die Leisten tritt, wenn die Schiedsrichter nicht aufpassen. Nein, Prinzessin, du bist meiner älteren Schwester nicht ähnlich.«

Goldmonds Augen weiteten sich vor Verwunderung über die Beschreibung einer Frau, von der sie vermutete, daß der Halb-Elf sie liebte. »Aber ich dachte, sie und Tanis, ich meine, die beiden...«

Caramon winkte ab. »Sicherlich haben sie es gemacht!« sagte er.

Goldmond holte tief Luft. Sie wollte die Unterhaltung nicht abdriften lassen, aber es führte sie zu ihrem Anliegen. »Irgendwie ist es das, worüber ich mit dir sprechen möchte. Aber es geht um Tika.«

»Tika?« Caramon errötete. »Sie ist ein großartiges Mädchen. Entschuldige bitte, aber ich verstehe dein Problem nicht.«

»Sie ist ein *Mädchen*«, sagte Goldmond sanft. »Verstehst du nicht?«

Caramon blickte verständnislos drein. Er wußte, daß Tika ein Mädchen war. Was meinte Goldmond? Dann blinzelte er im plötzlichen Verstehen und stöhnte auf. »Nein, sie ist keine...«

»Doch.« Goldmond seufzte. »Sie ist es. Sie war noch nie mit einem Mann zusammen. Sie erzählte es mir, als ich ihr mit der Rüstung half. Sie hat Angst, Caramon. Sie hat eine Menge Geschichten gehört. Bedräng sie nicht. Sie möchte verzweifelt gern deine Zuneigung, und sie würde alles dafür tun. Aber laß sie nicht etwas machen, was sie später vielleicht bereuen würde. Wenn du sie wirklich liebst, wird die Zeit es erweisen, und sie wird auch die Süße des Augenblicks vergrößern.«

»Ich nehme an, du weißt, wovon du sprichst, nicht?« fragte Caramon und sah sie an.

»Ja«, sagte sie leise, und ihre Augen wanderten zu Flußwind. »Wir warten schon sehr lange, und manchmal ist der Schmerz unerträglich. Aber die Gesetze meines Volkes sind streng. Vermutlich ist das jetzt egal«, sagte sie immer leiser werdend, mehr zu sich als zu Caramon, »da wir die letzten Überlebenden sind. Aber auf eine Art wird es dadurch noch wichtiger. Wenn wir unser Gelübde abgelegt haben, werden wir als Mann und Frau zusammenkommen, aber vorher nicht.«

»Ich verstehe. Danke, daß du mir das über Tika gesagt hast«, sagte Caramon. Er klopfte Goldmond linkisch auf die Schulter und ging zu seinem Posten zurück.

Die Nacht ging schnell und ohne ein Zeichen des Verfolgers vorbei. Als sich die Wachen abwechselten, diskutierte Tanis mit Gilthanas Ebens Geschichte, erhielt aber keine zufriedenstellende Auskunft. Ja, der Mann hatte die Wahrheit erzählt. Gilthanas war unterwegs gewesen, als die Drakonier angegriffen hatten. Er hatte versucht, die Druiden zur Hilfe zu bewegen. Er war zurückgekehrt, als er die Schlachtgeräusche gehört hatte, und war dann am Kopf getroffen worden. Er erzählte Tanis dies mit leiser, bitterer Stimme.

Die Gefährten erwachten, als das schwache Morgenlicht durch den Spalt kroch. Nach einem hastigen Mahl packten sie ihre Sachen zusammen und gingen in den Tunnel des Sla-Mori.

An der Gabelung untersuchten sie beide Richtungen. Flußwind kniete sich nieder, um die Spuren näher anzusehen, und erhob sich mit verwirrtem Gesichtsausdruck.

»Es sind die von Menschen«, sagte er, »und zugleich sind sie es nicht. Außerdem gibt es noch Tierspuren – wahrscheinlich von Ratten. Der Zwerg hatte recht. Ich erkenne weder Spuren von Drakoniern noch von Goblins. Was jedoch merkwürdig ist, die Tierspuren enden genau hier, wo sich der Weg gabelt. Sie führen nicht in den rechten Gang, die anderen, diese seltsamen Spuren wiederum nicht in den linken.«

»Nun, welchen Weg nehmen wir?« fragte Tanis.

»Ich meine, keinen von beiden!« erklärte Eben. »Der Eingang ist immer noch geöffnet. Laßt uns umkehren.«

»Umkehren ist längst keine Möglichkeit mehr«, erwiderte Tanis kalt. »Ich würde dich gehen lassen, aber...«

»Aber du traust mir nicht«, beendete Eben den Satz. »Ich gebe dir keine Schuld, Tanis Halb-Elf. In Ordnung, ich habe meine Hilfe zugesagt, und es war mein Ernst. Welchen Weg – links oder rechts?«

»Das Böse kommt von rechts«, flüsterte Raistlin.

»Gilthanas?« fragte Tanis. »Weißt du, wo wir überhaupt sind?«

»Nein, Tanthalas«, antwortete der Elf. »Nach den Legenden gibt es viele Eingänge von Sla-Mori nach Pax Tarkas – und alle sind geheim. Nur den Elfenpriestern war es erlaubt, hierher zu kommen, um die Toten zu ehren. Ein Weg ist genauso gut wie der andere.«

»Oder genauso schlecht«, flüsterte Tolpan Tika zu. Sie schluckte und trat näher zu Caramon.

»Wir gehen nach links«, entschied Tanis, »da Raistlin bei dem rechten Weg unangenehme Empfindungen hat.«

Die Gefährten folgten dem staubigen Tunnel einige hundert Meter mit Hilfe von Raistlins leuchtendem Stab des Magus, bis sie auf eine uralte Steinmauer stießen, die ein riesiges Loch aufwies. Raistlins schwaches Licht beleuchtete nur undeutlich die entfernten Mauern einer großen Halle dahinter.

Die Krieger traten mit dem Magier, der seinen Stab hochhielt, durch das Loch. Die riesige Halle mußte einst prachtvoll gewesen sein, aber nun war sie derart vom Verfall heimgesucht, daß ihre einstige Pracht erbärmlich und grausig wirkte. Zwei Reihen zu je sieben Säulen verliefen durch den Saal. Einige Säulen lagen zerstört auf dem Boden. Teilweise war die Wand eingestürzt, Beweis für die zerstörerische Kraft der Umwälzung. Am anderen Ende des Saales entdeckten sie bronzene Doppeltüren.

Raistlin ging voran, und die übrigen folgten mit gezogenen Schwertern. Plötzlich gab Caramon im vorderen Teil des Saales einen gedämpften Schrei von sich. Der Magier eilte mit seinem Licht zu der Stelle, auf die Caramon mit zitternder Hand zeigte.

Vor ihnen stand ein massiver granitener Thron mit Gravuren. Zwei riesige Marmorstatuen flankierten den Thron; ihre blinden Augen starrten in die Dunkelheit. Doch der von ihnen bewachte Thron war nicht leer. Auf ihm saß ein Skelett, die beinernen Reste eines Mannes, man konnte nicht sagen, von welcher Rasse. Die Figur war in königliche Roben gekleidet, die trotz des Verfalls immer noch einen Eindruck ihres großen Wertes vermittelten. Ein Umhang bedeckte die Schultern. Eine Krone glänzte auf dem fleischlosen Schädel. Die Knochenhände hielten ein Schwert, das in einer Scheide steckte.

Gilthanas fiel auf die Knie. »Kith-Kanan«, sagte er flüsternd. »Wir befinden uns in der Halle der Urahnen, seiner Grabstätte. Niemand hat dies gesehen, seitdem die Elfenkleriker mit der Umwälzung verschwunden sind.«

Tanis starrte den Thron an, bis er langsam von Gefühlen überwältigt wurde, die er nicht verstand, und niederkniete. »*Fealan thalos. Im mur-guanethi. Sai Kith-Kananoth Murtari Larion*«, murmelte er in Huldigung des größten der Elfenkönige.

»Was für ein wunderschönes Schwert«, sagte Tolpan, seine schrille Stimme brach die ehrfürchtige Stille. Tanis sah ihn streng an. »Ich will es ja nicht mitnehmen!« protestierte der Kender mit verletztem Blick. »Ich habe es nur erwähnt, als... einen interessanten Gegenstand.«

Tanis erhob sich. »Berühr es ja nicht«, befahl er dem Kender streng, dann machte er sich daran, den restlichen Saal zu überprüfen.

Als Tolpan näher getreten war, um sich das Schwert genauer anzusehen, war Raistlin mit ihm gekommen. Der Magier begann zu murmeln: »*Tsaran korilath ith hakon*«, und bewegte seine magere Hand in einem vorgeschriebenen Muster schnell über das Schwert. Die Waffe flimmerte in einem schwachen Rot auf. Raistlin lächelte und sagte leise: »Es ist verzaubert.«

Tolpan keuchte: »Ein guter oder ein böser Zauber?«

»Das kann ich nicht erkennen«, wisperte der Magier. »Aber da es schon so lange unbenutzt hier liegt, würde *ich* es nicht wagen, das Schwert zu berühren!«

Dann wandte er sich um und ließ Tolpan allein, der sich fragte, ob er ungehorsam sein und das Risiko, in irgendein schleimiges Ungeheuer verwandelt zu werden, auf sich nehmen sollte.

Während der Kender mit der Versuchung kämpfte, untersuchten die anderen die Wände nach Geheimtüren. Flint half ihnen mit Erfahrungsberichten über von Zwergen gebaute Geheimtüren. Gilthanas ging auf die zwei riesigen Bronzetüren zu. Auf einer befand sich eine Reliefkarte von Pax Tarkas, die er zusammen mit Raistlin studierte.

Caramon warf einen letzten Blick auf das Skelett des seit Urzeiten toten Königs und gesellte sich dann zu Sturm und Flint, die immer noch nach Geheimtüren suchten. Schließlich rief Flint: »Tolpan, du unnützer Kender, das ist doch *dein* Spezialgebiet. Zumindest prahlst du immer, wie du die Tür gefunden hast, die über hundert Jahre lang in Vergessenheit geraten war und zu dem großen Juwel von irgend jemand führte.«

»Es war auch so ein Ort wie dieser hier«, sagte Tolpan, der sein Interesse am Schwert vergaß. Er wollte gerade zu ihnen flitzen, als er plötzlich innehielt.

»Was ist das?« fragte er und legte den Kopf schief.

»Was ist was?« fragte Flint geistesabwesend und fuhr fort, die Wände abzuklopfen.

»Ein Kratzen«, sagte der Kender verwirrt. »Es kommt von den Türen.«

Tanis sah auf, er hatte vor langer Zeit gelernt, Tolpans Gehörsinn ernst zu nehmen. Er ging auf die Türen zu, wo Gilthanas und Raistlin in die Karte vertieft waren. Plötzlich trat Raistlin einen Schritt zurück. Faulige Luft wehte durch die offene

Tür in den Saal. Jetzt konnten alle das Kratzen und ein leises schabendes Geräusch hören.

»Schließt die Tür!« wisperte Raistlin drängend.

»Caramon!« schrie Tanis. »Sturm!« Die beiden rannten bereits mit Eben auf die Tür zu. Sie lehnten sich alle dagegen, wurden aber zurückgestoßen, als die Bronzetüren aufsprangen und mit einem hohlen Dröhnen gegen die Wände knallten. Ein Ungeheuer glitt in die Halle.

»Hilf uns, Mishakal!« hauchte Goldmond den Namen der Göttin, während sie sich gegen die Mauer preßte. Das Wesen betrat trotz seines riesigen Umfanges schnell den Raum. Das Kratzen, das sie gehört hatten, wurde durch seinen gigantischen aufgeblähten Körper verursacht, der über den Boden schleifte.

»Eine Schnecke!« rief Tolpan und rannte auf sie zu, um sie zu untersuchen. »Aber seht euch doch nur die Größe an! Warum ist sie wohl so groß? Ich frage mich, was sie frißt...«

»Uns, du Dummkopf«, schrie Flint, packte den Kender und riß ihn auf den Boden, gerade als die Riesenschnecke eine Flut von Speichel ausspuckte. Ihre Augen, die an schlanken, sich drehenden Stielen am Kopf thronten, waren fast blind. Die Schnecke fand und vertilgte Ratten in der Dunkelheit nur mit Hilfe ihres Geruchssinns. Jetzt machte sie größere Beute aus, und sie verspritzte ihren lähmenden Speichel in die Richtung, wo sie lebendes Fleisch roch.

Die tödliche Flüssigkeit verfehlte ihr Ziel. Flint und Tolpan dem Kender war es gelungen, sich rechtzeitig aus dem Gefahrenbereich zu rollen. Sturm und Caramon stürmten auf sie zu und schlugen mit ihren Schwertern auf das Ungeheuer ein. Caramons Schwert drang nicht einmal durch die dichte gummiartige Haut. Sturms zweihändiges Schwert kam durch und ließ die Schnecke vor Schmerz zurückweichen. Tanis stürzte hinzu, als die Schnecke ihren Kopf dem Ritter zuwirbelte...

»Tanthalas!«

Der Schrei riß Tanis aus seiner Konzentration, er hielt inne, drehte sich um und starrte verwundert zum Eingang der Halle.

»Laurana!«

In diesem Moment spuckte die Schnecke mit ihrer zersetzenden Flüssigkeit Tanis an, den sie gerochen hatte. Der Speichel traf sein Schwert und ließ das Metall zischen und qualmen, dann löste es sich in seiner Hand auf. Die ätzende Flüssigkeit lief an seinem Arm hinunter und brannte sich in sein Fleisch. Tanis fiel, im Todesschmerz schreiend, auf die Knie.

»Tanthalas!« rief Laurana wieder und rannte auf ihn zu.

»Haltet sie auf!« keuchte Tanis, sich vor Schmerzen krümmend, Hand und Schwertarm schwärzten sich und hingen in Sekundenschnelle leblos an seinem Körper herab.

Die Schnecke, die Erfolg spürte, schleppte ihren pulsierenden grauen Körper weiter vor. Goldmond warf dem riesigen Ungeheuer einen ängstlichen Blick zu, dann eilte sie zu Tanis. Flußwind stand ihr schützend zur Seite.

»Geht weg!« sagte Tanis mit zusammengebissenen Zähnen.

Goldmond nahm seine verletzte Hand und betete zur Göttin. Flußwind legte einen Pfeil auf und schoß auf die Schnecke. Der Pfeil traf die Kreatur am Hals, richtete zwar kaum etwas aus, aber sie wurde von Tanis abgelenkt.

Der Halb-Elf sah, wie Goldmond seine Hand berührte, konnte aber nur Schmerz empfinden. Doch dann ließ der Schmerz nach und hörte schließlich ganz auf. Er lächelte Goldmond an, von neuem über ihre Heilkünste erstaunt.

Die anderen griffen die Kreatur mit erneuter Wildheit an, versuchten sie von Tanis abzulenken, aber genausogut hätten sie ihre Waffen in eine Gummiwand stecken können.

Tanis erhob sich wackelig. Seine Hand war geheilt, aber sein Schwert lag auf dem Boden, ein geschmolzenes Stück Metall. Nur noch mit seinem Langbogen bewaffnet, wich er zurück und zog Goldmond mit sich, als die Schnecke weiter in den Saal glitt.

Raistlin rannte zu Fizban. »Jetzt ist es an der Zeit für die Feuerkugel, Alter«, keuchte er.

»Ja, wirklich?« Fizbans Gesicht strahlte vor Entzücken. »Wunderbar! Wie geht es noch mal?«

»Erinnerst du dich etwa nicht?« kreischte Raistlin und zog den Magier hinter eine Säule, denn die Schnecke spuckte wieder brennenden Speichel in den Saal.

»Ich habe es... laß mich sehen.« Fizban zog vor Konzentration die Augenbrauen hoch. »Kannst du es nicht?«

»Ich habe noch nicht die Macht dazu, Alter! Ich bin noch nicht stark genug für diesen Zauber!« Raistlin schloß die Augen und begann, sich auf die Zaubersprüche zu konzentrieren, die er kannte.

»Geht zurück! Verschwindet hier!« schrie Tanis und schirmte Laurana und Goldmond so gut er konnte ab, während er nach Langbogen und Pfeilen griff.

»Es kommt direkt hinter uns her!« gellte Sturm, der wieder seine Klinge ansetzte. Aber er und Caramon erreichten nur, daß das Ungeheuer noch rasender wurde.

Plötzlich hob Raistlin seine Hände. »*Kalith karan, tobaniskar!*« schrie er, und flammende Wurfpfeile schossen aus seinen Fingern und trafen das Ungeheuer am Kopf. Die Schnecke wand sich vor Schmerzen und wirbelte den Kopf herum, nahm dann aber ihre Jagd wieder auf. Plötzlich schoß sie vor, da sie am Ende des Saales Opfer roch, dort, wo Tanis versuchte, Goldmond und Laurana zu schützen. Wahnsinnig vor Schmerzen, angetrieben vom Blutgeruch, griff die Schnecke mit unglaublicher Schnelligkeit an. Tanis' Pfeil prallte an der Lederhaut ab, und das Ungeheuer sprang mit aufgesperrtem Maul auf ihn zu. Der Halb-Elf ließ den nutzlosen Bogen fallen, taumelte zurück und stolperte fast über die Stufen zum Thron von Kith-Kanan.

»Hinter den Thron!« gellte er, versuchte die Aufmerksamkeit des Ungeheuers weiter auf sich zu lenken, damit Goldmond und Laurana Deckung suchen konnten. Seine Hand holte aus, suchte einen riesigen Stein, um mit irgend etwas auf die Kreatur zu werfen, und seine Finger berührten die Metallklinge eines Schwertes.

Tanis zuckte vor Schreck zusammen. Die Kälte des Metalls brannte geradezu in seiner Hand. Die Klinge glänzte hell im schwachen Licht des Zauberstabes. Tanis blieb keine Zeit für

Fragen. Er trieb die Schwertspitze in das klaffende Maul der Schnecke, gerade als die Kreatur zum Sprung ansetzte.

»Lauft!« schrie Tanis. Er faßte Lauranas Hand und zog sie zum Tunneleingang. Er schob sie durch und wandte sich um, um die Schnecke abzulenken, damit die anderen entkommen konnten. Aber der Schnecke war der Appetit vergangen. Sich vor Schmerzen krümmend, drehte sie sich langsam um und glitschte wieder in ihre Höhle zurück. Aus ihren Wunden troff klebrige Flüssigkeit.

Die Gefährten versammelten sich im Tunnel, atmeten tief durch und beruhigten sich allmählich. Raistlin lehnte sich keuchend an seinen Bruder. Tanis blickte sich um. »Wo ist Tolpan?« fragte er erschöpft. Er war drauf und dran, zurück in die Halle zu gehen, als er beinahe über den Kender gestolpert wäre.

»Ich habe dir die Scheide mitgebracht«, sagte Tolpan und hielt sie hoch. »Für dein Schwert.«

»Zurück durch den Tunnel«, befahl Tanis und hielt so die anderen von Fragen ab.

Als sie die Gabelung erreichten und auf den staubigen Boden sanken, wandte sich Tanis dem Elfenmädchen zu. »Was im Namen des Abgrundes hast du hier zu suchen, Laurana? Ist irgend etwas in Qualinost passiert?«

»Nichts ist passiert«, sagte Laurana, die immer noch zitterte. »Ich... ich... bin einfach gekommen.«

»Dann gehst du auch einfach zurück!« schrie Gilthanas wütend und packte Laurana. Sie befreite sich aus seinem Griff.

»Ich gehe nicht zurück«, sagte sie trotzig. »Ich gehe mit dir und mit Tanis und... mit den anderen.«

»Laurana, das ist Wahnsinn«, stöhnte Tanis. »Wir machen keinen Ausflug. Das ist kein Spiel. Du hast gesehen, was vorhin passiert ist. Wir wären beinahe getötet worden!«

»Ich weiß, Tanthalas«, sagte Laurana bittend. Ihre Stimme zitterte und bebte. »Du hast mir gesagt, es wird eine Zeit kommen, da man sein Leben riskieren muß für etwas, woran man glaubt. Die Zeit *ist* gekommen.«

»Du hättest getötet werden können...«, fing Gilthanas an.
»Aber ich wurde nicht getötet!« rief Laurana herausfordernd. »Ich wurde zur Kriegerin ausgebildet – wie alle Frauen, in Erinnerung an eine Zeit, als wir neben unseren Männern um unsere Heimat kämpften.«
»Es war keine ernsthafte Ausbildung...«, hob Tanis ärgerlich an.
»Ich bin euch gefolgt, oder nicht?« fragte Laurana und warf Sturm einen Blick zu. »Geschickt?« fragte sie den Ritter.
»Ja«, gab er zu.
»Trotzdem, das heißt nicht...«
Raistlin unterbrach ihn. »Wir vergeuden nur Zeit«, flüsterte der Magier. »Ich jedenfalls will nicht länger als nötig in dieser feuchten, modrigen Höhle verbringen.« Er konnte kaum atmen. »Das Mädchen hat seine Entscheidung gefällt. Wir können keinen entbehren, der sie zurückbringt. Noch können wir ihr vertrauen, daß sie allein zurückgeht. Sie könnte gefangengenommen werden und unsere Pläne verraten. Wir müssen sie mitnehmen.«
Tanis starrte den Magier zornig an, er haßte ihn für seine kalte, gefühllose Logik und dafür, daß er recht hatte. Der Halb-Elf stand auf und zerrte Laurana hoch. Er war nahe dabei, sie zu hassen, ohne den Grund zu verstehen; er wußte nur, daß sie eine schwierige Aufgabe nur noch schwerer machte.
»Du wirst auf dich gestellt sein«, sagte er ihr leise, während sich die anderen erhoben und ihre Sachen zusammensuchten. »Ich kann nicht herumhängen und auf dich aufpassen. Noch kann es Gilthanas. Du benimmst dich wie ein verwöhntes Balg. Ich sagte dir schon einmal – du solltest endlich erwachsen werden. Nun, wenn du es nicht willst, wirst du vielleicht sterben und uns andere womöglich in den Tod mitreißen.«
»Es tut mir leid, Tanthalas«, sagte Laurana und wich seinem zornigen Blick aus. »Aber ich konnte dich nicht verlieren, nicht noch einmal. Ich liebe dich.« Ihre Lippen wurden schmal, und sie sagte leise: »Du wirst noch stolz auf mich sein.«
Tanis drehte sich um und ging weg. Als er Caramons grinsen-

des Gesicht sah und Tika kichern hörte, wurde er rot. Er ignorierte sie und gesellte sich zu Sturm und Gilthanas. »Anscheinend müssen wir den rechten Gang nehmen, egal welche Empfindungen Raistlin dabei hat.« Er hängte sich sein neues Schwert um und bemerkte Raistlins Blick, der auf der Waffe ruhte.

»Was ist denn jetzt wieder?« fragte er gereizt.

»Das Schwert ist verzaubert«, sagte Raistlin hustend. »Wie bist du da dran gekommen?«

Tanis schreckte hoch. Er starrte auf die Klinge. Seine Hand zuckte zurück, als ob die Waffe sich in eine Schlange verwandelt hätte. Er runzelte die Stirn und versuchte sich zu erinnern. »Es war in der Nähe des Elfenkönigs. Ich suchte etwas, um es auf die Schnecke zu werfen, als ich das Schwert plötzlich in meiner Hand hielt. Es wurde aus der Scheide genommen und...« Tanis stockte, schluckte.

»Ja?« drängte Raistlin, seine Augen glitzerten interessiert.

»*Er* gab es mir«, sagte Tanis leise. »Ich erinnere mich; seine Hand berührte meine. Er hat es aus der Scheide gezogen.«

»Wer?« fragte Gilthanas. »Keiner von uns war in der Nähe.«

»Kith-Kanan.«

Die Königsgarde
Der Kettenraum

Vielleicht war es nur Einbildung, aber die Dunkelheit schien zuzunehmen, je tiefer sie in den Tunnel vordrangen, und die Luft wurde kälter. Auch ohne Erklärung des Zwerges wußten alle, daß in einer Höhle die Temperatur normalerweise gleich blieb. Sie stießen auf eine Abzweigung im Tunnel, aber keiner wollte links abbiegen, da dieser Weg sie vielleicht in die Halle der Urahnen zurückführen würde.

»Durch den Elf wären wir beinahe von der Schnecke getötet worden«, sagte Eben anklagend. »Ich frage mich, was er hier noch für uns auf Lager hat.«

Niemand antwortete. Inzwischen spürten alle zunehmend das Böse, vor dem Raistlin sie gewarnt hatte. Sie verlangsamten ihren Schritt, einzig und allein durch den Gruppenwillen kamen sie weiter. Lauranas Muskeln zogen sich vor Furcht zusammen, und sie stützte sich an der Wand ab. Sie sehnte sich danach, daß Tanis sie tröstete und beschützte, so wie früher, als sie sich im Spiel Feinde vorgestellt hatten, aber er führte mit ihrem Bruder die Gruppe an. Jeder mußte mit seiner Angst selbst fertigwerden. In diesem Moment entschied sich Laurana, daß sie eher sterben würde, als um Hilfe zu bitten, und es wurde ihr wirklich ernst, daß sie Tanis auf sich stolz machen wollte. Sie schob sich von der Tunnelwand fort, biß die Zähne zusammen und ging weiter.

Plötzlich endete der Tunnel. Neben dem Loch lagen Geröll und Schutt. Der intensive Eindruck von Bösartigkeit dahinter berührte die Gefährten wie unsichtbare Finger. Die Gefährten hielten inne, keiner von ihnen – nicht einmal der kaltblütige Kender – wagte durch das Loch zu klettern.

»Ich habe zwar keine Angst«, vertraute Tolpan flüsternd Flint an. »Es ist nur so, daß ich lieber woanders wäre.«

Das Schweigen wurde bedrückend. Jeder konnte sein Herz schlagen und das Atmen der anderen hören. Das Licht flackerte in der zitternden Hand des Magiers.

»Nun, wir können hier nicht ewig stehen«, sagte Eben heiser. »Der Elf soll vorgehen. Er hat uns schließlich hierher gebracht!«

»Ich gehe«, antwortete Gilthanas. »Aber ich brauche Licht.«

»Keiner außer mir darf den Stab berühren«, zischte Raistlin. Er hielt inne, dann fügte er widerstrebend hinzu. »Ich komme mit dir.«

»Raist...«, begann Caramon, aber sein Bruder starrte ihn kühl an. »Ich komme auch mit«, murmelte der Krieger.

»Nein«, sagte Tanis. »Du bleibst hier und beschützt die anderen. Gilthanas, Raistlin und ich gehen.«

Gilthanas trat durch das Loch, der Magier und Tanis folgten ihm. Das Licht enthüllte eine enge Kammer, die weiter hinten wieder in der Dunkelheit verschwand. An den beiden Längsseiten befanden sich Reihen von großen Steintüren, die von Eisenscharnieren an den Wänden gehalten wurden. Raistlin hielt den Stab höher und beleuchtete die düstere Kammer. Allen war bewußt, daß sich hier das Böse zentrierte.

»An den Türen sind Ornamente«, murmelte Tanis. Das Licht des Stabes ließ die Steingravuren deutlich hervortreten.

Gilthanas starrte sie an. »Das königliche Wappen!« sagte er mit erstickter Stimme.

»Was bedeutet das?« fragte Tanis.

»Wir sind in der Gruft der Königsgarde«, wisperte Gilthanas. »Sie sind an Schwüre gebunden, ihre Pflichten selbst nach dem Tod weiter auszuüben und den König zu bewachen – so heißt es in den Legenden.«

»Und so werden Legenden lebendig!« keuchte Raistlin und packte Tanis am Arm. Tanis hörte, wie sich riesige Steinblöcke verschoben, wie verrostete Eisenscharniere knirschten. Er wandte sich um und sah alle Steintüren aufschwingen! Die Kammer füllte sich mit einer Kälte, daß Tanis' Finger steif wurden. Hinter den Steintüren bewegte sich etwas.

»Die Königsgarde! Es waren ihre Spuren!« flüsterte Raistlin hektisch. »Menschlich und nichtmenschlich. Es gibt keine Fluchtmöglichkeit!« sagte er und hielt Tanis noch fester. »Anders als die Geister im Düsterwald haben diese hier nur einen Gedanken – alles zu vernichten, was die Ruhe des Königs stört!«

»Wir müssen es versuchen!« sagte Tanis und befreite sich aus der festen Umklammerung des Magiers. Er taumelte zum Eingang zurück, fand ihn aber von zwei Gestalten blockiert.

»Geht zurück!« keuchte Tanis. »Lauft! Wer – Fizban? Nein, du verrückter alter Mann! Wir müssen rennen! Die tote Garde...«

»Beruhige dich«, murmelte der alte Mann. »Junges Volk. Panikmacher.« Er drehte sich um und half jemandem beim Eintreten. Es war Goldmond.

»Es ist alles in Ordnung, Tanis«, sagte sie. »Sieh her.« Sie zog ihren Umhang beiseite: Ihr Amulett leuchtete blau. »Fizban meint, sie würden uns vorbeilassen, wenn sie das Amulett sehen. Und als er das sagte, begann es zu strahlen!«

»Nein!« Tanis wollte ihr befehlen zurückzugehen, aber Fizban tippte mit seinen langen, knochigen Fingern auf seine Brust.

»Du bist ein guter Mann, Tanis Halb-Elf«, sagte der alte Magier leise, »aber du machst dir zuviel Sorgen. Jetzt entspann dich, und laß uns diese armen Seelen wieder in ihren Schlaf schicken. Hol die anderen, ja?«

Tanis, dem die Worte fehlten, wich zurück, als Goldmond und Fizban mit Flußwind im Gefolge weitergingen. Tanis beobachtete, wie sie langsam zwischen den Reihen der geöffneten Türen dahinschritten. Sobald sie sich von einer Tür entfernten, hörte die Bewegung dahinter auf. Selbst aus der Entfernung konnte er spüren, wie sich der Eindruck der Bösartigkeit auflöste.

Als die anderen zum Eingang kamen und er ihnen half, beantwortete er ihre Fragen mit einem Schulterzucken. Laurana sagte kein Wort zu ihm, als sie durch das Loch stieg; ihre Hand fühlte sich kalt an, und zu seinem Erstaunen sah er Blut auf ihrer Lippe. Tanis war klar, daß sie sich auf die Lippe gebissen haben mußte, um nicht aufzuschreien, und reumütig wollte er ihr etwas sagen. Aber das Elfenmädchen hielt den Kopf hoch und sah ihn nicht an.

Die anderen rannten eilig hinter Goldmond her. Nur Tolpan blieb stehen, um in die Gruft hinter eine der Türen zu spähen. Er sah eine hochgewachsene Gestalt in prächtiger Rüstung auf einem steinernen Totenbett liegen. Skeletthände hielten ein Langschwert, das über seinem Körper lag. Tolpan sah neugierig auf das Königliche Wappen und versuchte, die Worte nachzusprechen.

»*Sothi Nuinqua Tsalarioth*«, sagte Tanis plötzlich.
»Was bedeutet das?« fragte Tolpan.
»Treu über den Tod hinaus«, antwortete Tanis leise.
Am westlichen Ende der Kammer fanden sie eine bronzene

Doppeltür. Goldmond stieß sie mühelos auf. Sie betraten einen langen Korridor. In diesem Raum standen sie nur einem Problem gegenüber – den Zwerg wieder hinauszubekommen. Der Korridor war vollkommen unversehrt – der einzige Raum des Sla-Mori, den sie gesehen hatten, der die Umwälzung ohne Schaden überstanden hatte. Und der Grund dafür lag, wie Flint allen erklärte, in der wundervollen Zwergenkonstruktion – insbesondere den dreiundzwanzig Säulen, die die Decke stützten.

Der einzige Ausgang waren zwei identische Bronzetüren am anderen Ende der Kammer. Flint, der sich von den Säulen wegriß, untersuchte die Türen und kam zu dem Schluß, daß er keine Idee hatte, was sich hinter ihnen befinden oder wohin sie führen könnten. Nach kurzer Diskussion entschied sich Tanis für die rechte Tür.

Die Tür führte sie in eine saubere, enge Passage und nach etwa fünfzehn Metern zu einer weiteren Bronzetür, die jedoch verschlossen war. Caramon drückte und schob, aber ohne Erfolg.

»Es hat keinen Sinn«, knurrte er. »Sie bewegt sich nicht.«

Flint beobachtete Caramon einige Minuten, dann stapfte er schließlich nach vorn. Er untersuchte die Tür, schnaufte und schüttelte den Kopf. »Es ist eine Scheintür!«

»Sieht für mich aber sehr wirklich aus!« sagte Caramon und blickte argwöhnisch auf die Tür. »Sie hat sogar Scharniere!«

»Natürlich hat sie Scharniere«, schnaufte Flint. »Wir bauen keine Scheintüren, die falsch aussehen – das weiß doch jeder Gossenzwerg.«

»Wir sind also in einer Sackgasse!« sagte Eben grimmig.

»Tretet zurück«, flüsterte Raistlin und lehnte vorsichtig seinen Stab an die Wand. Dann legte er beide Hände auf die Tür, berührte sie aber nur mit seinen Fingerspitzen und befahl: »*Khetsaram pakliol!*« Orangefarbenes Licht blitzte auf, aber nicht von der Tür, sondern von der Wand!

»Los!« Raistlin konnte gerade noch seinen Bruder zurückziehen, als sich die Wand mit der Bronzetür zu drehen begann.

»Schnell, bevor sie sich wieder schließt«, sagte Tanis, und

alle eilten durch die Öffnung. Raistlin taumelte, und Caramon griff nach seinem Bruder.

»Alles in Ordnung?« fragte Caramon, als sich hinter ihnen die Wand wieder schloß.

»Ja, die Schwäche wird vorübergehen«, flüsterte Raistlin. »Das war der erste Zauberspruch aus Fistandantilus' Buch. Der Öffnungszauber funktioniert, aber ich hätte nicht gedacht, daß es mich so erschöpfen würde.«

Die Tür führte sie in einen weiteren, mehr als zwanzig Meter langen Flur, der nach Westen verlief, eine scharfe Biegung nach Süden machte, dann nach Osten und schließlich wieder nach Süden, wo sie sich vor einer weiteren Bronzetür wiederfanden.

Raistlin schüttelte den Kopf. »Ich kann den Zauber nur einmal anwenden. Dann ist er aus meinem Gedächtnis verschwunden.«

»Eine Feuerkugel könnte die Tür öffnen«, schlug Fizban vor. »Ich glaube, ich erinnere mich jetzt an den Spruch...«

»Nein, Alter«, warf Tanis hastig ein. »In diesem engen Flur würden wir alle verbrennen. Tolpan...«

Der Kender ging zur Tür und drückte sie auf. »Verdammt, sie ist offen«, sagte er, enttäuscht, daß er kein Schloß knacken konnte. Er spähte hindurch. »Nur ein weiterer Raum.«

Vorsichtig traten sie ein. Raistlin leuchtete die Kammer mit seinem Stab aus. Der Raum war vollkommen rund und hatte einen Durchmesser von mehr als dreißig Metern. Direkt ihnen gegenüber in südlicher Richtung befand sich eine Bronzetür und mitten im Raum...

»Eine krumme Säule«, sagte Tolpan kichernd. »Sieh mal, Flint. Die Zwerge haben eine krumme Säule gebaut!«

»Sie werden ihre Gründe gehabt haben«, schnappte der Zwerg und schob den Kender beiseite, um die hohe schlanke Säule zu untersuchen. Sie war wirklich krumm.

»Hmmmm«, machte Flint verwirrt. Dann – »Das ist überhaupt keine Säule, du Dummkopf!« explodierte Flint. »Das ist eine große Kette! Seht, sie ist mit einem Eisenträger am Boden befestigt.«

»Dann sind wir im Kettenraum!« sagte Gilthanas aufgeregt. »Das ist der berühmte Verteidigungsmechanismus von Pax Tarkas. Wir müssen uns schon fast in der Festung befinden.«

Die Gefährten versammelten sich und starrten verwundert auf die monströse Kette. Jedes Kettenglied war genauso groß wie Caramon und so dick wie der Stamm einer Eiche.

»Und wie funktioniert der Mechanismus?« fragte Tolpan, der am liebsten die Kette hochgeklettert wäre. »Wohin führt sie?«

»Die Kette führt zum Mechanismus«, antwortete Gilthanas. »Der Zwerg kann dir bestimmt sagen, wie er funktioniert, denn von solchen Dingen verstehe ich wenig. Aber wenn die Kette aus ihrer Halterung gelöst wird« – er zeigte auf den Eisenträger am Boden –, »dann fallen hinter den Toren der Festung riesige Granitblöcke nieder. Und keine Macht auf Krynn kann sie öffnen.«

Er ließ den Kender allein, der nach oben blickte und vergeblich versuchte, den wunderlichen Mechanismus zu erkennen, und gesellte sich zu den anderen, die den Raum untersuchten.

»Seht her!« rief er schließlich und zeigte auf einen kaum erkennbaren Umriß in der nördlichen Steinwand. »Eine Geheimtür! Das muß der Zugang sein!«

»Da ist die Türklinke.« Tolpan wandte sich von der Kette ab und deutete auf ein abgebröckeltes Steinstück am Boden. »Die Zwerge haben einen Fehler gemacht«, sagte er und grinste Flint an. »Das ist eine Scheintür, die falsch aussieht.«

»Und der man folglich nicht trauen sollte«, fügte Flint hinzu.

»Pah, auch Zwerge haben mal einen schlechten Tag«, sagte Eben und beugte sich zu dem Öffnungsmechanismus.

»Öffne sie nicht!« sagte Raistlin plötzlich.

»Warum nicht?« fragte Sturm. »Möchtest du jemanden warnen, bevor wir den Weg in die Festung finden?«

»Wenn ich dich verraten wollte, Ritter, dann hätte ich das schon tausendmal machen können!« zischte Raistlin und starrte auf die Geheimtür. »Ich spüre hinter dieser Tür eine Macht, größer als ich je gefühlt habe, seit...« Er stockte schaudernd.

»Seit wann?« fragte sein Bruder leise.

»Den Türmen der Erzmagier!« wisperte Raistlin. »Ich warne euch, öffnet nicht diese Tür!«

»Sieh nach, wohin die Südtür führt«, wies Tanis den Zwerg an.

Flint stapfte zu der Bronzetür und schob sie auf. »Soweit ich sagen kann, führt sie zu einem weiteren Flur, genauso wie die anderen«, berichtete er niedergeschlagen.

»Der Weg ins Innere von Pax Tarkas führt durch eine Geheimtür«, wiederholte Gilthanas. Bevor ihn jemand aufhalten konnte, griff er nach unten und zog den Stein hervor. Die Tür erbebte und begann sich lautlos zu öffnen.

»Das wirst du bedauern!« Raistlin schluckte.

Die Tür glitt auf und gab den Blick frei in einen großen Raum, der mit gelben, ziegelsteinförmigen Gegenständen gefüllt war, über denen eine dicke Staubschicht lag.

»Eine Schatzkammer!« rief Eben. »Wir haben den Schatz von Kith-Kanan gefunden!«

»Alles Gold«, sagte Sturm kühl. »In diesen Tagen wertlos, da nur noch Eisen zählt...« Seine Stimme brach ab, seine Augen weiteten sich vor Entsetzen.

»Was ist das?« fragte Caramon und zog sein Schwert.

»Ich weiß nicht!« antwortete Sturm keuchend.

»Ich weiß es!« Raistlin atmete schwer, als das Ding vor seinen Augen Form annahm. »Es ist der Geist einer verruchten Elfe! Ich habe euch gewarnt!«

»Mach etwas!« sagte Eben, der zurückstolperte.

»Steckt eure Waffen weg, Dummköpfe!« befahl Raistlin. »Ihr könnt sie nicht bekämpfen! Ihre Berührung bedeutet Tod, und wenn sie jammert, sind wir verloren, solange wir uns in diesem Gemäuer befinden. Schon ihre klagende Stimme tötet. Lauft, lauft alle! Schnell! Durch die Südtür!«

Noch als sie zurückwichen, nahm die Dunkelheit in der Schatzkammer Form an, wuchs zu den eisigschönen, verzerrten Umrissen einer Frau zusammen – einer bösartigen Elfe aus vergangenen Zeiten, die für unsagbare Verbrechen hingerichtet worden war. Dann hatten mächtige Elfenmagier ihren Geist gekettet und ihn gezwungen, den Schatz des Königs zu bewachen. Beim Anblick dieser Lebewesen streckte sie ihre Hände aus, nach der Wärme von Fleisch verlangend, und öffnete ihren Mund, um ihr Leid und ihren Haß auf alles Leben herauszuschreien.

Die Gefährten wandten sich um und flohen, stolperten in ihrer Eile übereinander. Caramon fiel über seinen Bruder und riß den Stab aus Raistlins Hand. Der Stab polterte zu Boden, sein Licht glühte noch, denn nur die Flammen eines Drachen konnten den magischen Kristall zerstören. Aber nun flackerte das Licht über den Boden und tauchte den restlichen Raum in Dunkelheit.

Als er seine Beute entkommen sah, flatterte der Geist in den Kettenraum, seine greifende Hand berührte Eben an der Wange. Der schrie bei der eiskalt brennenden Berührung auf und brach zusammen. Sturm fing ihn auf und zog ihn durch die Tür, während Raistlin seinen Stab ergriff und mit Caramon nach draußen sprang.

»Sind alle da?« fragte Tanis, der zögerte, die Tür zu schließen. Dann hörte er ein leises, klagendes Geräusch, so erschreckend, daß sein Herz einen Moment lang aussetzte. Furcht ergriff ihn. Er konnte nicht atmen. Das Wehleiden hörte auf. Der Geist holte Atem, um wieder zu jammern.

»Keine Zeit!« keuchte Raistlin. »Schließ die Tür, Bruder!«

Caramon warf sich gegen die Bronzetür. Sie schlug krachend zu.

»Das wird sie nicht aufhalten!« schrie Eben panisch.

»Nein«, erwiderte Raistlin leise. »Ihre Magie ist mächtig, mächtiger als meine. Ich kann einen Zauber auf die Tür werfen, aber es wird mich zu sehr schwächen. Ich schlage vor, ihr lauft, solange ihr könnt. Falls es nicht klappt, kann ich sie vielleicht aufhalten.«

»Flußwind, führ die anderen weiter«, befahl Tanis. »Sturm und ich bleiben hier bei Raistlin und Caramon.«

Die anderen krochen in den dunklen Korridor und sahen mit

fasziniertem Entsetzen zurück. Raistlin ignorierte sie und überreichte seinem Bruder den Stab. Der Kristall hörte bei der fremden Berührung zu leuchten auf.

Der Magier legte beide Hände auf die Tür, preßte die Handflächen flach gegen sie. Er schloß seine Augen, versuchte, sich nur auf die Magie zu konzentrieren. »*Kalis-an budrunin...*« Seine Konzentration wurde durch eine schreckliche Kälte gestört.

Die verruchte Elfe! Sie hatte seinen Zauber erkannt und versuchte, ihn zu brechen! Bilder von seiner Schlacht mit einer anderen bösartigen Elfe in den Türmen der Erzmagier erstanden vor seinen Augen. Er versuchte, die schlimme Erinnerung des Kampfes, der seinen Körper und beinahe seinen Geist zerstört hatte, auszulöschen, aber er verlor die Kontrolle. Er hatte die Zauberworte vergessen! Die Tür bebte. Die Elfe kam durch die Tür!

Dann, irgendwo im Innern des Magiers, entstand eine Stärke, die er schon zweimal zuvor erlebt hatte – in den Türmen und am Altar des schwarzen Drachen in Xak Tsaroth. Die vertraute Stimme, die er im Geist klar verstand, aber nicht identifizieren konnte, sprach zu ihm die Zauberworte. Raistlin schrie sie mit kräftiger, klarer Stimme, die nicht seine eigene war, heraus: »*Kalis-an, budrunin kara-emarath!*«

Von der anderen Seite der Tür erscholl ein Wimmern der Enttäuschung, des Scheiterns. Die Tür hielt stand. Der Magier brach zusammen.

Caramon reichte Eben den Stab, als er seinen Bruder aufhob und den anderen folgte, die sich im Dunkeln vorwärtstasteten. Eine weitere Geheimtür ließ sich mühelos von Flint öffnen. Sie führte zu einer Reihe kleiner Tunnel, die mit Schutt gefüllt waren. Zitternd vor Angst setzten die Gefährten erschöpft ihren Weg fort. Schließlich traten sie in einen riesigen, weiten Raum ein, der vom Boden bis zur Decke mit Holzkisten gefüllt war. Flußwind zündete eine Fackel an der Wand an. Die Kisten waren zugenagelt. Einige waren mit der Aufschrift SOLACE, andere mit TORWEG versehen.

»Wir sind da. Wir sind im Innern der Festung«, sagte Gilthanas triumphierend.

»Den wahren Göttern sei Dank!« seufzte Tanis und sank zu Boden, die anderen ließen sich neben ihn fallen. Da bemerkten sie, daß Fizban und Tolpan fehlten.

Verloren
Der Plan. Verrat

Tolpan konnte sich später nicht mehr genau an jene letzten panischen Momente im Kettenraum erinnern. Er wußte nur noch, daß er gefragt hatte: »Eine verrückte Elfe? Wo?« und sich auf die Zehenspitzen gestellt und versucht hatte, etwas zu erkennen, als plötzlich der leuchtende Stab auf den Boden fiel. Er hörte Tanis schreien und dann ein klagendes Geräusch, das den Kender jedes Gefühl dafür verlieren ließ, wo er war und was er machte. Dann griffen kräftige Hände um seine Hüften und hoben ihn in die Luft.

»Kletter hoch!« rief ihm eine Stimme zu.

Tolpan streckte seine Hände aus, fühlte das kalte Metall der Kette und begann zu klettern. Er hörte eine Tür zuschlagen und dann wieder das eisige Klagen der bösen Elfe. Diesmal klang es nicht tödlich, sondern eher wie ein Aufschrei der Wut. Tolpan hoffte, daß seine Freunde hatten fliehen können.

»Ich frage mich, wie ich sie wiederfinden soll«, sprach er leise zu sich und fühlte sich einen Moment lang entmutigt. Dann hörte er Fizban murmeln und wurde wieder munter. Er war nicht allein.

Dichte, schwarze Dunkelheit hüllte den Kender ein. Er kletterte allein mit Hilfe seines Tastsinnes und wurde sehr müde, als kalte Luft seine rechte Wange berührte. Er spürte, daß sie den Mechanismus erreicht hatten. Wenn er doch nur sehen könnte! Dann fiel ihm ein, daß er mit einem Magier zusammen war.

»Wir könnten Licht gebrauchen!« rief Tolpan.

»Ein Kampf? Wo?« Fizban ließ fast die Kette los.

»Kein Kampf! Licht!« sagte Tolpan und hielt sich an einem Kettenglied fest. »Ich glaube, wir sind jetzt fast oben und sollten uns wirklich einmal umschauen.«

»Ja, natürlich. Laß mich sehen, Licht...« Tolpan hörte den Magier in seinen Beuteln wühlen. Anscheinend hatte er gefunden, was er suchte, denn er stieß einen kleinen Triumphschrei aus, sprach ein paar Worte, und eine kleine blaugelbe Wölkchenflamme erschien, die dicht am Hut des Magiers schwebte.

Das glühende Wölkchen zischte hoch, tanzte um Tolpan, wie um den Kender zu beschauen, dann kehrte es zum stolzen Magier zurück. Tolpan war entzückt. Er hatte jede Menge Fragen über dieses wunderbare Wölkchen, aber seine Arme wurden lahm, und auch der alte Magier war am Ende seiner Kräfte. Er wußte, sie sollten lieber einen Weg finden, um von der Kette wegzukommen.

Er sah hoch. Wie er vermutet hatte, befanden sie sich im oberen Teil der Festung. Die Kette lief über ein riesiges hölzernes Zahnrad, das mit einer Eisenachse verbunden war, und verschwand in einem Tunnel rechts vom Kender.

»Wir könnten über das Zahnrad klettern und an der Kette in

den Tunnel kriechen«, schlug der Kender vor. »Kannst du das Licht hierher schicken?«

»Licht – zum Rad«, befahl Fizban.

Das Licht schwankte einen Moment in der Luft, dann tanzte es in einer entschieden verneinenden Weise hin und her.

Fizban runzelte die Stirn. »Licht – zum Rad!« wiederholte er streng.

Die Wölkchenflamme wirbelte herum und versteckte sich hinter dem Hut des Magiers. Fizban, der eine heftige Bewegung machte, um sie zu fassen, wäre beinahe gestürzt und konnte gerade noch rechtzeitig beide Arme um die Kette schlingen. Das Wölkchenlicht tanzte hinter ihm in der Luft.

»Uh, ich glaube, wir haben genug Licht«, sagte Tolpan.

»Keine Disziplin bei den Jungen«, murrte Fizban. »Sein Vater – nun, es gab einmal eine Wolke...« Die Stimme des alten Magiers brach ab, als er wieder zu klettern begann; die Flamme schwebte an der Spitze seines zerbeulten Hutes.

Tolpan erreichte bald den ersten Zahn des Rades und kroch weiter hoch. Fizban folgte ihm mit erstaunlicher Behendigkeit.

»Könntest du das Licht bitten, in den Tunnel zu leuchten?« fragte Tolpan.

»Licht – in den Tunnel«, befahl Fizban, seine mageren Beine waren um ein Kettenglied geschlungen.

Das Wölkchen schien sich den Befehl zu überlegen. Langsam tanzte es zum Rand des Tunnels, dann hielt es inne.

»In den Tunnel!« bestimmte der Magier.

Das Wölkchen gehorchte nicht.

»Ich glaube, es fürchtet sich vor der Dunkelheit«, erklärte Fizban entschuldigend.

»Meine Güte, wie bemerkenswert!« sagte der Kender erstaunt. »Nun«, dachte er einen Moment laut nach, »wenn es da bleibt, wo es ist, dann kann ich genug sehen, um über die Kette zu kommen. Es sind wohl nur fünf oder sechs Meter bis zum Tunnel.« Abgesehen von der Kleinigkeit, daß um uns herum mehr als hundert Meter Dunkelheit und Luft liegen, ganz zu schweigen vom Steinboden da unten, dachte er leise.

»Jemand sollte mal dieses Ding ölen«, sagte Fizban und untersuchte kritisch die Radachse. »Heutzutage sieht man nur noch schlampige Arbeit.«

»Ich bin wirklich froh, daß sie nicht geschmiert ist«, sagte Tolpan besänftigend und kroch weiter. Als er den halben Weg geschafft hatte, überlegte der Kender, wie es wohl wäre, von dieser Höhe zu stürzen, immer tiefer und tiefer und dann auf den Steinboden aufzuschlagen. Er fragte sich, was das wohl für ein Gefühl wäre, auf dem Boden aufzuklatschen...

»Beweg dich schon!« rief Fizban, der hinter dem Kender kroch.

Tolpan kroch schnell zum Tunneleingang weiter, wo die Wölkchenflamme wartete, dann sprang er von der Kette auf den Tunnelboden. Die Flamme tanzte hinter ihm her, und endlich erreichte auch Fizban den Tunneleingang. Im letzten Moment taumelte er, aber Tolpan erwischte sein Gewand und zog den alten Mann in Sicherheit.

Sie setzten sich hin, um auszuruhen, als der alte Mann plötzlich den Kopf hochwarf.

»Mein Stab«, sagte er.

»Was ist damit?« Tolpan gähnte und fragte sich, wie spät es wohl wäre.

Der alte Magier richtete sich schwankend auf. »Hab' ihn unten vergessen«, murmelte er und ging auf die Kette zu.

»Warte! Du kannst nicht zurück!« Tolpan sprang auf.

»Wer sagt das?« fragte der alte Mann gereizt.

»Ich m-meine...«, stotterte Tolpan, »es wäre zu gefährlich. Aber ich weiß, wie du dich fühlst – mein Hupak ist auch unten.«

»Hmmmm«, machte Fizban und setzte sich traurig wieder hin.

»War er magisch?« fragte Tolpan nach einem Moment.

»Ich war mir nie ganz sicher«, antwortete Fizban versonnen.

»Nun«, meinte Tolpan praktisch denkend, »vielleicht können wir zurückgehen und ihn holen, wenn wir dieses Abenteuer hinter uns gebracht haben. Jetzt laß uns einen Platz finden, an dem wir uns ausruhen können.«

Er blickte sich im Tunnel um. Er war etwa drei Meter hoch. Die riesige Kette verlief mit vielen kleineren Ketten weiter in ein dunkles Loch. Tolpan starrte hinunter und konnte vage den Umriß gigantischer Steinblöcke erkennen.

»Wie spät ist es wohl?« fragte Tolpan.

»Essenszeit«, sagte der alte Mann. »Und wir können auch hier ausruhen. Dieser Platz ist so sicher wie jeder andere.« Er legte sich hin. Dann zog er eine Handvoll *Quith-pa* hervor und begann geräuschvoll zu essen. Die Wölkchenflamme huschte zu ihm hinüber und ließ sich auf der Hutkrempe des Magiers nieder.

Tolpan setzte sich neben den Magier und begann an seinem Trockenobst zu knabbern. Dann schnüffelte er. Es roch merkwürdig, als ob jemand alte Socken verbrennen würde. Er sah hoch, seufzte und zog am Gewand des Magiers.

»Uh, Fizban«, sagte er. »Dein Hut brennt.«

»Flint«, sagte Tanis ernst, »zum letzten Mal – ich bin genauso traurig wie du, Tolpan verloren zu haben, aber wir können nicht zurück! Er ist mit Fizban zusammen, und wie ich die beiden kenne, werden sie es schaffen, aus jeder Gefahr herauszukommen.«

»Wenn sie nicht dabei die ganze Festung auf uns aufmerksam machen«, murrte Sturm.

Der Zwerg wischte sich über die Augen und sah Tanis wütend an, dann drehte er sich auf dem Absatz um und stapfte in eine Ecke zurück, wo er sich auf den Boden schmiß und schmollte.

Tanis setzte sich wieder. Er wußte, wie Flint zumute war. Es war merkwürdig – es gab so viele Situationen, in denen er den Kender am liebsten erwürgt hätte, aber jetzt, wo er verschwunden war, vermißte Tanis ihn – und genau aus diesen Gründen. Tolpan umgab eine angeborene, nie versiegende Fröhlichkeit, die ihn zu einem wertvollen Gefährten machte. Keine Gefahr konnte den Kender abschrecken, und darum gab er auch niemals auf. Selbst im Notfall war er nie um einen Ausweg verlegen. Er tat zwar nicht immer das Richtige, aber zumindest war er immer zum Handeln bereit. Tanis lächelte traurig. Ich kann nur hoffen, daß dieser Notfall nicht sein letzter sein wird, dachte er.

Die Gefährten ruhten sich eine Stunde lang aus, aßen *Quith-pa* und tranken aus einer Quelle, die sie entdeckt hatten. Raistlin war wieder zu Bewußtsein gekommen, konnte aber nichts essen. Er nippte etwas vom Wasser, dann legte er sich wieder hin. Caramon teilte ihm die Nachricht über Fizbans Verschwinden zögernd mit, da er fürchtete, sein Bruder könnte sich den Verlust zu sehr zu Herzen nehmen. Aber Raistlin zuckte nur die Achseln, schloß die Augen und sank in einen tiefen Schlaf.

Als Tanis sich erholt hatte, ging er zu Gilthanas hinüber, der aufmerksam eine Karte studierte. Er kam an Laurana vorbei, die allein saß, und lächelte sie an. Sie sah weg. Tanis seufzte. Er bereute bereits, so grob mit ihr geredet zu haben. Er mußte zugeben, daß sie sich unter den entsetzlichen Umständen bemerkenswert gut zurechtfand. Sie hatte alles schnell und ohne Fragen getan, was man ihr gesagt hatte. Tanis nahm sich vor, sich bei ihr zu entschuldigen, aber zuerst mußte er mit Gilthanas sprechen.

»Wie sieht's aus?« fragte er und setzte sich auf eine Kiste.

»Ja, wo sind wir?« fragte Sturm. Bald hatten sich alle um die Karte versammelt, außer Raistlin, der anscheinend schlief. Tanis glaubte jedoch, einen Goldschlitz in den angeblich geschlossenen Lidern des Magiers zu erkennen.

Gilthanas breitete die Karte aus.

»Hier ist die Festung von Pax Tarkas und die umliegenden Erzminen«, sagte er. »Wir sind in den Kellern auf der untersten Ebene. Durch diesen Flur, ungefähr zwanzig Meter von hier entfernt, kommt man in die Räume, in denen die Frauen eingeschlossen sind. Gegenüber liegt ein Wachraum, und hier« – er tippte vorsichtig auf die Karte – »ist die Höhle eines der roten Drachen, den Lord Verminaard Ember nennt. Der Drache ist so groß, daß sich die Höhle über die Bodenebene erstreckt, mit den Gemächern von Lord Verminaard im ersten Stockwerk verbunden ist und weiter bis zum zweiten Stockwerk reicht und dann nach draußen führt.«

Gilthanas lächelte bitter. »Auf der ersten Etage hinter Verminaards Räumen befindet sich das Gefängnis, in dem die Kinder festgehalten werden. Der Drachenfürst ist klug. Er hält die Geiseln getrennt, da er weiß, daß die Frauen niemals ohne ihre Kinder gehen würden, so wie die Männer niemals ohne ihre Familien. Die Kinder werden von einem zweiten roten Drachen bewacht. Die Männer – ungefähr dreihundert – arbeiten draußen in den Minen. Außerdem sind noch einige hundert Gossenzwerge in den Minen beschäftigt.«

»Du scheinst eine Menge über Pax Tarkas zu wissen«, sagte Eben.

Gilthanas blickte schnell hoch. »Was willst du damit andeuten?«

»Ich deute nichts an«, antwortete Eben. »Es ist nur, daß du eine Menge über diesen Ort weißt, wenn man bedenkt, daß du noch nie hier warst! Und war es nicht interessant, daß wir immer auf Kreaturen stießen, die uns fast getötet hätten?«

»Eben.« Tanis sprach sehr ruhig. »Wir haben genug von deinen Verdächtigungen. Ich glaube nicht, daß einer von uns ein Verräter ist. Wie Raistlin sagte, hätte der Verräter uns schon längst verraten können. Was ist denn unser Ziel?«

»Mich und die Scheiben zu Lord Verminaard zu bringen«, sagte Goldmond leise. »Er weiß, daß ich hier bin, Tanis. Er und ich sind durch unser Schicksal verbunden.«

»Das ist lächerlich!« knurrte Sturm.

»Nein, das ist es nicht«, widersprach Goldmond. »Erinnere dich an die zwei Konstellationen. Eine war die Königin der Finsternis. Aus dem wenigen, was ich in den Scheiben von Mishakal verstanden habe, war die Königin auch eine der uralten Götter. Den guten Göttern stehen die bösen Götter gegenüber, und die neutralen Götter streben danach, das Gleichgewicht zu halten. Verminaard verehrte die Königin der Finsternis, so wie ich Mishakal verehre: Das meint Mishakal, wenn sie sagt, daß wir das Gleichgewicht wiederherstellen müssen. Er fürchtet sich vor dem Versprechen des Guten, das ich bringe, und er setzt seinen ganzen Willen daran, mich zu finden. Je länger ich hier bleibe...« Ihre Stimme erstarb.

»Ein Grund mehr, mit den Streitereien aufzuhören«, sagte Tanis und blickte Eben an.

Der Krieger zuckte die Achseln. »Genug geredet. Ich bin dabei.«

»Wie sieht dein Plan aus, Gilthanas?« fragte Tanis und bemerkte verärgert, wie Sturm, Caramon und Eben Blicke austauschten — drei Menschen gegen die Elfen, dachte er. Aber vielleicht liege ich genauso falsch, Gilthanas nur deshalb schon zu glauben, weil er ein Elf ist.

Gilthanas bemerkte die Blicke auch. Einen Moment starrte er die Männer an, dann begann er zu sprechen, seine Worte abwägend, als ob er widerwillig nicht mehr als absolut notwendig mitteilen wollte.

»Jeden Abend dürfen zehn bis zwölf Frauen ihre Zellen verlassen und den Männern in den Minen das Essen bringen. Auf diese Weise zeigt der Fürst den Männern, daß er seinen Teil des Abkommens erfüllt. Aus dem gleichen Grund dürfen die Frauen einmal täglich ihre Kinder sehen. Meine Krieger und ich hatten geplant, uns als Frauen zu verkleiden, zu den Männern in die Minen zu gehen, um ihnen unser Vorhaben, die Geiseln zu befreien, zu erläutern und sie aufzufordern, sich für den Aufstand bereitzuhalten. Darüber hinaus hatten wir uns keine Gedanken gemacht, insbesondere nicht über die Kinder. Unsere Spione deuteten an, daß mit dem Drachen, der die Kinder bewacht, etwas Merkwürdiges ist, wir konnten aber nicht genau verstehen, was er meinte.«

»Was für Sp...?« wollte Caramon fragte, aber auf Tanis' Blick hin ließ er es sein. Statt dessen fragte er: »Wann werden wir angreifen? Und was ist mit dem Drachen Ember?«

»Wir greifen morgen früh an. Lord Verminaard und Ember werden morgen sicher zu der Armee stoßen, sobald sie die Umgebung von Qualinost erreicht hat. Er hat diese Invasion seit langer Zeit vorbereitet. Ich glaube nicht, daß er sie verpassen will.«

Die Gruppe diskutierte den Plan eine Zeitlang, fügte da etwas hinzu, verbesserte hier etwas; im allgemeinen waren sie jedoch einverstanden. Dann verstauten sie ihr Gepäck, während Caramon seinen Bruder weckte. Sturm und Eben stießen die Tür auf, die in den Korridor führte. Er schien leer zu sein, obwohl sie schwach betrunkenes Gelächter aus einem Zimmer direkt ihnen gegenüber hören konnten. Drakonier. Lautlos glitten die Gefährten in den dunklen, schäbigen Flur.

Tolpan stand mitten in dem Zimmer, das er Mechanismuszimmer nannte, und sah in den Tunnel, der von dem Wölkchen schwach beleuchtet wurde. Der Kender begann sich entmutigt zu fühlen. Dieses Gefühl hatte er nicht oft, und es erinnerte ihn an jene Zeit, als er einen ganzen Kuchen mit grünen Tomaten, den er von einem Nachbarn geschenkt bekommen hatte, gegessen hatte. Seit jenem Tag ließen Entmutigung und grüner Tomatenkuchen in ihm den Wunsch entstehen, sich zu erbrechen.

»Irgendwie muß es einen Weg geben, um herauszukommen«, sagte der Kender. »Sicherlich untersuchen sie gelegentlich den Mechanismus oder kommen hoch, um ihn zu bewundern, oder machen Besichtigungen!«

Er und Fizban waren eine Stunde im Tunnel hin- und hergelaufen und hatten nichts gefunden.

»Um auf das Licht zurückzukommen«, sagte der alte Magier plötzlich, obwohl sie nicht darüber geredet hatten, »sieh mal.«

Tolpan sah hin. Durch einen Spalt in der Wand, nahe am Eingang zum engen Tunnel, war ein schmaler Lichtschein sichtbar. Sie konnten Stimmen hören, und das Licht wurde heller, als ob Fackeln in einem Raum unter ihnen angezündet worden wären.

»Vielleicht ist das ein Ausgang«, sagte der alte Mann.

Tolpan kniete sich nieder und lugte durch den Spalt. »Komm her!«

Die beiden sahen hinunter in einen großen Raum, der mit allem Luxus ausgestattet war. Alles, was schön und kostbar war, in den Ländern, die Verminaard in seiner Gewalt hatte, war hierher gebracht worden, um die privaten Gemächer des Drachenfürsten zu schmücken. Ein reich verzierter Thron stand an einem Ende des Zimmers. Seltene und kostbare Silberspiegel hingen an den Wänden, die so raffiniert angebracht waren, daß ein Gefangener immer nur auf den grotesken gehörnten Helm des Drachenfürsten blickte, gleichgültig, wohin er sich wandte.

»Das muß er sein!« flüsterte Tolpan Fizban zu. »Das muß Lord Verminaard sein!« Dem Kender stockte der Atem. »Und das muß sein Drache sein – Ember. Von dem Gilthanas uns erzählte, daß er alle Elfen in Solace getötet hat.«

Ember, oder Pyros (sein wahrer Name war geheim und nur den Drakoniern oder anderen Drachen bekannt – niemals jedoch Normalsterblichen), war ein uralter roter Drache. Pyros war Lord Verminaard von der Königin der Finsternis vorgeblich als Belohnung übergeben worden. In Wirklichkeit sollte Pyros ein wachsames Auge auf Verminaard haben, der eine seltsame paranoide Furcht in bezug auf die Entdeckung der wahren Götter entwickelt hatte. Jedoch besaßen alle Drachenfürsten auf Krynn Drachen – obwohl diese nicht so stark und intelligent waren. Denn Pyros hatte eine weitere, wichtigere Mission zu erfüllen, die selbst dem Drachenfürsten nicht bekannt war – eine Mission, die die Königin der Finsternis ihm anvertraut hatte und von der nur sie und ihre bösartigen Drachen wußten.

Pyros' Mission bestand darin, in diesem Teil von Ansalon nach einem Mann zu suchen, einem Mann mit vielen Namen. Die Königin der Finsternis nannte ihn Ewigan. Die Drachen nannten ihn den Hüter des grünen Juwels. Sein menschlicher Name war Berem. Und diese unablässige Suche nach dem Mann Berem war der Grund für Pyros' nachmittäglichen Aufenthalt in Verminaards Gemach, obwohl er viel lieber in seiner Höhle ein Nickerchen gehalten hätte.

Pyros hatte die Nachricht erhalten, daß Truppführer Toede zwei Gefangene zum Verhör vorführen wollte. Es bestand immer die Möglichkeit, daß Berem dabei war. Darum war der

Drache bei den Verhören immer anwesend, obwohl er sich meistens äußerst langweilte. Die einzige Zeit, in der Verhöre interessant wurden – soweit es Pyros anging –, war, wenn Verminaard einem Gefangenen befahl, »den Drachen zu füttern«.

Pyros hatte sich an einer Seite des riesigen Thronsaals ausgestreckt. Seine Flügel waren seitlich an den Körper angelegt, seine Klauen hoben sich mit jedem Atemzug wie eine gnomenhafte Maschine. Er döste und schnarchte leise vor sich hin. Eine seltene und kostbare Vase fiel krachend zu Boden. Verminaard sah von seinem Schreibtisch hoch, an dem er eine Karte von Qualinost studierte.

»Verwandel dich, bevor du dieses Zimmer zerstörst«, knurrte er.

Pyros öffnete ein Auge, betrachtete Verminaard einen Moment kühl, dann murmelte er ein magisches Wort.

Der riesenhafte rote Drache begann, wie ein Trugbild zu schimmern, die Drachenform löste sich in den Umriß eines Mannes auf, einer schlanken Figur mit tiefschwarzen Haaren, schmalem Gesicht und schrägen roten Augen. In feuerrote Gewänder gekleidet, schritt Pyros zu einem Schreibtisch in der Nähe von Verminaards Thron. Er nahm Platz, faltete seine Hände und starrte mit unverhohlener Abscheu auf Verminaards breiten, muskulösen Rücken.

An der Tür kratzte es.

»Herein«, befahl Verminaard geistesabwesend.

Eine Drakonierwache warf die Tür auf und ließ Truppführer Toede und seine zwei Gefangenen eintreten, dann zog sie sich zurück und schloß die große goldbronzene Tür. Verminaard ließ den Truppführer mehrere lange Minuten warten, während er weiter seinen Schlachtplan studierte. Dann bedachte er Toede mit einem herablassenden Blick und ging die Stufen zu seinem Thron hoch. Dieser war kunstvoll geschnitzt und dem aufgerissenen Maul eines Drachen nachgebildet.

Verminaard war eine imposante Erscheinung. Groß und kräftig gebaut, trug er eine dunkle nachtblaue Rüstung aus Drachenschuppen mit goldenen Verzierungen. Die entsetzliche Maske des Drachenfürsten verbarg sein Gesicht. Er bewegte sich mit einer Anmut, die für einen solch großen Mann bemerkenswert war. Verminaard lehnte sich behaglich zurück, seine in Leder gehüllte Hand spielte geistesabwesend mit einem schwarzen, goldverzierten Amtsstab.

Verminaard musterte Toede und seine zwei Gefangenen gereizt, da er sehr wohl wußte, daß Toede sich die beiden in der Absicht gefischt hatte, sich von dem verhängnisvollen Verlust der Klerikerin freizukaufen. Als Verminaard von seinen Drakoniern erfahren hatte, daß eine Frau, auf die die Beschreibung der Klerikerin paßte, unter den Gefangenen war und entkommen konnte, war seine Wut furchtbar gewesen. Toede hätte für seinen Fehler fast mit dem Leben bezahlt, aber der Hobgoblin war im Winseln und Kriechen außerordentlich geübt. Verminaard hatte erwogen, Toede an diesem Tag überhaupt nicht zu empfangen, aber in ihm war das seltsame, nagende Gefühl, daß in seinem Reich nicht alles zum besten stand.

Es liegt an dieser verfluchten Klerikerin! dachte Verminaard. Er spürte ihre Macht näher kommen, und das machte ihn nervös. Er musterte aufmerksam die beiden Gefangenen. Als er dann sah, daß auf keinen die Beschreibung derjenigen, die Xak Tsaroth überfallen hatten, paßte, knurrte Verminaard hinter seiner Maske.

Pyros reagierte beim Anblick der Gefangenen anders. Der verwandelte Drache erhob sich halb, während seine mageren Hände den Schreibtisch mit solcher Heftigkeit umklammerten, daß seine Finger Spuren im Holz hinterließen. Er zitterte vor Aufregung und mußte sich bemühen, sich wieder zu setzen und nach außen hin ruhig und gelassen zu erscheinen. Nur seine Augen, die wie Flammen brannten, gaben einen Hinweis auf seine innere Unruhe, als er auf die Gefangenen starrte.

Einer der Gefangenen war der Gossenzwerg Sestun. An seinen Händen und Füßen waren Ketten angelegt (Toede wollte kein Risiko eingehen), und so konnte Sestun kaum laufen. Er stolperte nach vorn und fiel völlig verängstigt vor dem Drachenfürsten auf die Knie. Der andere Gefangene, den Pyros beobachtete, war ein in Lumpen gekleideter Mensch, der auf den Boden starrte.

»Warum belästigst du mich mit diesen erbärmlichen Teufeln, Truppführer?« knurrte Verminaard.

Toede, nur noch zitternde Fettmasse, schluckte und fing unverzüglich zu sprechen an. »Dieser Gefangene« – der Hobgoblin versetzte Sestun einen Tritt – »war es, der die Sklaven von Solace befreit hatte, und der andere« – er zeigte auf den Mann, der seinen Kopf hob; nun sah man seinen völlig verwirrten Gesichtsausdruck – »wurde in der Nähe der Stadt Torweg gefunden, zu der, wie Ihr wißt, zivile Personen keinen Zugang haben.«

»Und warum bringst du sie zu mir?« fragte Lord Verminaard gereizt. »Wirf sie in die Minen zum restlichen Abschaum.«

Toede stammelte. »Ich dachte, der Mensch k-k-könnte ein S-s-spion s-sein...«

Der Drachenfürst musterte den Menschen aufmerksam. Er war groß gewachsen und gewiß über fünfzig Menschenjahre alt. Sein Haar war weiß und sein glattrasiertes Gesicht braun und wettergegerbt. Er war wie ein Bettler gekleidet, was er womöglich auch war, dachte Verminaard mit Abscheu. Sicher gab es nichts Ungewöhnliches an ihm, außer seinen Augen, die hell und jung wirkten. Auch die Hände wirkten nicht so alt. Vielleicht Elfenblut...

»Der Mann ist geistesschwach«, sagte er schließlich. »Sieh ihn dir an – er glotzt wie ein Fisch auf dem Trockenen.«

»I-ich g-g-glaube, e-e-er ist, äh, stumm und taub, mein Lord«, sagte Toede schwitzend.

Verminaard zog die Nase kraus. Nicht einmal der Drachenhelm konnte den fauligen Gestank von schwitzenden Hobgoblins abhalten.

»Du hast also einen Gossenzwerg und einen Spion, der weder hören noch sprechen kann, gefangengenommen«, sagte Verminaard sarkastisch. »Gut gemacht, Toede. Vielleicht kannst du jetzt rausgehen und mir einen Blumenstrauß pflükken.«

»Wenn es Euer Lordschaft erfreut«, erwiderte Toede feierlich und verbeugte sich.

Verminaard begann unter seinem Helm zu lachen. Toede war wirklich ein unterhaltsames kleines Ding – ein Jammer, daß er so schwitzte. Verminaard hob seine Hand. »Bring sie weg.«

»Was soll mit den Gefangenen geschehen, mein Lord?«

»Der Gossenzwerg wird heute abend an Ember verfüttert. Und deinen Spion steck in die Minen. Und behalte ihn im Auge – er sieht gefährlich aus!« Der Drachenfürst lachte.

Pyros fletschte die Zähne und verfluchte Verminaard.

Toede verbeugte sich wieder. »Komm her«, knurrte er und zog an den Handfesseln, und der Mann stolperte ihm nach. »Du auch!« Wieder trat er Sestun. Es war sinnlos. Der Gossenzwerg war ohnmächtig geworden, als er gehört hatte, daß er als Drachenfutter dienen sollte. Ein Drakonier wurde gerufen, der ihn wegschleifte.

Verminaard stieg vom Thron und ging zu seinem Schreibtisch. Er verstaute seine Karten in einer Rolle. »Laß dem geflügelten Drachen Botschaften zukommen!« befahl er Pyros. »Morgen früh fliegen wir nach Qualinost und zerstören es. Sei bereit, wenn ich dich rufe.«

Als sich die goldbronzene Tür hinter dem Drachenfürsten schloß, erhob sich Pyros, immer noch in menschlicher Gestalt, vom Schreibtisch und begann, unruhig im Raum auf und ab zu schreiten. Wieder kratzte es an der Tür.

»Lord Verminaard ist in seine Gemächer gegangen!« rief Pyros, über die Störung verärgert.

Die Tür öffnete sich einen Spalt.

»Ihr seid es, den ich zu sprechen wünsche, Majestät«, flüsterte ein Drakonier.

»Tritt ein«, sagte Pyros. »Aber beeil dich.«

»Der Verräter ist erfolgreich, Majestät«, sagte der Drakonier leise. »Er konnte einen Moment wegschlüpfen, ohne Verdacht zu erregen. Aber die Klerikerin ist bei ihm...«

»Zum Abgrund mit der Klerikerin!« schnaubte Pyros.

»Diese Nachricht ist nur für Verminaard interessant. Teile ihm das mit! Nein, warte.« Der Drache hielt inne.

»Wie du angeordnet hast, bin ich erst zu dir gekommen«, sagte der Drakonier entschuldigend und wollte schnell wieder gehen.

»Bleib«, befahl der Drache und hob eine Hand. »Diese Nachricht ist trotz allem wertvoll für mich. Nicht die Klerikerin. Es steht viel mehr auf dem Spiel... Ich muß mich mit unserem verräterischen Freund treffen. Bringe ihn heute nacht zu mir in meine Höhle. Informiere nicht Lord Verminaard – noch nicht. Er könnte alles verderben. Er soll sich lieber mit Qualinost beschäftigen.«

Als der Drakonier sich verbeugte und den Thronsaal verließ, begann Pyros wieder auf und ab zu schreiten und rieb sich lächelnd die Hände.

Das Gleichnis vom Edelstein
Verräter entlarvt. Tolpans Dilemma

Hör auf damit, du Frechdachs!« Caramon lächelte geziert und schlug Eben auf die Finger, als dieser seine Hand verstohlen über Caramons Hemd gleiten ließ.

Die Frauen im Raum lachten so herzlich über die Possen der beiden Krieger, daß Tanis nervös zur Zellentür blickte, ängstlich, daß die Wachen Verdacht schöpfen könnten.

Maritta sah seinen beunruhigten Blick. »Mach dir wegen der Wachen keine Sorgen!« sagte sie mit einem Schulterzucken. »Hier unten sind nur zwei, und die Hälfte der Zeit sind sie betrunken, besonders jetzt, da die Armee ausgerückt ist.« Sie blickte von ihrer Näharbeit auf die Frauen und schüttelte den Kopf: »Es tut mir gut, sie lachen zu hören, die Armen«, sagte sie leise. »In diesen Zeiten haben sie wahrlich wenig Gelegenheit dazu.«

Vierunddreißig Frauen waren in einer Zelle zusammengepfercht – Maritta berichtete, daß in der Nachbarzelle sechzig Frauen leben würden – unter derart schockierenden Bedingungen, daß sogar die abgehärteten Gefährten entsetzt waren. Grobe Strohmatten bedeckten den Boden. Die Frauen besaßen nichts, außer einigen wenigen Kleidungsstücken. Jeden Morgen durften sie für eine kurze Zeit auf dem Hof Gymnastikübungen machen. Den Rest des Tages waren sie gezwungen, Drakonieruniformen zu nähen. Obwohl erst seit einigen Wochen eingesperrt, waren ihre Gesichter bleich und blaß, ihre Körper dünn und abgemergelt vom schlechten Essen.

Tanis entspannte sich. Obwohl er Maritta erst seit wenigen Stunden kannte, verließ er sich auf ihr Urteil. Sie war es gewesen, die die verängstigten Frauen beruhigt hatte, als die Gefährten in ihre Zelle eingedrungen waren. Sie war es gewesen, die ihrem Plan zugehört und gemeint hatte, daß er erfolgreich sein könnte.

»Unsere Männer werden sich euch anschließen«, sagte sie zu Tanis. »Aber die Sucherfürsten werden euch Schwierigkeiten bereiten.«

»Die Sucherfürsten?« fragte Tanis erstaunt. »Sind sie hier? Gefangen?«

Maritta nickte stirnrunzelnd. »Das war der Preis dafür, daß sie dem schwarzen Kleriker glaubten. Aber sie werden nicht gehen wollen, und warum auch? Sie müssen nicht in den Minen arbeiten – der Drachenfürst persönlich kümmert sich darum! Aber wir sind mit euch.« Sie blickte zu den anderen, die entschlossen nickten. »Unter einer Bedingung – daß ihr die Kinder keinen Gefahren aussetzt.«

»Dafür kann ich nicht garantieren«, sagte Tanis. »Ich möchte jetzt nicht grob klingen, aber wir müssen wohl gegen einen Drachen kämpfen, um zu ihnen zu gelangen und...«

»Gegen einen Drachen kämpfen? Flammenschlag?« Maritta sah ihn verblüfft an. »Pah! Es besteht keine Notwendigkeit, gegen diese erbarmungswürdige Kreatur zu kämpfen. Ganz im Gegenteil, wenn ihr sie verletzt, werdet ihr die Hälfte der Kinder gegen euch haben. Sie lieben ihn.«

»Einen Drachen?« fragte Goldmond. »Was hat er angestellt, einen Zauber auf sie geworfen?«

»Nein. Ich glaube nicht, daß Flammenschlag überhaupt noch einen Zauber auf irgend jemand werfen kann.« Maritta lächelte traurig. »Diese arme Kreatur ist mehr als halbverrückt. Ihre eigenen Kinder wurden in einem großen Krieg getötet, und nun hat sich in ihrem Kopf festgesetzt, daß *unsere* Kinder *ihre* Kinder wären. Ich weiß nicht, wo Ihre Lordschaft sie ausgegraben hat, aber er hat sich selbst damit keinen guten Dienst erwiesen, und ich hoffe, daß er irgendwann dafür bezahlen wird!« Sie durchbiß boshaft einen Faden.

»Es ist nicht schwierig, die Kinder zu befreien«, fügte sie hinzu, als sie Tanis' besorgten Blick bemerkte. »Flammenschlag schläft immer sehr lange. Wir geben den Kindern Frühstück, nehmen sie zur Gymnastik mit nach draußen, und sie rührt sich nie. Sie wird erst merken, daß sie weg sind, wenn sie erwacht, das arme Ding.«

Die Frauen, zum ersten Mal voller Hoffnung, begannen alte Kleidungsstücke für die Gefährten abzuändern. Alles lief glatt, bis es zur Anprobe kam.

»Rasieren?« brüllte Sturm in solcher Wut, daß die Frauen zurückschreckten. Sturm hatte von der Verkleidungsidee nur eine undeutliche Vorstellung gehabt, sich aber dazu bereit erklärt. Es schien die beste Methode zu sein, den freien, offenen Hof zwischen der Festung und den Minen zu überqueren. Aber er hatte angekündigt, daß er lieber hundert Tode sterben würde, als sich seinen Schnurrbart abzurasieren. Er beruhigte sich erst, als Tanis vorschlug, sein Gesicht mit einem Schal zu bedecken.

Als dieses Problem gelöst war, tauchte ein weiteres auf. Flußwind erklärte kategorisch, daß er keine Frauenkleider anziehen würde, und nichts könnte ihn überzeugen, es doch zu tun.

Goldmond nahm Tanis schließlich beiseite und erklärte, daß in ihrem Stamm jeder Krieger, der sich in einer Schlacht feige verhalten hatte, gezwungen wurde, Frauenkleider zu tragen, bis er seine Ehre wiederhergestellt hatte. Tanis war verblüfft über diese Sitte. Aber Maritta hatte sich sowieso gefragt, was für Kleider sie dem großen Mann überhaupt geben sollten.

Nach langer Diskussion wurde entschieden, daß Flußwind einen langen Umhang überziehen und wie eine alte Frau an einem Stock gebückt gehen sollte. Alles lief danach glatt – zumindest eine Zeitlang.

Laurana ging zu Tanis hinüber, der einen Schal um sein Gesicht schlang.

»Warum rasierst du dich nicht?« fragte Laurana und starrte auf Tanis' Bart. »Oder genießt du es wirklich, mit deiner menschlichen Seite zu prahlen, wie Gilthanas sagt?«

»Ich prahle nicht damit«, erwiderte Tanis ruhig. »Ich bin nur zu müde, zu versuchen, sie zu leugnen, das ist alles.« Er holte tief Atem. »Laurana, es tut mir leid, wie ich im Sla-Mori mit dir gesprochen habe. Ich hatte nicht das Recht...«

»Du hattest das Recht«, unterbrach Laurana. »Ich habe mich verhalten wie ein liebeskrankes Mädchen. Ich habe auf törichte Weise euer Leben gefährdet.« Ihre Stimme versagte, dann faßte sie sich wieder. »Es wird nicht noch einmal passieren. Ich werde beweisen, daß ich für die Gruppe von Wert sein kann.«

Laurana war sich nicht sicher, wie sie das genau meinte. Obwohl sie schlagfertig über ihre Fähigkeiten als Kriegerin geredet hatte, hatte sie bis dahin nicht mehr als einen Hasen getötet. Sie war inzwischen so verängstigt, daß sie ihre Hände hinter ihrem Rücken verbarg, damit Tanis ihr Zittern nicht bemerkte. Sie hatte Angst, ihre Schwäche zuzugeben und Trost in seinen Armen zu suchen. Angst sich gehenzulassen. Also ging sie zu Gilthanas und half ihm bei seiner Verkleidung.

Tanis sagte sich, daß er auf Laurana stolz war, die endlich Zeichen von Reife zeigte. Er weigerte sich strikt zuzugeben, daß es ihm fast den Atem verschlug, wenn er in ihre großen strahlenden Augen sah.

Der Nachmittag verging schnell, und bald war es Abend und Zeit für die Frauen, das Essen in die Minen zu bringen. Die Gefährten warteten angespannt auf die Wachen. Es hatte nach allem noch ein Problem gegeben. Raistlin, der bis zur Erschöpfung gehustet hatte, erklärte, er wäre zu schwach, um sie zu begleiten. Als sein Bruder anbot, bei ihm zu bleiben, sah Raistlin ihn ärgerlich an und sagte, er wäre ein Dummkopf.

»In dieser Nacht brauchst du mich nicht«, flüsterte der Magier. »Laß mich allein. Ich muß schlafen.«

»Mir gefällt es nicht, ihn hierzulassen...«, begann Gilthanas, aber bevor er den Satz beenden konnte, hörten sie das Geräusch von Klauenfüßen und dann das Klappern von Töpfen. Die Zellentür sprang auf, und zwei Drakonierwachen, die stark nach Alkohol rochen, traten ein. Einer von ihnen taumelte ein wenig, als er mit trüben Augen die Frauen anstarrte.

»Bewegt euch«, sagte er grob.

Als die ›Frauen‹ in einer Reihe hintereinander nach draußen gingen, sahen sie sechs Gossenzwerge im Korridor stehen, die riesige Töpfe mit abscheulichem Eintopf hinter sich herzerrten. Caramon schnupperte hungrig, rümpfte dann aber angeekelt die Nase. Die Drakonier schlugen die Zellentür zu und verschlossen sie. Caramon blickte zurück und sah seinen Zwillingsbruder, von Decken verhüllt, in einer dunklen Ecke liegen.

Fizban klatschte in die Hände. »Gut gemacht, mein Junge!« sagte der alte Magier aufgeregt, als ein Teil der Wand im Mechanismuszimmer aufschwang.

»Danke«, antwortete Tolpan bescheiden. »Eigentlich war es schwieriger, die Geheimtür zu *finden*, als sie zu öffnen. Ich weiß nicht, wie du das geschafft hast. Ich habe gedacht, ich hätte überall nachgesehen.«

Er wollte gerade durch die Tür kriechen, als ihm plötzlich etwas einfiel. »Fizban, gibt es eine Möglichkeit, daß dein Licht zurückbleibt? Zumindest solange, bis wir wissen, ob jemand hier ist? Sonst gebe ich ein hervorragendes Ziel ab, denn wir sind nicht weit von Verminaards Gemächern entfernt.«

»Ich fürchte nicht.« Fizban schüttelte den Kopf. »Es mag nicht allein an dunklen Plätzen zurückbleiben.«

Tolpan nickte – er hatte diese Antwort erwartet. Nun, es hatte wenig Sinn, sich zu sorgen. Glücklicherweise schien der enge Flur, in den er kroch, leer zu sein. Die Flamme tanzte an seiner Schulter. Nachdem er Fizban hineingeholfen hatte, sah er sich um. Sie befanden sich in einem kleinen Flur, der zwanzig Meter weiter abrupt an einer nach unten in die Dunkelheit führenden Treppe endete. Bronzene Doppeltüren an der Ostwand waren der einzige andere Ausgang.

»Nun«, murmelte Tolpan, »wir befinden uns jetzt über dem Thronsaal. Diese Treppe führt sicherlich zu ihm nach unten. Höchstwahrscheinlich wird er von einer Million Drakonier bewacht! Das geht also nicht.« Er legte sein Ohr an die Tür. »Kein Geräusch. Laß uns hier reingehen.« Er öffnete ohne Schwierigkeiten die Doppeltür. Der Kender lauschte noch einen Moment, dann betrat er vorsichtig den Raum, dicht von Fizban und dem Wölkchenlicht gefolgt.

»Eine Art Kunstgalerie«, sagte er, während er sich in einem großen Zimmer umblickte, an dessen Wänden mit Staub und Ruß bedeckte Gemälde hingen. Durch die hohen Fenster gelang es Tolpan, einen Blick auf die Sterne zu werfen.

»Wenn meine Berechnungen stimmen, dann liegt der Thronsaal im Westen und die Drachenhöhle wieder westlich davon. Zumindest ging er in die Richtung, als Verminaard am Nachmittag den Thronsaal verließ. Der Drache muß eine Möglichkeit haben, aus dem Gebäude zu fliegen, also müßte die Höhle oben offen sein, was einen Schacht oder etwas Ähnliches bedeutet, und vielleicht noch eine Spalte, wo wir sehen können, was los ist.«

Tolpan war so mit seinen Plänen beschäftigt, daß er Fizban keine Aufmerksamkeit schenkte. Der alte Magier bewegte sich zielbewußt im Raum umher, studierte jedes Gemälde, als ob er ein bestimmtes suchen würde.

»Ah, hier ist es«, murmelte Fizban, dann drehte er sich um und flüsterte: »Tolpan!«

Der Kender hob den Kopf und sah plötzlich das Gemälde in einem weichen Licht erstrahlen. »Sieh dir das an!« sagte Tolpan hingerissen. »Es ist ein Gemälde mit Drachen – rote Drachen wie Ember – die Pax Tarkas angreifen und...«

Die Stimme des Kenders erstarb. Männer – Ritter von Solamnia – auf anderen Drachen reitend, kämpfend gegen die roten! Die Drachen der Ritter waren wunderschön – silbergoldene Drachen –, und die Männer trugen strahlende Waffen. Plötzlich verstand Tolpan! Es gab also auch *gute* Drachen, die – wenn man sie finden könnte – beim Kampf gegen die bösen Drachen helfen könnten, und da war...

»Die Drachenlanze!« murmelte er.

Der alte Magier nickte. »Ja, Kleiner«, flüsterte er. »Du verstehst. Du siehst die Antwort. Und du wirst dich erinnern. Aber nicht jetzt. Jetzt noch nicht.« Er strich mit seiner Hand über das Haar des Kenders.

»Drachen. Was habe ich gesagt?« Tolpan konnte sich nicht erinnern. Und was machte er überhaupt hier; auf ein völlig verstaubtes Bild starren, auf dem man nichts erkennen konnte. Der Kender schüttelte den Kopf. Das war wohl Fizbans Einfluß. »O ja. Die Drachenhöhle. Wenn meine Berechnungen stimmen, dann ist sie hier drüben.« Er ging weiter.

Der alte Magier schlurfte lächelnd hinterher.

Der Weg zu den Minen verlief für die Gefährten ohne besondere Ereignisse. Sie sahen nur wenige Drakonierwachen, die vor Langeweile halb am Schlafen waren. Niemand beachtete die vorübergehenden Frauen. Sie erreichten das glühende Schmiedefeuer, das von erschöpften Gossenzwergen ständig am Brennen gehalten wurde.

Dann betraten die Gefährten die Minen, in denen Drakonierwachen die Männer nachts in riesige Zellen einsperrten und dann wieder die Gossenzwerge bewachten. Verminaard dachte wohl, daß eine Bewachung der Männer überflüssig sei – die Menschen würden nirgendwo hingehen.

Und eine Zeitlang sah es für Tanis so aus, als ob sich das auf schreckliche Weise bewahrheiten würde. Die Männer *würden* nirgendwo hingehen. Sie starrten Goldmond nicht gerade überzeugt an, als sie sprach. Trotz allem war sie eine Barbarin – ihr Akzent war nicht zu überhören, ihre Kleidung äußerst seltsam. Was sie erzählte, mutete wie eine Kindergeschichte über einen Drachen an, der in einer blauen Flamme gestorben war, während sie überlebt hatte. Und alles, war sie vorzuzeigen hatte, war eine Sammlung von glänzenden Metallscheiben.

Hederick, der Theokrat von Solace, bezichtigte die Que-Shu-Frau lauthals der Hexerei, Scharlatanerie und Gotteslästerung. Er erinnerte die anderen an die Szene im Wirtshaus und zeigte als Beweis seine vernarbte Hand vor. Die Männer jedoch schenkten Hederick wenig Beachtung. Die Götter der Sucher hatten jedenfalls nicht die Drachen von Solace ferngehalten.

Viele von ihnen waren in der Tat an Flucht interessiert. Fast alle trugen Male der Mißhandlung – Peitschenstriemen, Prellungen in den Gesichtern. Sie waren unterernährt, gezwungen, unter dreckigen und erbärmlichen Bedingungen zu leben, und allen war bewußt, daß sie für Lord Verminaard wertlos werden würden, wenn das Eisenerz unter den Bergen abgebaut war. Aber die Sucherfürsten – die selbst im Gefängnis das Sagen hatten – lehnten solch einen Plan als leichtsinnig ab.

Streitereien gingen los. Die Männer schrien sich an. Tanis stellte hastig Caramon, Flint, Eben, Sturm und Gilthanas an den Türen auf, da er befürchtete, die Wachen könnten die Unruhe hören und zurückkehren. Damit hatte der Halb-Elf nicht gerechnet – dieser Streit konnte Tage anhalten! Goldmond saß verzweifelt vor den Männern und sah aus, als ob sie gleich weinen würde. Sie war von ihrer neugefundenen Überzeugung so erfüllt und eifrig bedacht gewesen, der Welt ihr Wissen mitzuteilen, daß sie jetzt, da ihre Überzeugung angezweifelt wurde, fast die Hoffnung verlor.

»Diese Menschen sind Dummköpfe!« sagte Laurana leise, als sie sich zu Tanis stellte.

»Nein«, erwiderte Tanis seufzend. »Wenn sie Dummköpfe wären, wäre es einfacher. Wir versprechen ihnen nichts Greifbares und bitten sie, das einzige zu riskieren, was ihnen noch geblieben ist – ihr Leben. Und wofür? In die Berge zu fliehen, die ganze Zeit zu kämpfen. Hier zumindest leben sie – zur Zeit jedenfalls.«

»Aber was für einen Wert kann denn solch ein Leben haben?« fragte Laurana.

»Das ist eine gute Frage, junge Frau«, entgegnete eine schwache Stimme. Sie drehten sich um und sahen Maritta, die neben einem liegenden Mann kniete. Von Krankheit und Entbehrung verzehrt, war sein Alter nicht bestimmbar. Er versuchte aufzusitzen und streckte seine magere Hand Tanis und Laurana entgegen. Sein Atem kam rasselnd. Maritta wollte ihn beruhigen, aber er sah sie nur gereizt an. »Ich weiß, daß ich im Sterben liege, Frau! Bring diese Barbarin zu mir.«

Tanis sah Maritta fragend an. Sie erhob sich und ging zu ihm und schob ihn beiseite. »Das ist Elistan«, sagte sie, als ob Tanis den Namen kennen müßte. Als Tanis nicht reagierte, erklärte sie. »Elistan, einer der Sucherfürsten aus Haven. Er wurde von den Leuten sehr geliebt und respektiert, und er war der einzige, der gegen diesen Lord Verminaard gesprochen hat. Aber niemand hörte zu – niemand wollte zuhören.«

»Du sprichst von ihm, als wäre er schon tot«, sagte Tanis. »Aber er lebt noch.«

»Ja, aber nicht mehr lange.« Maritta wischte eine Träne weg. »Ich kenne diese Krankheit. Mein Vater ist daran gestorben. Irgend etwas in ihm verzehrt ihn. In den letzten Tagen wurde er vor Schmerzen fast wahnsinnig, aber das ist vorbei. Das Ende steht nahe bevor.«

»Vielleicht nicht.« Tanis lächelte. »Goldmond ist Klerikerin. Sie kann ihn heilen.«

»Vielleicht, vielleicht nicht«, antwortete Maritta skeptisch. »Ich würde diese Möglichkeit nicht in Betracht ziehen. Wir sollten Elistan nicht mit falschen Hoffnungen aufregen. Laßt ihn in Frieden sterben.«

»Goldmond«, sagte Tanis, als die Tochter des Stammeshäuptlings näher trat. »Dieser Mann möchte dich kennenlernen.« Er ignorierte Maritta und führte Goldmond zu Elistan. Goldmonds Gesicht, vor Enttäuschung und Niedergeschlagenheit hart und kalt, wurde weicher, als sie den erbärmlichen Zustand des Mannes sah.

Elistan sah zu ihr hoch. »Junge Frau«, sagte er streng, obwohl seine Stimme schwach war. »Du behauptest, Nachricht von den uralten Göttern zu bringen. Wenn es stimmt, daß wir Menschen uns von ihnen abgewandt haben, und nicht sie sich von uns, wie wir immer dachten, warum haben sie dann so lange gewartet, um ihre Anwesenheit zu erkennen zu geben?«

Goldmond kniete sich schweigend zu dem sterbenden Mann, überlegte, wie sie ihre Antwort am besten formulieren konnte. Schließlich sagte sie: »Stell dir vor, du gehst durch einen Wald und trägst deinen wertvollsten Besitz mit dir – einen seltenen und wunderschönen Edelstein. Plötzlich wirst du von einem bösartigen Wesen angegriffen. Du läßt den Edelstein fallen und läufst davon. Als du den Verlust des Edelsteins bemerkst, bist du zu ängstlich, um noch einmal in den Wald zu gehen und nach ihm zu suchen. Dann kommt jemand mit einem anderen Edelstein vorbei. Tief in deinem Herzen weißt du, daß dieser nicht so wertvoll ist wie der verlorene, aber du bist immer noch zu verängstigt, um ihn im Wald zu suchen. Bedeutet das nun, daß der Edelstein den Wald verlassen hat, oder liegt er immer noch da, hell unter den Blättern glänzend und auf deine Wiederkehr wartend?«

Elistan schloß die Augen, seufzte, sein Gesicht war schmerzverzerrt. »Natürlich, der Edelstein wartet auf *unsere* Wiederkehr. Was sind wir doch für Dummköpfe! Ich wünschte, ich hätte noch Zeit, von deinen Göttern zu lernen«, sagte er und streckte seine Hand aus.

Goldmond hielt den Atem an, ihr Gesicht wurde blutleer, bis sie fast so blaß war wie der sterbende Mann. »Du wirst die Zeit haben«, sagte sie leise und legte seine Hand in ihre.

Tanis, der in die Begegnung der beiden völlig versunken war, schreckte beunruhigt auf, als er eine Berührung am Arm spürte. Er drehte sich um; es waren Sturm und Caramon.

»Was ist los?« fragte er schnell. »Die Wachen?«

»Noch nicht«, antwortete Sturm barsch. »Aber wir können sie jeden Moment erwarten. Eben und Gilthanas sind verschwunden.«

Die Nacht senkte sich über Pax Tarkas.

Zurück in seiner Höhle hatte der rote Drache Pyros keinen Platz zum Auf- und Ablaufen, eine Eigenart, die er sich angewöhnt hatte, wenn er sich in einen Mensch verwandelte. Er konnte nur seinen riesigen Körper herumdrehen, aber nicht seine Flügel ausbreiten, obwohl er das größte Zimmer in der Festung hatte und es seinetwegen sogar noch vergrößert worden war.

Er zwang sich zu entspannen und legte sich auf den Boden und wartete, seine Augen auf die Tür gerichtet. Er bemerkte nicht die zwei Köpfe, die über das Geländer eines Balkons auf der dritten Ebene spähten.

Es kratzte an der Tür. Pyros hob seinen Kopf in freudiger Erwartung hoch, dann ließ er ihn mit einem Knurren wieder fallen, als zwei Goblins mit einer erbärmlichen Gestalt in ihrer Mitte erschienen.

»Ein Gossenzwerg!« schnarrte Pyros in der Umgangssprache. »Verminaard muß seinen Verstand verloren haben, zu denken, ich fresse Gossenzwerge. Werft ihn in eine Ecke und verschwindet!« knurrte er die Goblins an, die hastig seinen Befehlen nachkamen. Sestun kauerte wimmernd in der Ecke.

»Halt den Mund!« befahl Pyros gereizt. »Vielleicht sollte ich dich einfach nur flambieren, damit dieses Gejammer aufhört...«

Jetzt klopfte es leise an der Tür, ein Geräusch, das der Drache erkannte. Seine Augen leuchteten rot auf. »Herein!«

Eine Gestalt betrat die Höhle des Drachen. Sie war in einen langen Umhang gekleidet, eine Kapuze bedeckte das Gesicht.

»Ich bin gekommen, wie du es befohlen hast, Ember«, sagte die Gestalt leise.

»Ja«, antwortete Pyros, seine Klauen kratzten den Boden.

»Zieh die Kapuze weg. Ich will die Gesichter der Personen sehen, mit denen ich verhandle.«

Der Mann zog seine Kapuze zurück. Von der dritten Ebene kam ein gedämpftes, abgewürgtes Keuchen. Pyros starrte zum dunklen Balkon hoch. Er erwog kurz hochzufliegen, um nachzusehen, aber die Gestalt unterbrach seine Gedanken.

»Ich habe nur wenig Zeit, Majestät. Ich muß zurückkehren, bevor sie Verdacht schöpfen. Und ich sollte Lord Verminaard Bericht erstatten...«

»Zu gegebener Zeit«, schnappte Pyros ärgerlich. »Was für einen Plan schmieden diese Dummköpfe, mit denen du zusammen bist?«

»Sie planen, die Sklaven zu befreien und mit ihnen einen Aufstand anzuzetteln, so daß Verminaard gezwungen ist, seine Armee zurückzurufen, die auf dem Weg nach Qualinost ist.«

»Das ist alles?«

»Ja, Majestät. Jetzt muß ich den Drachenfürsten warnen.«

»Pah! Was bringt das schon! Ich werde schon mit den Sklaven fertig, wenn sie revoltieren. Falls sie gegen mich keine Pläne aushecken.«

»Nein, Majestät. Sie fürchten dich, so wie alle«, fügte die Gestalt hinzu. »Sie warten, bis du und Lord Verminaard nach Qualinost geflogen seid. Dann werden sie die Kinder befreien und in das Gebirge fliehen, bevor ihr zurückkehrt.«

»Dieser Plan scheint ihrer Intelligenz angemessen. Mach dir keine Sorgen um Verminaard. Viel größere Dinge brauen sich zusammen. Viel größere. Jetzt hör genau zu. Heute wurde von diesem schwachsinnigen Toede ein Gefangener vorgeführt...« Pyros hielt inne, seine Augen glühten. Seine Stimme wurde zu einem zischenden Flüstern. »*Er* ist es! Er ist derjenige, den wir suchen!«

Die Gestalt erstarrte. »Bist du sicher?«

»Natürlich!« schnarrte Pyros böse. »Ich sehe diesen Mann in meinen Träumen! Er ist hier – in meiner Reichweite! Ganz Krynn sucht nach ihm – und ich habe ihn gefunden!«

»Du wirst Ihre Finstere Majestät informieren?«

»Nein. Ich wage nicht, mich einem Boten anzuvertrauen. Ich muß diesen Mann persönlich hinbringen, aber im Moment komme ich nicht weg. Verminaard wird allein nicht fertig mit Qualinost. Auch wenn der Krieg nur eine List ist, müssen wir in Erscheinung treten, und der Welt wird es besser gehen, wenn die Elfen erst einmal ausgerottet sind. Ich werde diesen Ewigan zur Königin bringen, sobald es meine Zeit erlaubt.«

»Warum erzählst du es mir dann?« fragte die Gestalt.

»Weil du auf ihn aufpassen mußt!« Pyros schob seinen Körper in eine bequemere Lage. »Das beweist die Größe der Macht Ihrer Finsteren Majestät, daß die Klerikerin von Mishakal und der Hüter des grünen Juwels zusammen in meiner Reichweite auftauchen! Ich werde Verminaard das Vergnügen erlauben, sich morgen mit der Klerikerin und ihren Freunden zu befassen. In der Tat« – Pyros' Augen strahlten – »das könnte ganz gut funktionieren! Wir können den Hüter des grünen Edelsteins in der Verwirrung entfernen, und Verminaard wird nichts merken! Wenn die Sklaven angreifen, mußt du diesen Mann finden. Bring ihn hierher, und verstecke ihn in den unteren Gemächern. Wenn alle Menschen vernichtet sind und die Armee Qualinost ausgelöscht hat, werde ich ihn zu meiner Finsteren Königin bringen.«

»Ich verstehe.« Die Gestalt verbeugte sich wieder. »Und meine Belohnung?«

»Alles, was du verdienst. Geh jetzt.«

Der Mann zog wieder seine Kapuze über den Kopf und entfernte sich. Pyros faltete seine Flügel und rollte seinen riesigen Körper samt Schwanz über das Maul und lag, in die Dunkelheit starrend, da. Nur noch Sestuns erbärmliches Wimmern war zu hören.

»Ist alles in Ordnung?« fragte Fizban Tolpan leise oben auf dem Balkon. Es herrschte pechschwarze Dunkelheit. Fizban hatte über das verräterische Wölkchen eine Vase gestülpt.

»Ja«, sagte Tolpan benommen. »Tut mir leid, daß ich vorhin so laut war. Ich konnte mich nicht zusammenreißen. Obwohl ich es erwartet hatte, etwas Ähnliches jedenfalls, ist es doch hart, jemanden zu kennen, der ein Verräter ist. Glaubst du, der Drache hat mich gehört?«

»Weiß ich nicht.« Fizban seufzte. »Die Frage ist, was wir jetzt machen?«

»Ich habe keine Ahnung«, sagte Tolpan jämmerlich. »Für solche Pläne bin ich nicht zuständig. Ich bin nur zum Vergnügen mitgekommen. Wir können Tanis und die anderen nicht warnen, weil wir nicht wissen, wo sie sind. Und wenn wir anfangen, sie zu suchen, werden wir womöglich erwischt und machen alles nur noch schlimmer!« Er schob sein Kinn in seine Hand. »Weißt du«, sagte er mit ungewöhnlicher Melancholie. »Ich habe einmal meinen Vater gefragt, warum Kender so klein sind, warum wir nicht so groß wie die Menschen oder Elfen sind. Ich wollte wirklich immer groß sein«, sagte er leise, und einen Moment war er ruhig.

»Und was hat dein Vater geantwortet?« fragte Fizban sanft.

»Er sagte, Kender wären klein, weil wir kleine Dinge tun sollten. ›Wenn du die großen Dinge in der Welt näher betrachtest‹, sagte er, ›dann wirst du erkennen, daß sie in Wirklichkeit aus kleinen Dingen bestehen, die alle zusammengefaßt sind.‹ Dieser große Drache da unten setzt sich vielleicht nur aus winzigen Blutstropfen zusammen. Es sind die kleinen Dinge, die den Unterschied machen.«

»Sehr klug, dein Vater.«

»Ja.« Tolpan strich sich mit der Hand über die Augen. »Ich habe ihn schon lange nicht mehr gesehen.« Das spitz zulaufende Kinn des Kenders schob sich nach vorn, seine Lippen zogen sich zusammen. Sein Vater würde diese kleine resolute Person nicht als seinen Sohn erkennen, wenn er ihn jetzt sehen würde.

»Wir überlassen die großen Dinge den anderen«, verkündete Tolpan schließlich. »Dafür sind Tanis und Sturm und Goldmond verantwortlich. Sie schaffen das schon. Wir machen die kleinen Dinge, selbst wenn sie nicht so wichtig erscheinen. Wir werden Sestun befreien!«

Fragen
Keine Antworten. Fizbans Hut

Ich hatte etwas gehört und nachgesehen, Tanis«, erklärte Eben. »Ich schaute hinter die Zellentür, an der ich Wache hielt. Da hockte ein Drakonier und lauschte. Ich schnappte ihn mir und hatte ihn im Würgegriff, als mich ein zweiter Drakonier ansprang. Ich erstach ihn, dann kümmerte ich mich wieder um den ersten, erwischte ihn und schlug ihn bewußtlos. Dann entschied ich, lieber zurückzugehen.«

Die Gefährten waren wieder in den Zellen und fanden dort Gilthanas und Eben, auf sie wartend, vor. Die Frauen wurden von Maritta im hinteren Teil der Zelle beschäftigt, während Tanis die beiden über ihre Abwesenheit ausfragte. Ebens Geschichte schien wahr zu sein – Tanis hatte die Körper der Drakonier gesehen, als sie zum Gefängnis zurückgegangen waren –, und Eben hatte sicherlich einen Kampf durchgemacht. Seine Kleider waren zerrissen, Blut floß aus einer Schnittwunde an der Wange.

Tika erhielt von einer Frau ein relativ sauberes Tuch und begann, die Wunde auszuwaschen. »Er hat unser Leben gerettet, Tanis«, sagte sie. »Ich finde, du solltest dankbar sein, anstatt ihn wütend anzustarren, als ob er deinen besten Freund erstochen hätte.«

»Nein, Tika«, sagte Eben freundlich. »Tanis hat ein Recht, danach zu fragen. Ich gebe zu, es wirkt verdächtig. Aber ich habe nichts zu verbergen.« Er ergriff ihre Hand und küßte ihre Fingerspitzen. Tika errötete und tauchte das Tuch ins Wasser. Caramon, der zugesehen hatte, knurrte.

»Was ist mit dir, Gilthanas?« fragte der Krieger abrupt. »Warum bist du gegangen?«

»Frag mich nicht«, sagte der Elf widerspenstig. »Du wirst es doch nicht wissen wollen.«

»Was wissen?« fragte Tanis. »Warum bist du gegangen?«

»Laß ihn in Ruhe!« rief Laurana.

Gilthanas' mandelförmige Augen blitzten auf, als er die Gefährten ansah; sein Gesicht war verkrampft und blaß.

»Es ist wichtig, Laurana«, sagte Tanis. »Wohin bist du gegangen, Gilthanas?«

»Erinnere dich, daß ich euch warnte.« Gilthanas' Augen richteten sich auf Raistlin. »Ich bin zurückgekehrt, um nachzusehen, ob der Magier wirklich so erschöpft war, wie er vorgab. Er war es wohl nicht, denn er war verschwunden.«

Caramon erhob sich mit geballten Fäusten, sein Gesicht war vor Zorn verzerrt. Sturm hielt ihn fest und schob ihn zurück, während Flußwind vor Gilthanas trat.

»Alle haben das Recht zu sprechen, und alle haben das Recht, sich zu verteidigen«, sagte der Barbar mit seiner tiefen Stimme. »Der Elf hat gesprochen. Laßt uns nun deinen Bruder hören.«

»Warum sollte ich sprechen?« flüsterte Raistlin barsch. »Keiner von euch traut mir, warum solltet ihr also meinen Worten glauben? Ich weigere mich zu antworten, und ihr könnt darüber denken, was ihr wollt. Wenn ihr glaubt, ich sei ein Verräter – dann tötet mich jetzt. Ich werde euch nicht aufhalten...« Er begann zu husten.

»Dann müßt ihr auch mich töten«, sagte Caramon. Er führte seinen Bruder zu seinem Lager zurück.

Tanis fühlte sich elend.

»Die ganze Nacht doppelte Wache. Nein, du nicht, Eben. Sturm und Flint zuerst, dann Flußwind und ich.« Tanis ließ sich auf den Boden fallen und verbarg seinen Kopf in den Armen. Wir wurden verraten, dachte er. Einer von den dreien ist ein Verräter, und er war die ganze Zeit dabei. Jeden Moment können die Wachen kommen. Oder vielleicht ist Verminaard... subtiler... eine Falle, um uns alle zu erwischen...

Dann erkannte Tanis alles mit grausiger Klarheit. Natürlich! Verminaard würde den Aufstand als Entschuldigung benutzen, alle Geiseln und die Klerikerin zu töten. Er könnte jederzeit Sklaven bekommen, die ein abschreckendes Beispiel vor Augen hätten, was jenen passiert, die nicht gehorchen. Dieser Plan – Gilthanas' Plan – spielte sie direkt in seine Hände!

Wir sollten den Plan fallenlassen, dachte Tanis hektisch, dann zwang er sich zur Ruhe. Nein, die Leute waren zu aufgeregt. Nach Elistans wundersamer Heilung und seiner Verkündung, sich mit den uralten Göttern zu befassen, hatten die Leute Hoffnung gefaßt. Sie glaubten, daß die Götter wirklich zu ihnen zurückgekehrt waren. Aber Tanis hatte beobachtet, wie die anderen Sucherfürsten eifersüchtige Blicke auf Elistan warfen. Es war ganz klar: Zwar hatten sie zugestimmt, ihren neuen Führer zu unterstützen, aber zu gegebener Zeit würden sie versuchen, ihn zu stürzen. Vielleicht gingen sie schon jetzt unter die Leute und streuten Zweifel.

Wenn wir jetzt abspringen, werden sie uns niemals mehr vertrauen, dachte Tanis. Wir müssen den Plan ausführen – gleichgültig, wie groß das Risiko ist. Außerdem, vielleicht irrte er sich auch. Vielleicht gab es keinen Verräter. Mit dieser Hoffnung fiel er in einen unruhigen Schlaf.

Die Nacht verlief ohne Zwischenfälle.

Die Dämmerung drang durch das klaffende Loch im Turm der Festung. Tolpan blinzelte, dann setzte er sich auf, rieb seine Augen und überlegte einen Moment, wo er wohl war. Ich bin in einem großen Raum, dachte er, und starre auf eine hohe Decke, die ein Loch hat, damit der Drache nach draußen fliegen kann. Da sind außer der einen noch zwei andere Türen, durch die Fizban und ich letzte Nacht eingetreten sind.

Fizban! Der Drache!

Tolpan erinnerte sich stöhnend. Er hatte doch wach bleiben wollen! Er und Fizban hatten warten wollen, bis der Drache eingeschlafen war, um dann Sestun zu befreien. Jetzt war es Morgen! Vielleicht war alles zu spät! Ängstlich kroch der Kender zum Balkon und spähte über das Geländer! Nein! Erleichtert seufzte er auf. Der Drache schlief. Sestun schlief auch.

Jetzt war ihre Gelegenheit gekommen! Tolpan kroch zum Magier zurück.

»Alter!« flüsterte er. »Wach auf!« Er schüttelte ihn.

»Was? Wer? Feuer?« Der Magier setzte sich auf und blickte sich verschlafen um. »Wo? Lauf zum Ausgang!«

»Nein, kein Feuer.« Tolpan seufzte. »Es ist Morgen. Hier ist dein Hut...« Er gab ihn dem Magier, der suchend herumtastete. »Was ist mit dem Wölkchen?«

»Mmmh!« machte Fizban. »Ich habe es zurückgeschickt. Es hat mich am Schlafen gehindert, war zu hell.«

»Wir wollten doch wach bleiben, nicht wahr?« fragte Tolpan ärgerlich. »Sestun vom Drachen befreien!«

»Wie wollten wir *das* denn anstellen?« fragte Fizban interessiert.

»Du hattest einen Plan!«

»Ich? O je.« Der alte Magier blinzelte. »War er gut?«

»Du hast ihn mir nicht erzählt!« Tolpan schrie fast, dann beruhigte er sich. »Du hast nur gesagt, daß wir Sestun vor dem

Frühstück befreien müßten, weil auch ein Gossenzwerg dann vielleicht appetitanregend auf einen Drachen wirkt, der schon zwölf Stunden nichts gefressen hat.«

»Das ergibt einen Sinn«, räumte Fizban ein. »Bist du dir sicher, daß ich das gesagt habe?«

»Sieh mal«, sagte Tolpan geduldig. »Wir brauchen nur ein langes Seil, um es zu ihm herunterzulassen. Kannst du so etwas nicht zaubern?«

»Seil!« Fizban sah ihn wütend an. »Bin ich schon so tief gesunken? Du beleidigst meine Künste. Hilf mir beim Aufstehen.«

Tolpan half ihm. »Ich wollte dich nicht beleidigen«, sagte der Kender, »und ich weiß, daß ich mir über ein Seil keine Sorgen zu machen brauche und daß du sehr fähig bist... Es ist nur..., alles in Ordnung!« Tolpan deutete zum Balkon. »Geh vor. Ich hoffe nur, wir werden es überleben«, murmelte er.

»Ich werde dich nicht im Stich lassen – auch Sestun nicht, was diese Angelegenheit betrifft«, versprach Fizban. Die beiden spähten über den Balkon. Es hatte sich nichts verändert. Sestun lag in einer Ecke. Der Drache schlief fest. Fizban schloß seine Augen. Er konzentrierte sich, murmelte merkwürdige Worte, dann streckte er seine dünne Hand durch das Balkongeländer und machte eine hebende Bewegung.

Tolpan, der zusah, fühlte sein Herz in die Kehle wandern. »Halt!« gurgelte er. »Das war der falsche Zauber!«

Fizbans Augen öffneten sich und sahen auf den roten Drachen. Pyros hob sich langsam vom Boden, sein Körper war immer noch im Schlaf eingerollt. »O je!« keuchte der Magier und sagte schnell andere Worte. Er kehrte den Zauber um und ließ den Drachen wieder auf den Boden sinken. »Hab' mein Ziel verfehlt«, sagte der Magier. »Jetzt bin ich wieder bei Null. Laß es uns noch einmal versuchen.«

Tolpan hörte wieder die merkwürdigen Worte. Dieses Mal begann Sestun vom Boden abzuheben und schwebte langsam zum Balkon hoch. Fizbans Gesicht lief vor Erschöpfung rot an.

»Er ist fast hier! Mach weiter!« sagte Tolpan und sprang aufgeregt auf und ab. Von Fizbans Hand geführt, segelte Sestun friedlich über das Geländer. Er landete, immer noch schlafend, auf dem staubigen Boden.

»Sestun!« flüsterte Tolpan und legte seine Hand auf den Mund des Gossenzwergs, falls dieser schreien würde. »Sestun! Ich bin es, Tolpan. Wach auf.«

Der Gossenzwerg öffnete die Augen. Sein erster Gedanke war, daß Verminaard entschieden hätte, ihn anstelle eines Drachen einem bösartigen Kender zum Fraße vorzuwerfen. Dann erkannte der Gossenzwerg seinen Freund und wurde vor Erleichterung schlaff.

»Du bist in Sicherheit, aber sage kein Wort«, warnte der Kender. »Der Drache kann uns immer noch hören...« Er wurde von einem lauten Dröhnen von unten unterbrochen. Der Gossenzwerg setzte sich angstvoll auf.

»Pssst«, sagte Tolpan, »vielleicht war das nur die Tür zur Drachenhöhle.« Er eilte zum Balkon zurück, wo Fizban durch das Geländer lugte. »Was ist los?«

»Der Drachenfürst«, Fizban zeigte zur zweiten Ebene, wo Verminaard an einem Sims stand und auf den Drachen herabsah.

»Ember, aufwachen!« schrie Verminaard dem schlafenden Drachen zu. »Ich habe Berichte über Eindringlinge erhalten! Diese Klerikerin ist hier und stachelt die Sklaven zum Aufstand auf!«

Pyros rührte sich und öffnete langsam die Augen. Er hatte einen beunruhigenden Traum gehabt, in dem er zugesehen hatte, wie ein Gossenzwerg geflogen war.

Er schüttelte seinen riesigen Kopf, um wach zu werden, und hörte Verminaard über Kleriker toben. Er gähnte. Der Drachenfürst hatte also herausgefunden, daß die Klerikerin in der Festung war. Pyros vermutete, daß er sich jetzt doch darum kümmern mußte.

»Reg dich nicht auf, mein Lord...«, begann Pyros. Dann hielt er plötzlich inne und starrte auf etwas Seltsames.

»Mich aufregen!« Verminaard kochte. »Warum...« Dann

hielt er auch inne. Der Gegenstand, auf den beide starrten, trudelte sanft wie eine Feder durch die Luft nach unten.

Fizbans Hut.

Tanis weckte alle in der dunkelsten Stunde vor der Dämmerung.

»Nun«, sagte Sturm, »führen wir den Plan aus?«

»Wir haben keine andere Wahl«, sagte Tanis grimmig. »Wenn uns einer verraten hat, dann muß er mit dem Wissen leben, daß er den Tod über Unschuldige gebracht hat. Verminaard wird nicht nur uns töten, sondern auch die Geiseln. Ich bete, daß es keinen Verräter gibt!«

Niemand sagte etwas, aber alle warfen sich mißtrauische Blicke zu.

Als die Frauen wach waren, ging Tanis den Plan noch einmal mit ihnen durch. »Meine Freunde und ich werden uns, als die Frauen verkleidet, die gewöhnlich den Kindern das Frühstück bringen, mit Maritta in den Kinderraum schleichen. Wir führen sie dann zum Hof«, sagte Tanis ruhig. »Ihr müßt euren Tätigkeiten wie jeden Morgen nachgehen. Wenn ihr nach draußen dürft, nehmt die Kinder und lauft sofort zu den Minen. Eure Männer werden sich um die Wachen kümmern, und ihr könnt sicher nach Süden in die Berge fliehen. Habt ihr verstanden?«

Die Frauen nickten stumm. Sie hörten die Wachen kommen.

»Das ist alles«, sagte Tanis leise. »Geht an eure Arbeit.«

Die Frauen verteilten sich. Tanis winkte Tika und Laurana zu sich. »Falls wir verraten worden sind, werdet ihr beide in großer Gefahr sein, da ihr bei den Frauen bleibt...«, begann er.

»Wir sind alle in großer Gefahr«, fügte Laurana kalt hinzu. Sie hatte die ganze Nacht nicht geschlafen. Sie wußte, wenn sie die Fesseln lösen würde, die sie um ihre Seele gebunden hatte, würde sie von Angst überwältigt werden.

Tanis bemerkte nichts von ihrem inneren Aufruhr. Sie erschien ihm ungewöhnlich blaß und außerordentlich schön.

Er räusperte sich und sagte eilig: »Tika, nimm meinen Rat an. Laß dein Schwert in der Scheide. So bist du weniger gefährdet.«

Tika kicherte und nickte nervös. »Verabschiede dich von Caramon«, fügte er hinzu.

Das Mädchen wurde knallrot, warf Tanis und Laurana einen bedeutungsvollen Blick zu und rannte fort.

Tanis musterte Laurana einen Moment. Erst jetzt sah er, daß ihre Kiefermuskeln so verkrampft waren, daß ihre Halssehnen hervortraten. Er drückte sie an sich, aber sie stand steif und kalt wie eine Drakonierleiche.

»Du mußt das nicht machen«, sagte Tanis und gab sie frei. »Das ist nicht dein Kampf. Geh mit den anderen Frauen zu den Minen.«

Laurana schüttelte den Kopf, sprach erst, als sie sicher war, sich wieder in der Gewalt zu haben. »Tika ist im Gegensatz zu mir nicht im Kampf ausgebildet. Egal, ob es nur eine Zeremonie war.« Sie lächelte bitter bei Tanis' verlegenem Blick. »Ich werde meinen Teil erfüllen, Tanis.« Sein menschlicher Name kam ungeschickt über ihre Lippen. »Andernfalls könntest du denken, ich wäre ein Verräter.«

»Laurana, bitte glaube mir!« Tanis seufzte. »Ich glaube genauso wenig wie du, daß Gilthanas ein Verräter ist! Es ist nur... Verdammt, so viele Menschenleben stehen auf dem Spiel, Laurana! Verstehst du das nicht?«

Sie spürte seine Hand auf ihren Armen zittern, sie sah zu ihm hoch und erkannte in seinem Gesicht die Qual und die Angst – die ihre Angst widerspiegelte. Nur daß er nicht um sich fürchtete, sondern um andere.

Sie holte tief Luft. »Es tut mir leid, Tanis«, sagte sie. »Du hast recht. Sieh. Die Wachen sind da. Wir müssen gehen.«

Sie drehte sich um und ging, ohne sich umzuschauen. Es fiel ihr erst ein, als es zu spät war, daß Tanis vielleicht stumm um Trost gebeten hatte.

Maritta und Goldmond führten die Gefährten eine Treppe zur ersten Ebene hoch. Die Drakonierwachen begleiteten sie nicht, sagten irgend etwas von ›besonderer Aufgabe‹. Tanis fragte Maritta, ob das normal wäre, und sie schüttelte mit besorgter Miene den Kopf. Ihnen blieb nichts anderes übrig, als weiterzugehen. Sechs Gossenzwerge folgten ihnen, große Töpfe mit Weizenbrei tragend. Sie beachteten die Frauen kaum, bis Caramon über seinen Rock stolperte, die Stufen herunterstürzte, auf seine Knie fiel und einen äußerst unschicklichen Fluch ausstieß. Die Augen der Gossenzwerge öffneten sich weit.

»Versucht nicht einmal zu quietschen!« drohte Flint und wirbelte mit einem blitzenden Messer in der Hand herum.

Die Gossenzwerge drückten sich gegen die Wand, schüttelten panisch die Köpfe, die Töpfe klapperten.

Die Gefährten erreichten die oberste Stufe und hielten an.

»Wir gehen durch den Flur zu der Tür...«, zeigte Maritta. »Oh, nein!« Sie packte Tanis' Arm. »Vor der Tür steht eine Wache. Sie ist sonst niemals bewacht!«

»Pssst, es könnte ein Zufall sein«, sagte Tanis beruhigend, obwohl er wußte, daß es keiner war. »Mach weiter, wie wir es geplant hatten.« Maritta nickte ängstlich und ging durch den Flur.

»Wachen!« Tanis wandte sich an Sturm. »Seid bereit. Denkt daran – schnell und tödlich. Keine Geräusche!«

Nach Gilthanas' Karte war das Spielzimmer vom Schlafzimmer der Kinder durch zwei Räume getrennt. Der erste Raum war ein Lagerraum, in dem laut Maritta Spielsachen und Kleidungsstücke und Ähnliches aufbewahrt wurden. Ein Tunnel verlief durch diesen Raum zum zweiten – dort lebte der Drache Flammenschlag.

»Armes Ding«, hatte Maritta gesagt, als sie mit Tanis den Plan durchgegangen war. »Sie ist eine Gefangene genau wie wir. Der Drachenfürst erlaubt ihr niemals hinauszugehen. Ich glaube, sie haben Angst, daß sie fliehen könnte. Sie haben sogar einen Tunnel durch den Lagerraum gebaut, der zu schmal für sie ist. Sie will zwar nicht raus, aber ich glaube, sie möchte den Kindern beim Spielen zusehen.«

Tanis sah Maritta zweifelnd an und fragte sich, ob sie nicht doch auf einen Drachen stoßen würden, der sich völlig von der verrückten, schwachen Kreatur, die sie beschrieb, unterschied.

Hinter der Drachenhöhle lag der Raum, in dem die Kinder schliefen. In diesen Raum mußten sie kommen, um die Kinder zu wecken und sie nach draußen zu führen. Das Spielzimmer war direkt mit dem Hof durch eine riesige Tür verbunden, die mit einem Eichenbalken verschlossen war.

»Eher für den Drachen als für uns«, bemerkte Maritta.

Es muß fast Morgendämmerung sein, dachte Tanis, als sie die Treppe verließen und auf das Spielzimmer zugingen. Pax Tarkas war ruhig, tödlich ruhig. Zu ruhig für eine Festung, die sich auf einen Krieg vorbereitete. Vier Drakonierwachen standen vor dem Eingang zum Spielzimmer und unterhielten sich. Ihre Unterhaltung brach ab, als sich die Frauen näherten.

Goldmond und Maritta kamen zuerst, Goldmond hatte ihre Kapuze zurückgeworfen, ihr Haar glitzerte im Licht der Fackel. Direkt hinter ihr humpelte Flußwind. Über einen Stab gebeugt kroch der Barbar praktisch auf den Knien. Caramon und Raistlin folgten, dann Eben und Gilthanas. Alle Verräter zusammen, wie Raistlin sarkastisch bemerkte. Flint kam als letzter und drehte sich gelegentlich zu den verängstigten Gossenzwergen um.

»Ihr seid sehr früh dran«, knurrte ein Drakonier.

Die Frauen versammelten sich im Halbkreis wie Hühner um die Wachen und warteten geduldig, eingelassen zu werden.

»Es sieht nach Gewitter aus«, entgegnete Maritta. »Die Kinder sollten ihre Übungen lieber vor dem Sturm machen. Und was macht ihr hier? Die Tür ist sonst nie bewacht. Ihr werdet die Kinder erschrecken.«

Einer der Drakonier gab in seiner Sprache einen Kommentar ab, die beiden anderen grinsten und bleckten ihre spitzen Zähne. Der Sprecher knurrte nur.

»Befehl von Lord Verminaard. Er und Ember werden heute morgen die Elfen vernichten. Wir wurden beordert, euch zu durchsuchen, bevor ihr eintretet.« Die Augen des Drakoniers fixierten Goldmond gierig. »Das wird ein Vergnügen sein, denke ich.«

»Vielleicht für dich«, murmelte eine andere Wache, die

Sturm voller Abscheu anstarrte. »Ich habe noch nie eine so häßliche Frau gesehen als – ugh –.« Die Kreatur fiel nach vorn, ein Dolch steckte tief in ihren Rippen. Die drei anderen Drakonier starben innerhalb von Sekunden. Caramon schlang seine Hände um den Hals einer Wache. Eben stieß seine Hände in den Magen, und Flint schlug ihm den Kopf mit einer Axt ab, als er stürzte. Tanis erstach den Führer mit dem Schwert. Er wollte die Waffe loslassen, da er erwartete, sie würde im Steinkörper der Kreatur steckenbleiben. Zu seinem Erstaunen glitt sein neues Schwert mühelos aus dem Stein, als wäre es nichts weiter als Goblinfleisch.

Er hatte keine Zeit, über dieses seltsame Ereignis nachzudenken. Die Gossenzwerge, die die Kampfszene beobachtet hatten, ließen ihre Töpfe fallen und rannten hektisch davon.

»Kümmert euch nicht um sie!« rief Tanis. »In das Spielzimmer. Beeilt euch!« Er stieg über die Körper und stieß die Tür auf.

»Wenn jemand die Leichen findet, ist alles vorbei«, sagte Caramon.

»Es war schon vorbei, bevor wir anfingen!« murmelte Sturm wütend. »Wir sind verraten worden, also ist es nur noch eine Frage der Zeit.«

»Kommt schon!« sagte Tanis scharf und schloß die Tür hinter ihnen.

»Seid sehr leise«, flüsterte Maritta. »Flammenschlag schläft normalerweise sehr fest. Wenn sie wach wird, verhaltet euch wie Frauen. Sie wird euch nicht erkennen. Sie ist auf einem Auge blind.«

Das kühle Licht der Dämmerung fiel durch winzige, hoch über dem Boden liegende Fenster in ein düsteres, trostloses Spielzimmer. Einige Spielsachen lagen herum. Es gab keine Möbel. Caramon ging zum Holzbalken, der die Tür zum Hof verriegelte.

»Kein Problem«, sagte er. Der Krieger hob den Balken mühelos hoch, dann stellte er ihn gegen die Wand und schob die Tür auf. »Von außen nicht verschlossen«, berichtete er. »Ich vermute, sie haben nicht erwartet, daß wir es bis hierher schaffen.«

Oder Lord Verminaard erwartet uns draußen, dachte Tanis. Er fragte sich, ob die Drakonier die Wahrheit gesagt hatten. Hatten der Drachenfürst und der Drache wirklich die Festung verlassen? Oder waren sie... wütend riß er sich von diesem Gedanken los. Es spielt keine Rolle, sagte er sich. Wir haben keine Wahl. Wir müssen weitermachen.

»Flint, bleib hier«, ordnete er an. »Wenn jemand kommt, warnst du uns erst, dann kämpfst du.«

Flint nickte und bezog an der Tür Posten. Er öffnete sie einen Spalt und sah hinaus. Die Drakonierkörper hatten sich in Staub aufgelöst.

Maritta nahm von der Wand eine Fackel. Dann leuchtete sie den Gefährten durch einen dunklen Bogengang in den Tunnel, der zur Drachenhöhle führte.

»Fizban! Dein Hut!« wagte Tolpan zu flüstern.

Zu spät. Der alte Magier versuchte, ihn zu greifen, verfehlte ihn aber.

»Spione!« schrie Verminaard zornig und zeigte zum Balkon. »Fang sie, Ember! Ich will sie lebend!«

Lebend? wiederholte der Drache. Nein, das durfte nicht sein! Pyros erinnerte sich an das seltsame Geräusch, das er in der Nacht vernommen hatte, und er war sich jetzt sicher, daß diese Spione sein Gespräch über den Hüter des grünen Juwels mit angehört hatten! Nur wenige Privilegierte kannten dieses furchtbare Geheimnis, das große Geheimnis, das Geheimnis, mit dem die Königin der Finsternis die Welt erobern würde. Diese Spione mußten sterben und das Geheimnis mit ihnen.

Pyros breitete seine Flügel aus und stieß sich mit seinen kräftigen Hinterbeinen vom Boden ab, um mit gewaltiger Geschwindigkeit abzuheben.

Das war's, dachte Tolpan. Jetzt ist alles vorbei. Jetzt gibt es kein Entkommen mehr.

Gerade als er sich damit abgefunden hatte, von einem Drachen verspeist zu werden, hörte er den alten Magier einen Befehl rufen, und eine plötzliche, unnatürliche Dunkelheit ließ den Kender taumeln.

»Lauf!« keuchte Fizban, ergriff die Hand des Kenders und zog Tolpan auf die Füße.

»Sestun...«

»Ich habe ihn! Lauf!«

Tolpan lief. Sie schossen durch die Tür und in die Galerie; dann wußte er nicht mehr, wo er war. Er hielt sich nur am alten Mann fest und lief und lief. Hinter sich hörte er den Drachen, wie er aus seiner Höhle zischte, dann hörte er seine Stimme.

»Du bist also auch ein Magier, Spion?« schrie Pyros. »Wir dürfen dich nicht in der Dunkelheit herumlaufen lassen. Du könntest dich verlaufen. Laß mich deinen Weg beleuchten!«

Tolpan vernahm ein tiefes Einatmen, dann knisterten und brannten Flammen um ihn auf. Die Dunkelheit verschwand, vertrieben durch das flackernde Feuer. Tolpan war von den Flammen verschont geblieben. Er sah zu Fizban, der neben ihm lief. Sie waren noch in der Galerie und steuerten auf die Doppeltüren zu.

Der Kender sah zurück. Hinter ihm war der Drache, schrecklicher als alles, was er sich je hatte vorstellen können, noch furchtbarer als der schwarze Drache in Xak Tsaroth. Wieder blies der Drache seinen feurigen Atem ihnen nach, und wieder blieb Tolpan verschont. Die Gemälde an den Wänden loderten, Möbel brannten, Vorhänge flackerten wie Fackeln, Qualm füllte die Luft. Aber er und Sestun und Fizban blieben unversehrt. Tolpan sah den Magier bewundernd und beeindruckt an.

»Wie lange hältst du das noch durch?« rief er Fizban zu, als sie um eine Ecke bogen.

Die Augen des alten Mannes waren weit aufgerissen. »Ich weiß nicht«, keuchte er. »Ich wußte überhaupt nicht, daß ich das kann!«

Wieder explodierte eine Flamme um sie. Dieses Mal spürte Tolpan die Hitze und sah beunruhigt zu Fizban. Der Magier nickte. »Ich verliere es!« schrie er.

»Mach weiter«, prustete Tolpan. »Wir sind schon fast an der Tür! Da kommt er nicht durch.«

Die drei schoben sich durch die Bronzetüren, die von der Galerie zurück in den Korridor führten, als Fizbans Zauber unwirksam wurde. Vor ihnen war die Geheimtür, immer noch geöffnet, die zum Mechanismuszimmer führte. Tolpan stieß die Bronzetüren zu und hielt einen Moment inne, um Atem zu holen.

Er wollte gerade sagen: »Geschafft!« als eine Drachenklaue direkt über dem Kender durch die Steinwand brach!

Sestun kreischte auf und wollte auf die Treppe zurennen.

»Nein!« Tolpan packte ihn. »Die Treppe führt zu Verminaards Räumen!«

»Zurück zum Mechanismuszimmer!« schrie Fizban. Sie stoben durch die Geheimtür, als die Steinwand mit einem gewaltigen Krach nachgab.

»Ich muß anscheinend noch eine Menge über Drachen lernen«, murmelte Tolpan. »Ich frage mich, ob es gute Bücher über dieses Thema gibt...«

»Ich habe euch Ratten also in euer Loch gejagt, jetzt sitzt ihr in der Falle«, dröhnte Pyros' Stimme von draußen. »Ihr könnt nirgendwo hingehen, und die Steinwände halten mich nicht ab.«

Es ertönte ein schreckliches Mahlen und Kratzen. Die Wände des Mechanismuszimmers erzitterten, dann begannen sie einzustürzen.

»Es war ein netter Versuch«, sagte Tolpan wehmütig. »Der letzte Zauberspruch war einmalig. Dieses Erlebnis ist es fast wert, vom Drachen getötet zu werden.«

»Getötet!« Fizban schien aufzuwachen. »Von einem Drachen? Noch nie wurde ich dermaßen beleidigt. Es muß einen Ausweg geben...« Seine Augen begannen zu strahlen. »Die Kette!«

»Die Kette?« wiederholte Tolpan im Glauben, er hätte falsch verstanden, da die Wände um ihn einstürzten und der Drache brüllte.

»Wir klettern die Kette hinunter! Komm schon!« Der alte Magier kicherte vor Vergnügen, wandte sich um und lief in den Tunnel.

Sestun sah zweifelnd zu Tolpan, aber in dem Moment erschien die riesige Klaue des Drachen durch die Wand. Der Kender und der Gossenzwerg jagten dem alten Magier hinterher.

Als sie das große Rad erreichten, war Fizban bereits am ersten Zahn des Rads. Der Kender und der Gossenzwerg schwangen sich auf die Kette. Tolpan dachte gerade, daß sie vielleicht doch noch lebend herauskommen würden, besonders, wenn die bösartige Elfe unten an der Kette einen freien Tag hätte, als Pyros in den Schacht platzte, in dem die große Kette hing.

Teile des Steintunnels lockerten sich und fielen mit einem hohlen, donnernden Knall auf den Boden. Die Wände bebten, und die Kette begann zu vibrieren. Über ihnen war der Drache. Er sprach nicht, sondern starrte sie einfach nur mit seinen roten Augen an. Dann atmete er tief ein, als ob er die Luft eines ganzen Tals einsaugen würde. Tolpan wollte instinktiv die Augen schließen, dann riß er sie weit auf. Er hatte noch nie einen feuerspeienden Drachen gesehen, und die Gelegenheit wollte er sich nicht entgehen lassen – besonders da dies wahrscheinlich seine letzte war.

Flammen schossen aus Nase und Mund des Drachen. Die Hitze allein riß Tolpan beinahe von der Kette. Aber wieder einmal brannte das Feuer um ihn und – verschonte ihn. Fizban kicherte vergnügt.

»Ganz klug, Alter«, sagte der Drache wütend. »Aber auch ich bin ein Magier, und ich spüre, daß du schwach wirst. Ich hoffe, deine Klugheit amüsiert dich den ganzen Weg lang!«

Wieder loderten Flammen auf, aber dieses Mal waren sie nicht auf die zitternden Gestalten an der Kette gerichtet, sondern auf die Kette selbst, und die Eisenglieder begannen rot zu glühen. Pyros atmete wieder ein, und die Glieder brannten weißglühend. Beim dritten Mal schmolzen sie. Die massive Kette erzitterte, zerbrach und fiel in die Dunkelheit.

Pyros beobachtete den Fall. Dann flog er zurück zu seiner

Höhle, wo er Verminaard rufen hörte, zufrieden, daß die Spione nicht überlebt hatten, um ihre Erlebnisse zu erzählen.

In der Dunkelheit, die der Drache zurückließ, ächzte das große Zahnrad auf, zum ersten Mal seit Jahrhunderten nicht mehr mit der Kette verbunden, und begann sich zu drehen.

Matafleur
Das magische Schwert. Weiße Federn

Marittas Fackel beleuchtete einen großen Raum ohne Möbel und ohne Fenster. Die einzigen Gegenstände in der kühlen Steinkammer waren ein Wasserbecken, ein Kübel mit übelriechendem Fleisch und ein Drache.

Tanis hielt den Atem an. Er hatte schon den schwarzen Drachen in Xak Tsaroth als gewaltig empfunden. Dieser Anblick jedoch schüchterte ihn ein. Die Höhle hatte eine Länge von etwa dreißig Metern, und der Drache füllte sie ganz aus. Einen Moment lang standen die Gefährten wie gelähmt da, hatten gräßliche Phantasien über den riesigen Kopf, der sich erhob und sie mit der brennenden Flamme, die für rote Drachen typisch ist, ansengte, Flammen, wie sie auch Solace zerstört hatten.

Maritta schien jedoch nicht besorgt. Sie ging ohne zu zögern weiter, und nach einem Moment eilten die Gefährten hinterher. Als sie sich der Kreatur näherten, konnten sie sehen, daß Maritta recht hatte – der Drache befand sich eindeutig in einem erbärmlichen Zustand. Der Kopf war vom Alter zerfurcht und runzelig, die rotglänzende Haut war graugefleckt. Er atmete geräuschvoll durch den Mund, und man konnte die einst schwertscharfen, aber jetzt gelblichen und gesplitterten Zähne erkennen. An den Körperseiten verliefen lange Narben, die ledernen Flügel waren trocken und rissig.

Jetzt verstand Tanis Marittas Empfinden. Der Drache wurde offensichtlich mißhandelt, und er empfand selbst Mitleid und ließ in seiner Wachsamkeit nach. Ihm war aber auch bewußt, wie gefährlich das Ganze war, falls der Drache – vom Fackellicht geweckt – sich im Schlaf bewegen würde. Seine Pranken waren so scharf und sein Feuer so zerstörerisch wie von jedem anderen roten Drachen auf Krynn, sagte er sich.

Der Drache öffnete seine Augen, rotglitzernde Schlitze. Die Gefährten hielten an und legten die Hände an ihre Waffen.

»Ist es schon Zeit für das Frühstück, Maritta?« fragte Matafleur (Flammenschlag war der Name, den die gewöhnlichen Sterblichen gebrauchten) mit verschlafener, heiserer Stimme.

»Ja, wir sind heute früh dran, meine Teure«, antwortete Maritta besänftigend. »Aber ein Sturm braut sich zusammen, und die Kinder sollen vorher ihre Turnübungen machen. Schlaf ruhig weiter. Ich werde dafür sorgen, daß sie dich nicht wecken.«

»Es stört mich nicht.« Der Drache gähnte und öffnete die Augen ein wenig mehr. Jetzt konnte Tanis erkennen, daß er auf einem Auge blind war.

»Hoffentlich müssen wir nicht gegen ihn kämpfen, Tanis«, flüsterte Sturm. »Das wäre, als würden wir gegen eine Großmutter antreten.«

Tanis zwang sich zu einer härteren Miene. »Es ist eine tödliche Großmutter, Sturm. Vergiß das nicht.«

»Die Kleinen hatten eine ruhige Nacht«, murmelte der Drache und schien wieder einzuschlafen. »Achte darauf, daß sie nicht naß werden, falls es zu regnen beginnt, Maritta. Besonders der kleine Erik. Letzte Woche hatte er eine Erkältung.« Er schloß die Augen.

Maritta wandte sich den Gefährten zu und legte einen Finger an den Mund. Sturm und Tanis bildeten das Schlußlicht, die Geräusche von ihren Waffen und Rüstungen wurden durch die vielen Umhänge und Röcke gedämpft. Tanis war ungefähr zehn Meter vom Kopf des Drachen entfernt, als das Surren anhob.

Zuerst dachte er, er würde sich den Lärm einbilden, daß es seine Nervosität wäre. Aber der Lärm wurde lauter und lauter, und Sturm drehte sich um und starrte ihn warnend an. Das surrende Geräusch wurde stärker, bis es sich wie Tausende von schwärmenden Heuschrecken anhörte. Jetzt sahen sich auch die anderen um – alle starrten ihn an! Tanis sah hilflos auf seine Freunde, auf seinem Gesicht lag ein fast komischer Ausdruck der Verwirrung.

Der Drache knurrte und schüttelte sich irritiert, als ob das Geräusch für seine Ohren schmerzhaft wäre.

Plötzlich trat Raistlin aus der Gruppe hervor und lief zu Tanis. »Das Schwert!« zischte er. Er griff nach dem Umhang des Halb-Elfs und warf ihn zurück, um die Klinge zu enthüllen.

Tanis starrte auf das Schwert. Der Magier hatte recht: Die Klinge summte! Jetzt, da Raistlin seine Aufmerksamkeit darauf lenkte, konnte der Halb-Elf die Schwingungen spüren.

»Magie«, sagte der Magier leise und studierte es interessiert.

»Kannst du es aufhalten?« fragte Tanis.

»Nein«, sagte Raistlin. »Aber ich erinnere mich jetzt. Das ist Drachentöter, das berühmte, magische Schwert Kith-Kanans. Es reagiert auf die Gegenwart von Drachen.«

»Das ist aber eine elende Zeit, um sich daran zu erinnern!« erwiderte Tanis wütend.

»Oder die passende Zeit«, knurrte Sturm.

Der Drache hob langsam seinen Kopf, seine Augen blinzelten, eine kleine Rauchwolke strömte aus einem Nasenloch. Er konzentrierte seine verschlafenen Augen auf Tanis, in seinem Blick lagen Schmerz und Verärgerung.

»Wen hast du da mitgebracht, Maritta?« Matafleurs Stimme hörte sich bedrohlich an. »Ich höre etwas, was ich seit Jahrhunderten nicht mehr gehört habe, ich rieche den widerlichen Gestank von Eisen! Das sind nicht die Frauen! Das sind Krieger!«

»Verletzt ihn nicht!« jammerte Maritta.

»Vielleicht bleibt mir keine andere Wahl!« sagte Tanis heftig und zog Drachentöter aus seiner Scheide. »Flußwind und Goldmond, bringt Maritta hier raus!« Die Klinge begann in einem leuchtendweißen Licht zu glimmen, während das Summen immer lauter und wütender wurde. Matafleur wich zurück. Das Licht des Schwertes drang schmerzhaft in ihr gesundes Auge; der schreckliche Ton fuhr wie ein Speer durch ihren Kopf. Wimmernd kroch sie von Tanis weg.

»Lauft, holt die Kinder!« gellte Tanis, dem klar wurde, daß sie vielleicht doch nicht kämpfen mußten. Er hob das glänzende Schwert hoch in die Luft, bewegte sich vorsichtig vorwärts und trieb den erbarmungswürdigen Drachen zurück an die Wand.

Maritta führte Goldmond nach einem ängstlichen Blick auf Tanis zum Kinderzimmer. Über hundert Kinder waren hier und starrten ihnen mit weit aufgerissenen Augen entgegen, beunruhigt über die seltsamen Geräusche im Nebenraum. Ihre Gesichter entspannten sich beim Anblick von Maritta und Goldmond, und einige kleinere kicherten, als Caramon mit wehenden Röcken herbeieilte. Aber der Anblick der Rüstungen darunter und der gezogenen Waffen ernüchterte die Kinder sofort.

»Was ist los, Maritta?« fragte das älteste Mädchen. »Was ist passiert? Wird wieder gekämpft?«

»Wir hoffen, daß es nicht dazu kommt, meine Liebe«, antwortete Maritta leise. »Aber ich will euch nicht anlügen – auszuschließen ist es nicht. Jetzt möchte ich, daß ihr eure Sachen zusammensucht, besonders warme Mäntel, und mit uns kommt. Die Älteren tragen die Kleinen, so wie ihr es auch sonst macht.«

Sturm hatte Verwirrung, Geplärre und Fragen erwartet.

Aber die Kinder kamen schnell ihren Anordnungen nach, zogen sich warm an und halfen den Jüngeren. Sie waren alle ruhig und gelassen, nur ein bißchen blaß. Das sind Kinder des Krieges, dachte Sturm.

»Ich möchte, daß ihr schnell durch die Höhle des Drachen und in das Spielzimmer geht. Wenn wir dort sind, wird euch der große Mann« – Sturm zeigte auf Caramon – »in den Hof führen. Eure Mütter warten bereits auf euch. Wenn ihr draußen seid, sucht sofort eure Mütter und geht zu ihnen. Habt ihr alle verstanden?« Er sah zweifelnd auf die kleineren Kinder, aber das Mädchen in der ersten Reihe nickte.

»Wir verstehen, Herr«, sagte sie.

»In Ordnung.« Sturm drehte sich um. »Caramon?«

Der Krieger, der vor Verlegenheit errötete, als hundert Augenpaare ihn ansahen, führte sie durch die Drachenhöhle. Goldmond nahm ein Kleinkind auf den Arm, Maritta ein weiteres. Die älteren Jungen und Mädchen trugen die Kleineren auf ihren Rücken. Sie eilten geordnet nacheinander aus der Tür, ohne ein Wort zu sagen, bis sie Tanis, das glänzende Schwert und den verängstigten Drachen sahen.

»He du! Tu dem Drachen nicht weh!« schrie ein kleiner Junge. Das Kind verließ die Reihe und rannte mit erhobenen Fäusten auf Tanis zu.

»Dugle!« schrie das ältere Mädchen entsetzt. »Komm sofort zurück!« Aber jetzt weinten einige Kinder.

Tanis, noch immer mit erhobenem Schwert, da er nur so den Drachen aufhalten konnte, schrie: »Führt sie hier raus!«

»Kinder, bitte!« Die Tochter des Stammeshäuptlings brachte mit ihrer strengen Stimme Ordnung in das Chaos. »Tanis wird dem Drachen nur dann etwas tun, wenn es wirklich notwendig ist. Ihr müßt jetzt gehen. Eure Mütter warten auf euch.«

In Goldmonds Stimme lag eine Spur Angst, ein Gefühl der Dringlichkeit, das sogar das jüngste Kind spürte. Sie stellten sich wieder ordentlich auf.

»Auf Wiedersehen, Flammenschlag«, riefen einige Kinder traurig und winkten dem Drachen zu, als sie Caramon folgten.

Dugle warf Tanis einen letzten drohenden Blick zu, dann ging auch er zur Gruppe zurück und wischte sich mit seinen schmutzigen Fäusten die Augen.

»Nein!« kreischte Matafleur mit herzzerreißender Stimme. »Nein! Kämpft nicht gegen meine Kinder. Bitte! Ihr wollt mich doch! Kämpft gegen mich! Tut meinen Kindern nichts an!«

Tanis wurde klar, daß der Drache in seine Vergangenheit versetzt war und noch einmal die schreckliche Erfahrung durchmachte, seine Kinder zu verlieren.

Sturm stand neben Tanis. »Er wird dich töten, sobald sich die Kinder außer Gefahr befinden.«

»Ja«, bestätigte Tanis grimmig. Die Augen, sogar das blinde, des Drachen flackerten bereits rot. Speichel tropfte aus dem riesigen geöffneten Maul, und seine Klauen kratzten den Boden.

»Nicht meine Kinder!« erklärte er zornig.

»Ich bleibe bei dir...«, begann Sturm und zog sein Schwert.

»Laß uns allein, Ritter«, flüsterte Raistlin sanft aus den Schatten. »Deine Waffe ist nutzlos. *Ich* bleibe bei Tanis.«

Der Halb-Elf sah den Magier erstaunt an. Raistlins seltsam goldene Augen trafen seine, wußten, was er dachte: Soll ich ihm trauen? Raistlin gab ihm keine Hilfe, als ob er ihn zur Ablehnung anstacheln wollte.

»Geh raus«, befahl Tanis Sturm.

»Was?« gellte er. »Bist du verrückt? Du willst diesem...«

»Geh raus«, wiederholte Tanis. In diesem Moment hörte er Flint laut rufen: »Komm, Sturm, du wirst hier gebraucht!«

Der Ritter stand einen Augenblick unentschlossen da, aber er konnte den direkten Befehl einer Person, die er als Anführer anerkannt hatte, nicht mißachten, ohne seine Ehre zu verlieren. Er warf Raistlin einen haßerfüllten Blick zu, dann drehte er sich auf dem Absatz um und trat in den Tunnel.

»Mir steht nur wenig Magie gegen einen roten Drachen zur Verfügung«, flüsterte Raistlin schnell.

»Kannst du ihn aufhalten?« fragte Tanis.

Raistlin lächelte wie einer, der im Angesicht des Todes jede

Furcht verloren hatte. »Das kann ich«, flüsterte er. »Bewege dich zum Tunnel zurück. Wenn du mich sprechen hörst, lauf.«

Tanis begann zurückzuweichen, während er weiterhin das Schwert hochhielt. Aber der Drache fürchtete nicht länger seine Magie. Er wußte nur, daß seine Kinder verschwunden waren und er die Verantwortlichen töten mußte. Flammenschlag sprang auf den Krieger zu, als er sich rückwärts zum Tunnel bewegte. Dann fiel über Matafleur eine Dunkelheit, eine so tiefe Dunkelheit, daß sie einen schrecklichen Moment lang dachte, sie wäre auf dem anderen Auge auch noch erblindet. Sie hörte das Flüstern magischer Worte und erkannte, daß der Mann im Umhang einen Zauber geworfen hatte.

»Ich werde sie verbrennen!« heulte der Drache. »Sie werden nicht entkommen!« Aber gerade, als er tief einatmen wollte, hörte er etwas anderes – die Stimmen der Kinder. »Nein«, dachte er enttäuscht. »Ich traue mich nicht. Meine Kinder! Ich könnte meinen Kindern schaden...« Sein Kopf sank auf den kalten Steinboden.

Tanis und Raistlin rannten durch den Tunnel, der Halb-Elf zog den geschwächten Magier mit sich. Hinter sich hörten sie ein erbarmungswürdiges, gebrochenes Stöhnen.

»Nicht meine Kinder! Bitte, kämpft gegen mich! Tut meinen Kinder nichts an!«

Tanis trat aus dem Tunnel in das Spielzimmer und blinzelte in das helle Licht, als Caramon die riesigen Türen aufriß. Die Kinder stürmten in den Hof. Durch die Tür konnte Tanis Tika und Laurana sehen, die die Kinder mit gezogenen Schwertern eskortierten. Ein Drakonier lag auf dem Boden im Spielzimmer, Flints Kampfaxt stak im Rücken.

»Nach draußen, alle!« schrie Tanis. Flint zog seine Kampfaxt aus dem Drakonier und verließ als letzter mit Tanis das Spielzimmer. Dann hörten sie ein entsetzliches Brüllen, das Brüllen eines Drachen. Aber es war nicht Matafleur. Pyros hatte die Spione entdeckt. Die Steinwände begannen zu beben – der Drache stieß aus seiner Höhle hervor.

»Ember!« fluchte Tanis bitter. »Er ist nicht weg!«

Der Zwerg schüttelte den Kopf. »Ich wette um meinen Bart«, sagte er düster, »daß Tolpan etwas damit zu tun hat.«

Die zerbrochene Kette stürzte auf den Steinboden des Kettenraums im Sla-Mori, und mit ihr fielen drei kleine Gestalten.

Tolpan, der sich unsinnigerweise an der Kette festhielt, purzelte durch die Dunkelheit und dachte, so ist das also, wenn man stirbt. Es war ein interessantes Gefühl, und es tat ihm leid, daß er es nicht länger erleben würde. Über sich hörte er Sestun vor Angst kreischen, unter sich den alten Magier murmeln. Vielleicht versuchte er seinen letzten Zauber. Dann hob Fizban seine Stimme: »*Pveatherf...*« Das Wort wurde von einem Schrei abgeschnitten. Dann erfolgte ein Krachen, als der alte Magier auf dem Boden landete. Tolpan trauerte um ihn, obwohl er wußte, daß er der nächste sein würde. Der Steinboden kam immer näher. In wenigen Sekunden würde auch er tot sein...

Dann begann es zu schneien.

Zumindest dachte das der Kender. Dann stellte er erstaunt fest, daß er von Abermillionen Federn umgeben war – die reinste Hühnerexplosion! Er sank in einen tiefen, weichen Haufen weißer Federn, Sestun taumelte hinterher.

»Armer Fizban«, sagte Tolpan, blinzelte Tränen aus seinen Augen, als er in einem Ozean weißer Hühnerfedern strampelte. »Sein letzter Zauber muß *Federfall* gewesen sein, den auch Raistlin benutzt. Hättest du dir das vorstellen können? Er hat einfach Federn gemacht.«

Über ihm drehte sich das Zahnrad immer schneller, die losgelöste Kette eilte darüber hinweg, als ob sie ihre Befreiung genösse.

Draußen im Hof herrschte Chaos.

»Hier rüber!« schrie Tanis, der aus der Tür gestürzt war und erkannte, daß ihre Mission zum Scheitern verurteilt war, aber trotzdem nicht aufgeben wollte. Die Gefährten versammelten sich um ihn mit gezogenen Waffen und sahen ihn beunruhigt an. »Lauft zu den Minen! Geht in Deckung! Verminaard und der Drache sind doch hier. Es ist eine Falle. Sie werden jeden Moment über uns herfallen.«

Die anderen nickten mit grimmigen Gesichtern. Sie wußten alle, daß die Lage aussichtslos war – sie mußten über hundert Meter offenes Feld zurücklegen, um Schutz zu finden.

Sie versuchten, die Frauen und Kinder so schnell wie möglich voranzutreiben, waren dabei aber nicht sehr erfolgreich. Als Tanis dann zu den Minen sah, fluchte er laut vor Niedergeschlagenheit.

Die Männer, die ihre Familien befreit sahen, überwältigten schnell die Wachen und rannten über den Hof! Das war aber gegen den Plan! Was hatte sich Elistan nur gedacht? Innerhalb weniger Augenblicke würden achthundert Menschen auf einem offenen Platz ohne jegliche Deckung panisch und ziellos herumirren! Er mußte sie nach Süden in die Berge zurückdrängen.

»Wo ist Eben?« rief er Sturm zu.

»Als ich ihn zuletzt sah, rannte er zu den Minen. Ich wußte überhaupt nicht, warum...«

Der Ritter und der Halb-Elf stöhnten auf in plötzlichem Verstehen.

»Natürlich«, sagte Tanis leise. »Das paßt zusammen.«

Als Eben zu den Minen rannte, hatte er nur einen Gedanken: Pyros' Befehl auszuführen. Irgendwie mußte er inmitten dieses Aufruhrs den Hüter des grünen Juwels finden. Er wußte, was Verminaard und Pyros mit all diesen armen Gestalten vorhatten. Eben empfand einen Moment lang Mitleid – in seinem tiefsten Innern war er nicht grausam und bösartig. Er hatte nur vor langer Zeit erkannt, welche Seite gewinnen würde, und beschlossen, wenigstens einmal in seinem Leben auf der Gewinnerseite zu stehen.

Als das Vermögen seiner Familie verlorengegangen war, konnte Eben nur noch sich verkaufen. Er war intelligent, ein geschickter Schwertkämpfer und loyal – wenn er gut bezahlt wurde. Während einer Reise in den Norden, auf der Suche nach potentiellen Kunden, hatte Eben Verminaard kennengelernt.

Eben war von Verminaards Macht beeindruckt und hatte sich die Gunst des bösen Klerikers erschlichen. Aber noch wichtiger war, daß er es geschafft hatte, sich für Pyros nützlich zu machen. Der Drache fand Eben charmant, intelligent, einfallsreich und – nach einigen Prüfungen – vertrauenswürdig.

Eben wurde in seine Heimatstadt Torweg geschickt, kurz bevor die Drachenarmeen zuschlugen. Er ›entkam‹ bequem und baute seine ›Widerstandsgruppe‹ auf. Das zufällige Zusammentreffen mit Gilthanas' Elfengruppe, die versuchte, sich in Pax Tarkas einzuschleichen, war ein Glücksfall, der seine Beziehung zu Pyros und Verminaard verbesserte. Als die Klerikerin in Ebens Hände fiel, konnte er sein Glück kaum fassen. Er vermutete, daß diese Glücksfälle zeigten, wie sehr die Dunkle Königin ihn begünstigte.

Er betete, daß die Dunkle Königin ihn weiterhin begünstigen würde. Den Hüter des grünen Juwels in diesem Durcheinander zu finden, war geradezu ein seherisches Unterfangen. Hunderte von Männern irrten verunsichert umher. Eben sah eine weitere Gelegenheit, Verminaard einen Gefallen zu erweisen. »Tanis will, daß ihr ihn auf dem Hof trefft«, schrie er. »Geht zu euren Familien.«

»Nein! Das ist aber nicht der Plan!« entgegnete Elistan und versuchte, die Männer aufzuhalten. Aber es war zu spät. Die Männer stürzten los, als sie ihre Familien befreit sahen. Mehrere hundert Gossenzwerge trugen zu dem Durcheinander bei, denn auch sie stürzten fröhlich aus den Minen, um dem Vergnügen beizuwohnen, im Glauben, es wäre ein Feiertag.

Eben suchte ängstlich die Menge nach dem Hüter des grünen Juwels ab, dann entschied er sich, in den Zellen nachzusehen. Dort fand er ihn auch – er saß allein in einer Zelle und starrte geistesabwesend umher. Eben kniete sich zu ihm und zermarterte sein Gehirn nach dem Namen des Mannes. Es war ein merkwürdiger, altmodischer Name...

»Berem«, sagte Eben nach einem Moment. »Berem?«

Der Mann sah auf, zum ersten Mal seit vielen Wochen glänzte in seinen Augen Interesse auf. Er war nicht taub und stumm, wie Toede angenommen hatte, sondern ein gequälter Mann, von seiner eigenen geheimen Suche völlig in Anspruch genommen. Trotzdem war er ein Mensch, und der Klang einer menschlichen Stimme, die seinen Namen aussprach, war mehr als wohltuend.

»Berem«, sagte Eben wieder und leckte sich nervös die Lippen. Jetzt, da er ihn gefunden hatte, war er sich nicht sicher, was er mit ihm anstellen sollte. Ihm war klar, daß diese armen Gestalten auf dem Hof wieder in die Minen stürzen würden, um sich zu schützen, sobald der Drache angriff. Er mußte Berem von hier wegbringen, bevor Tanis kam. Aber wohin? Er konnte den Mann ins Innere von Pax Tarkas bringen, wie Pyros befohlen hatte, aber Eben gefiel die Idee nicht. Verminaard würde sie sicherlich finden und, wenn er Verdacht schöpfte, Eben Fragen stellen, die er nicht beantworten konnte.

Nein, es gab nur einen Ort, wo Eben ihn hinbringen konnte und wo er sicher wäre – außerhalb der Mauern von Pax Tarkas. Sie könnten sich in der Wildnis verkriechen, bis sich die Verwirrung gelegt hatte, dann nachts in die Festung zurückschleichen. Nachdem er diese Entscheidung getroffen hatte, nahm Eben Berem am Arm und half dem Mann beim Aufstehen.

»Es wird zum Kampf kommen«, sagte er. »Ich werde dich in Sicherheit bringen, bis alles vorüber ist. Ich bin dein Freund. Verstehst du?«

Der Mann bedachte ihn mit einem Blick tiefer Weisheit und Intelligenz. Es war nicht der alterslose Blick der Elfen, sondern der eines Menschen, der seit unzähligen Jahren in Qualen gelebt hatte. Berem seufzte leise und nickte.

Verminaard schritt wütend aus seinem Zimmer und zerrte an seinen Lederhandschuhen. Ein Drakonier trottete hinter ihm her und trug die Keule des Fürsten, Nachtschläger. Andere Drakonier liefen ziellos umher, führten die Befehle aus, die Verminaard gab, als er in den Korridor trat, um Pyros' Höhle aufzusuchen.

»Nein, ihr Dummköpfe, ruft nicht die Armee zurück! Dies

wird nur einen Moment in Anspruch nehmen. Qualinost wird bei Einbruch der Nacht in Flammen aufgehen. Ember!« schrie er und riß die Türen zur Drachenhöhle auf. Er trat zur Balkonbrüstung. Als er über den Balkon sah, konnte er Rauch und Flammen sehen und das entfernte Brüllen des Drachen hören.

»Ember!« Es kam keine Antwort. »Wie lange dauert es, bis du eine Handvoll Spione fängst?« schrie er wütend. Er drehte sich um und wäre beinahe über einen Drakonierhauptmann gestolpert.

»Wollen mein Lord den Drachensattel benutzen?«

»Nein, wir haben keine Zeit. Außerdem benutze ich ihn nur für Kämpfe, und es wird draußen keinen Kampf geben, es werden nur ein paar hundert Sklaven verbrannt.«

»Aber die Sklaven haben die Wärter in den Minen überwältigt und sich ihren Familien im Hof angeschlossen.«

»Wie stark sind deine Streitkräfte?«

»Nicht besonders stark, mein Lord«, sagte der Drakonierhauptmann mit funkelnden Augen. Der Hauptmann hatte es nie als klug empfunden, die Garnison so klein zu halten. »Wir sind vielleicht vierzig oder fünfzig gegen dreihundert Männer und eine gleiche Anzahl Frauen. Die Frauen werden zweifellos an der Seite ihrer Männer kämpfen, mein Lord, und, falls sie sich organisieren und in die Berge entkommen...«

»Bah! Ember!« schrie Verminaard. Er hörte in einem anderen Teil der Festung ein schweres, metallisches Aufschlagen. Dann hörte er ein anderes Geräusch, das Rad – seit Jahrhunderten nicht mehr verwendet – quietschte vor Protest gegen das aufgezwungene Arbeiten. Verminaard fragte sich, was diese merkwürdigen Geräusche wohl bedeuteten, als Pyros in seine Höhle flog.

Der Drachenfürst rannte zur Brüstung, als Pyros sich hinter ihm fallen ließ. Verminaard kletterte schnell und geschickt auf den Rücken des Drachens. Obwohl sie einander mißtrauten, kämpften sie gut zusammen. Ihr Haß auf die minderwertigen Rassen, die sie zu unterdrücken suchten, und ihr Wunsch nach Macht verbanden sie viel stärker, als beide zugeben würden.

»Flieg!« brüllte Verminaard, und Pyros erhob sich in die Lüfte.

»Es ist sinnlos, mein Freund«, sagte Tanis ruhig zu Sturm und legte seine Hand auf die Schulter des Ritters, während Sturm hektisch zur Ordnung aufrief. »Du verschwendest nur deinen Atem. Spare ihn für den Kampf auf.«

»Es wird keinen Kampf geben.« Sturm hustete, heiser vom Schreien. »Wir werden sterben, in einer Falle gefangen wie Ratten. Warum hören diese Dummköpfe nicht zu?«

Er und Tanis standen am nördlichen Ende des Hofes, ungefähr fünfzehn Meter von den vorderen Toren Pax Tarkas' entfernt. Südlich von ihnen konnten sie die Berge und mit ihnen Hoffnung erkennen. Hinter ihnen lagen die großen Tore der Festung, die sich in jedem Moment öffnen würden, um eine mächtige Drakonierarmee hineinzulassen, und innerhalb der Mauern waren irgendwo Verminaard und der rote Drache.

Vergeblich versuchte Elistan, die Leute zu beruhigen und sie nach Süden zu drängen. Aber die Männer bestanden darauf, ihre Frauen zu finden, und die Frauen suchten ihre Kinder. Einige Familien, die sich gefunden hatten, machten sich gen Süden auf, aber zu spät und zu langsam.

Dann erhob sich wie ein blutroter flammender Komet Pyros von der Festung Pax Tarkas, seine geschmeidigen Flügel eng an die Seiten gelegt. Mit eingerollten Vorderklauen gewann er in der Luft an Geschwindigkeit. Auf seinem Rücken saß der Drachenfürst, die vergoldeten Hörner seiner schrecklichen Drachenmaske funkelten in der Morgensonne. Verminaard hielt sich mit beiden Händen an der borstigen Mähne des Drachen fest, als sie in den Himmel hochstiegen.

Drachenangst erfaßte die Menschen. Unfähig, zu schreien oder zu rennen, konnten sie sich nur vor dieser beängstigenden Erscheinung niederkauern: Der Tod war unvermeidlich.

Auf Verminaards Befehl ließ sich Pyros auf einem der Türme der Festung nieder. Verminaard starrte hinter seiner gehörnten Drachenmaske stumm und zornig nach unten.

Tanis, der in hilfloser Niedergeschlagenheit zusah, spürte Sturms Hand an seinem Arm. »Sieh mal!« Der Ritter zeigte nach Norden zu den Toren.

Tanis riß widerstrebend seinen Blick vom Drachenfürsten los und sah zwei Gestalten, die auf die Tore der Festung zuliefen. »Eben!« schrie er ungläubig. »Aber wer ist der andere?«

»Er wird nicht entkommen!« rief Sturm. Bevor Tanis ihn aufhalten konnte, rannte der Ritter hinter beiden her. Als Tanis ihm folgte, sah er etwas Rotes aus seinen Augenwinkeln – Raistlin und seinen Zwillingsbruder.

»Ich habe mit diesem Mann auch noch ein Hühnchen zu rupfen«, zischte der Magier. Die drei holten Sturm ein, als dieser Eben gerade am Kragen erwischte und zu Boden warf.

»Verräter!« gellte Sturm laut. »Obwohl ich heute sterben werde, schicke ich dich zuerst in die Hölle!« Er zog sein Schwert und riß Ebens Kopf zurück. Plötzlich wirbelte Ebens Begleiter herum, kam zurück und hielt Sturm am Schwertarm fest.

Sturm keuchte. Er lockerte den Griff um Eben und erstarrte, erstaunt über den Anblick, der sich ihm bot.

Das Hemd des Mannes war während seiner wilden Flucht aus den Minen aufgerissen. Im Fleisch des Mannes, mitten auf seiner Brust, saß ein strahlender, grüner Juwel! Auf dem Edelstein, der so groß wie eine Männerfaust war, blitzte Sonnenlicht und ließ ihn in einem hellen und schrecklichen Licht leuchten – einem ruchlosen Licht.

»Ich habe von dieser Magie noch nie gehört und auch nicht gesehen!« flüsterte Raistlin ehrfürchtig, als er und die anderen neben Sturm verhielten.

Als Berem ihre weitaufgerissenen Augen auf seinen Körper starren sah, zog er sein Hemd über die Brust. Dann lockerte er seinen Griff um Sturms Arm, drehte sich um und lief zu den Toren. Eben krabbelte auf die Füße und stolperte hinterher.

Sturm sprang vor, aber Tanis hielt ihn zurück.

»Nein«, sagte er. »Es ist zu spät. Wir müssen an andere Sachen denken.«

»Tanis, sieh mal!« schrie Caramon und zeigte über die riesigen Tore.

Ein Teil der Steinmauer über den massiven Vordertoren begann sich zu öffnen und bildete einen riesigen Spalt. Zuerst langsam, dann aber mit zunehmender Geschwindigkeit, stürzten massive Granitblöcke mit solch einer Kraft nach unten, daß sie auf dem Boden zerbrachen und dichte Staubwolken in die Luft stiegen. Durch das Getöse konnte man schwach das Geräusch der Ketten hören, die den Mechanismus lösten.

Die Blöcke hatten zu fallen begonnen, als Eben und Berem die Tore erreichten. Eben kreischte vor Angst und hob instinktiv seine Arme, um seinen Kopf zu schützen. Der Mann neben ihm sah hoch und – so schien es – seufzte auf. Dann wurden beide unter Tonnen von kaskadenartig herabstürzendem Gestein begraben. Der uralte Verteidigungsmechanismus hatte die Tore von Pax Tarkas verschüttet.

»Dies ist eure letzte Trotzhandlung!« brüllte Verminaard. Seine Rede war von den stürzenden Steinen unterbrochen worden, was ihn nur noch mehr aufbrachte. »Ich habe euch eine Möglichkeit geboten, für den Ruhm meiner Königin zu arbeiten. Ich habe mich um euch und eure Familien gekümmert. Aber ihr seid dickköpfig und dumm. Das werdet ihr mit eurem Leben bezahlen!« Der Drachenfürst hob Nachtschläger hoch in die Luft. »Ich werde die Männer vernichten. Ich werde die Frauen vernichten! Ich werde die Kinder vernichten!«

Auf eine Handberührung des Drachenfürsten hin breitete Pyros seine Flügel aus und sprang hoch in die Lüfte. Der Drache atmete tief ein, um sich dann auf die Menschenarmee zu stürzen, die voller Panik im offenen Hof aufschrie, und sie mit seinem glühenden Atem zu verbrennen.

Aber der tödliche Flug des Drachen wurde aufgehalten.

Aus einem Schutthaufen in den Himmel schießend, nachdem sie aus der Festung ausgebrochen war, flog Matafleur direkt auf Pyros zu.

Der uralte Drache hatte sich noch tiefer in seinen Wahnsinn gesteigert. Noch einmal erlebte er den Alptraum, seine Kinder zu verlieren. Er konnte die Ritter auf den silbernen und goldenen Drachen sehen, die verfluchten Drachenlanzen glänzten im Sonnenlicht. Vergeblich bat er seine Kinder, sich nicht an dem hoffnungslosen Kampf zu beteiligen. Sie waren jung und hörten nicht auf ihn. Sie flogen davon und ließen ihn weinend in der Höhle zurück. Als vor seinem geistigen Auge die letzte blutige Schlacht ablief, als er seine Kinder durch die Drachenlanzen sterben sah, hörte er Verminaards Stimme.

»Ich werde die Kinder vernichten!«

Und wie schon vor vielen Jahrhunderten, flog Matafleur hinaus, um sie zu verteidigen.

Pyros, durch den unerwarteten Angriff wie gelähmt, konnte gerade noch ausweichen, um den zwar brüchigen, aber immer noch tödlichen Zähnen des alten Drachen zu entkommen, der seine ungeschützten Flanken angriff. Matafleur streifte ihn mit einem Schlag und zerfleischte einen der schweren Flügelmuskeln, die die Flügel antrieben. Pyros rollte sich in der Luft und schlug im Vorbeifliegen auf Matafleur mit einer Vorderkralle ein und riß eine klaffende Wunde in den weichen Unterleib des weiblichen Drachens.

Matafleur spürte nicht einmal den Schmerz, aber die Wucht des Schlages des größeren und jüngeren männlichen Drachen schleuderte sie zurück.

Das Überdrehmanöver war eine instinktive Verteidigungshandlung des roten Drachen gewesen. Er hatte dabei sowohl an Höhe als auch an Zeit gewonnen, um seinen Angriff zu planen. Dabei hatte er jedoch seinen Reiter vergessen. Verminaard, der ohne Drachensattel ritt, verlor den Halt und fiel auf den Hof. Es war kein tiefer Fall, und er blieb, abgesehen von einigen Prellungen und seiner Benommenheit, unverletzt.

Viele Leute, die in seiner Nähe standen, flohen vor Angst, als sie ihn aufstehen sahen, aber als er sich schnell umsah, bemerkte er, daß vier Gestalten am nördlichen Ende des Hofes nicht wegliefen. Er wandte sich ihnen zu.

Matafleurs Erscheinen und ihr plötzlicher Angriff auf Pyros riß die Menschen aus ihrer Panik. Dies und der Sturz Verminaards in ihre Mitte erreichte das, was Elistan und die anderen nicht geschafft hatten. Die Menschen, von ihrer Angst befreit, begannen südwärts in die Sicherheit der Berge zu fliehen. Jetzt ließ der Drakonierhauptmann seine Männer in die Menge strömen. Einen geflügelten Drachen beauftragte er, die Armee zurückzuholen.

Die Drakonier drängten auf die Flüchtlinge zu, aber falls sie gehofft hatten, eine Panik auszulösen, so wurden sie enttäuscht. Die Menschen hatten genug gelitten. Sie hatten schon einmal ihre Freiheit aufgrund des Versprechens von Frieden und Sicherheit verloren. Jetzt war ihnen klar, daß es keinen Frieden geben konnte, solange diese Ungeheuer auf Krynn weilten. Die Menschen aus Solace und Torweg – Männer, Frauen und Kinder – kämpften mit allen Waffen, die sie greifen konnten – Steinen, Felsbrocken, mit den bloßen Händen, Zähnen und Fingernägeln.

Die Gefährten wurden in der Menge getrennt. Laurana war von allen abgeschnitten. Gilthanas versuchte, in ihrer Nähe zu bleiben, aber er wurde von der Menge mitgerissen. Das Elfenmädchen, verängstigter, als sie für möglich gehalten hatte, wich mit dem Schwert in der Hand zur Mauer zurück. Als sie voller Angst die tobende Schlacht beobachtete, fiel ein Mann vor ihr auf den Boden, er hielt seine Hände auf den Leib gepreßt, seine Finger waren rot von seinem Blut. Seine Augen waren starr im Tod, schienen sie anzublicken. Sein Blut bildete einen Teich um ihre Füße. Laurana starrte mit fasziniertem Entsetzen auf das Blut, dann vernahm sie ein Geräusch. Zitternd sah sie auf und direkt in das schreckliche Reptiliengesicht des Mörders des Mannes.

Der Drakonier, der eine offenbar schreckerfüllte Elfe sah, glaubte, daß er mit ihr leichtes Spiel haben würde. Mit seiner langen Zunge leckte er an seinem blutverschmierten Schwert, sprang über den Körper seines Opfers und griff Laurana an.

Das Elfenmädchen umklammerte ihr Schwert, ihre Kehle schmerzte vor Angst. Sie reagierte aus reinem Verteidigungsinstinkt. Sie stach und stieß blind zu. Der Drakonier war völlig überrascht. Laurana tauchte ihre Waffe in den Körper des Drakoniers, spürte, wie die scharfe Elfenklinge Rüstung und Fleisch durchdrang, hörte Knochen splittern und den letzten gurgelnden Aufschrei der Kreatur. Der Drakonier verwandelte sich in Stein und riß ihr das Schwert aus der Hand. Aber Laurana, mit einer ihr selbst neuen kalten Distanz, wußte aus den Erzählungen der Krieger, daß sich nach einem Moment der Steinkörper in Staub auflösen und ihre Waffe freigeben würde.

Um sie herum wütete der Lärm der Schlacht, die Rufe, die Todesschreie, das Aufschlagen und Stöhnen, das Zusammenprallen von Eisen – aber sie hörte nichts davon.

Sie wartete ruhig, bis der Körper sich auflöste. Dann bückte sie sich und ergriff ihr Schwert und hob es in die Luft. Sonnenlicht blitzte auf der blutverschmierten Klinge, ihr Feind lag tot zu ihren Füßen. Sie sah sich um, konnte Tanis aber nicht ausmachen. Sie konnte keinen der Gefährten ausmachen. Vielleicht waren schon alle tot. Vielleicht würde auch sie im nächsten Augenblick sterben.

Laurana hob ihre Augen zum blauen Himmel. Die Welt, die sie vielleicht bald verlassen würde, schien wie neugeboren – jeder Gegenstand, jeder Stein, jedes Blatt hob sich in schmerzhafter Deutlichkeit ab. Eine warme, angenehme, aus dem Süden kommende Brise kam auf und vertrieb die Gewitterwolken, die im Norden über ihrer Heimat hingen. Lauranas Geist, aus seinem Gefängnis der Angst befreit, schwebte höher als die Wolken, und ihr Schwert blitzte in der Morgensonne.

Der Drachenfürst
Matafleurs Kinder

Verminaard musterte die vier Männer. Das waren keine Sklaven. Dann erkannte er sie als jene, die mit der Klerikerin zusammen reisten. Dann waren sie es also, die Onyx in Xak Tsaroth besiegt hatten, aus der Sklavenkarawane entkommen und in Pax Tarkas eingebrochen waren. Er hatte das Gefühl, als ob er sie kennen würde – den Ritter, dessen zerstörtes Land einst in vollem Glanze stand; den Halb-Elf, der versuchte, als Mensch zu leben; den kranken Magier und den Zwillingsbruder des Magiers – ein menschlicher Riese, dessen Gehirn wahrscheinlich so dick wie seine Arme war.

Das wird eine interessanter Kampf, dachte er. Er freute sich fast darauf – es war schon so lange her. Es wurde allmählich langweilig, vom Rücken eines Drachen aus Armeen zu kommandieren. Er dachte an Ember, sah kurz zum Himmel und fragte sich, ob er ihn wohl zu Hilfe rufen konnte.

Aber der rote Drache schien seine eigenen Probleme zu haben. Matafleur hatte schon gekämpft, als Pyros noch gar nicht gelebt hatte: Was ihr an Kraft fehlte, machte sie durch List und Tücke wett. Die Luft knisterte vor Flammen, Drachenblut floß wie roter Regen vom Himmel.

Verminaard zuckte zusammen und sah wieder auf die vier, die vorsichtig näherkamen. Er hörte, wie der Magier seine Gefährten daran erinnerte, daß Verminaard ein Kleriker der Dunklen Königin war und folglich ihre Hilfe herbeirufen konnte. Verminaard wußte von seinen Spionen, daß dieser noch sehr junge Magier über eine seltsame Macht verfügte und als sehr gefährlich galt.

Die vier sprachen nicht. Es bestand weder eine Notwendigkeit, sich untereinander zu unterhalten, noch mit Feinden zu sprechen. Man respektierte den Gegner, wenngleich auch widerwillig.

Und so traten die vier vor, breiteten sich zu beiden Seiten von ihm aus, da er keine Rückendeckung hatte. Verminaard duckte sich tief und schwang Nachtschläger in einem weiten Bogen und hielt so die Gegner auf Abstand, während er sich einen Plan überlegte. Mit Nachtschläger in der rechten Hand sprang er aus seiner geduckten Stellung mit der ganzen Kraft seiner Beine hoch. Seine plötzliche Bewegung überraschte seine Gegner. Er hob seine Keule nicht. Ihre tödliche Berührung reichte aus. Er landete vor Raistlin und packte den Magier an der Schulter und flüsterte ein schnelles Gebet an seine Dunkle Königin.

Raistlin schrie auf. Sein Körper wurde von unsichtbaren unheiligen Waffen durchstoßen, und er sank schmerzgepeinigt zu Boden. Caramon brüllte auf und sprang zu Verminaard, aber der Kleriker war vorbereitet. Er schwang Nachtschläger und streifte den Krieger mit einem Schlag. »Mitternacht«, flüsterte Verminaard, und Caramons Gebrüll verwandelte sich in einen Schrei der Qual, als die verzauberte Keule ihn erblinden ließ.

»Ich kann nicht sehen! Tanis, hilf mir!« wimmerte der Krieger und stolperte umher. Verminaard lachte grimmig und schlug ihn auf den Kopf. Caramon ging wie ein niedergestreckter Ochse zu Boden.

Aus den Augenwinkeln sah Verminaard den Halb-Elf auf sich zuspringen, in seinen Händen ein uraltes zweihändiges Elfenschwert. Verminaard wirbelte herum und blockierte Tanis' Schwert mit Nachtschlägers massivem Eichengriff. Einen Augenblick lang waren die beiden Gegner ineinander verkeilt, aber Verminaard gewann die Oberhand und schleuderte Tanis zu Boden.

Sturm, der solamnische Ritter, hob grüßend sein Schwert – ein tödlicher Fehler. So blieb Verminaard Zeit, eine kleine Eisennadel aus einer versteckten Tasche hervorzuziehen. Er hob sie hoch und rief noch einmal die Dunkle Königin an, ihrem Kleriker zu helfen. Der Ritter, der vorwärtsstürmte, spürte plötzlich seinen Körper immer schwerer werden, bis er nicht mehr laufen konnte.

Tanis, der auf dem Boden lag, wurde von einer unsichtbaren Hand nach unten gedrückt. Er konnte sich nicht bewegen. Er konnte nicht einmal den Kopf drehen. Seine Zunge war zu dick, um zu sprechen. Er konnte Raistlins Schmerzensschreie hören. Er konnte Verminaard lachen und Lobesworte auf die Dunkle Königin rufen hören. Und er konnte nur verzweifelt zusehen, wie der Drachenfürst mit erhobener Keule auf Sturm zuschritt, um dem Leben des Ritters ein Ende zu bereiten.

»*Baravais, Kharas!*« sagte Verminaard auf Solamnisch. Er hob die Keule in einer gräßlichen Nachäffung des Rittergrußes, dann zielte er auf den Kopf des Ritters. Er wußte, daß dieser Tod das Schlimmste für einen Ritter war – dem Feind auf Gedeih und Verderb ausgeliefert.

Plötzlich faßte eine Hand Verminaards Handgelenk. Erstaunt starrte er auf die Hand. Es war die einer Frau. Er spürte eine Macht, die seiner entsprach, eine Heiligkeit, die seiner Verruchtheit entsprach. Bei ihrer Berührung schwankte Verminaards Konzentration, seine Anrufung der Dunklen Königin versagte.

Und da geschah es, daß die Dunkle Königin aufsah und ein strahlender Gott, in eine weiße, glänzende Rüstung gekleidet, auf der Bildfläche ihrer Pläne erschien. Sie war nicht in der Lage, diesen Gott zu bekämpfen, sie hatte seine Wiederkehr nicht erwartet, und so floh sie, um ihre Möglichkeiten neu zu überdenken und ihren Schlachtplan zu ändern, da sie zum ersten Mal Aussicht auf eine Niederlage hatte. Die Königin der Finsternis verschwand und überließ ihren Kleriker seinem Schicksal.

Sturm spürte, wie der Zauber ihn verließ; seine Muskeln gehorchten ihm wieder. Er sah Verminaard seine Wut auf Goldmond richten – er war im Begriff, auf sie einzuschlagen. Der Ritter stürmte nach vorn, sah auch Tanis sich erheben, das Elfenschwert blitzte im Sonnenlicht.

Beide Männer rannten auf Goldmond zu, aber Flußwind war schon bei ihr. Der Barbar schob sie aus dem Weg, und auf seinen Schwertarm traf die Keule des Klerikers, die Goldmonds Kopf zerschmettern sollte. Flußwind hörte den Kleriker: »Mitternacht!« rufen, und seine Sicht wurde von der gleichen unheilvollen Schwärze verdunkelt, die auch Caramon überrascht hatte.

Aber der Que-Shu-Krieger, der damit gerechnet hatte, geriet nicht in Panik. Flußwind konnte immer noch seinen Feind hören. Er ignorierte den Schmerz seiner Verletzung und nahm das Schwert in die linke Hand und stach in die Richtung des lauten Atmens seines Feindes. Die Klinge traf auf die mächtige Waffe des Drachenfürsten und wurde ihm aus der Hand gerissen. Flußwind tastete nach seinem Dolch, obwohl er wußte, daß es sinnlos war, daß der Tod sicher war.

In diesem Moment merkte Verminaard, daß er allein war, seiner geistigen Unterstützung beraubt. Er spürte, wie die kalte Knochenhand der Verzweiflung ihn umklammerte, und er rief zu seiner Dunklen Königin. Aber sie hatte sich von ihm abgewandt, in ihren eigenen Kampf vertieft.

Verminaard begann, hinter seiner Drachenmaske zu schwitzen. Er verfluchte sie, da der Helm ihn zu ersticken schien; er konnte kaum noch atmen. Zu spät erkannte er, daß sie für den Nahkampf ungeeignet war – die Maske schränkte sein Gesichtsfeld ein. Er sah den Barbaren blind und verletzt vor sich – er konnte ihn töten. Aber in der Nähe waren noch zwei andere Krieger. Der Ritter und der Halb-Elf hatten sich aus seinem Zauber befreit und rückten näher. Er konnte sie hören. Er drehte sich um und sah den Halb-Elf auf sich zulaufen, die Elfenklinge glänzte. Aber wo war der Ritter? Verminaard drehte sich um, wich zurück und schwang die Keule, um sie fernzuhalten, während er mit der anderen Hand versuchte, den Drachenhelm vom Kopf zu reißen.

Zu spät. Gerade als sich Verminaards Hand um das Visier schloß, durchbohrte die magische Klinge Kith-Kanans seine Rüstung und glitt durch seinen Rücken. Der Drachenfürst schrie auf und wirbelte zornerfüllt herum – nur um in das Schwert des solamnischen Ritters zu laufen. Die uralte Klinge von Sturms Vater drang in seine Eingeweide. Verminaard fiel auf die Knie. Immer noch versuchte er, seinen Helm zu lösen – er konnte nicht atmen, er konnte nichts sehen. Dann spürte er ein anderes Schwert – und es wurde dunkel um ihn.

Hoch über Verminaard hörte die sterbende Matafleur, geschwächt vom starken Blutverlust und den vielen Wunden, die Stimmen ihrer Kinder, die zu ihr riefen. Sie war verwirrt und desorientiert: Pyros schien von allen Seiten gleichzeitig anzugreifen. Dann war der rote Drache vor ihr an einer Gebirgswand. Matafleur sah ihre Chance. Sie würde ihre Kinder retten.

Pyros blies einen tiefen, flammenden Atemstoß direkt in das Gesicht des uralten roten Drachen. Er sah befriedigt zu, wie dessen Kopf einfiel und die Augen schmolzen.

Aber Matafleur ignorierte die Flammen, die ihre Augen verbrannten, und flog direkt auf Pyros zu.

Der große, männliche Drache, sein Geist von Wut und

Schmerz umwölkt und im Glauben, er hätte seinen Feind besiegt, wurde völlig überrascht. Als er wieder seinen tödlichen Atem ausblies, wurde ihm mit Entsetzen seine Position klar – er hatte zugelassen, daß Matafleur ihn zwischen sich und das Gebirge manövriert hatte. Er konnte nicht mehr ausweichen.

Matafleur stürzte sich auf ihn mit all der Kraft ihres einst mächtigen Körpers und prallte wie ein Speer gegen Pyros. Beide Drachen schlugen gegen den Berg. Der Gipfel erbebte und brach auseinander, als die Gebirgswand in Flammen explodierte.

Jahre später, als der Tod von Flammenschlag schon eine Legende war, gab es welche, die behaupteten, die Stimme eines Drachen gehört zu haben, die, wie Rauch im Herbstwind verwehend, flüsterte:

»Meine Kinder...«

Die Hochzeit

Der letzte Tag im Herbst brach klar und hell an. Die Luft war warm von einem süßen Wind aus dem Süden, der wehte, seitdem die Flüchtlinge mit wenigen eilig zusammengerafften Vorräten aus Pax Tarkas entkommen konnten.

Die Drakonierarmee hatte viele Tage gebraucht, um die Mauern von Pax Tarkas zu erklimmen: Die Tore waren von Steinblöcken versperrt, die Türme wurden von Gossenzwergen verteidigt. Geführt von Sestun standen die Gossenzwerge auf den Mauern und warfen Steine, tote Ratten und gelegentlich sich selbst auf frustrierte Drakonier. Dadurch gewannen die Flüchtlinge Zeit, um in die Berge zu entkommen, wo sie zwar Gefechte mit kleinen Drakoniertrupps austragen mußten, aber nicht ernstlich bedroht waren.

Flint bot sich freiwillig an, eine Gruppe der Männer durch das Gebirge zu führen, um einen Platz zu suchen, an dem die Leute den Winter verbringen konnten. Dieses Gebirge war Flint vertraut, da die Heimat der Hügelzwerge nicht weit entfernt im Süden lag. Flints Gruppe entdeckte ein Tal, umgeben von weiten schroffen Felsspitzen, dessen verräterische Pässe im Winter zugeschneit waren. Diese Pässe konnten leicht gegen die Macht der Drachenarmeen gehalten werden, und es gab Höhlen, in denen sie sich vor den Drachen verbergen konnten.

Die Flüchtlinge folgten einem gefährlichen Weg und kamen in das Tal. Eine Schneelawine legte sich über den Weg hinter ihnen und bedeckte alle Spuren. Es würde Monate dauern, bis die Drakonier sie entdecken würden.

Das Tal, tief unter den Bergesgipfeln, war vor den strengen Winterwinden und Schneefällen geschützt. In den Wäldern gab es ausreichend Wild. Klares Wasser floß aus den Bergen. Die Leute trauerten um ihre Toten, freuten sich über ihre Befreiung, bauten Schutzhütten und – feierten eine Hochzeit.

Am letzten Tag im Herbst, als die Sonne hinter den Bergen verschwand, heirateten Flußwind und Goldmond.

Als die beiden Elistan baten, die Zeremonie ihres Eidaustausches zu beaufsichtigen, hatte er sich tief geehrt gefühlt und sie über die Sitten ihres Volkes befragt. Beide hatten jedoch erwidert, daß ihr Volk nicht mehr existieren würde. Es gab keine Que-Shu mehr, es gab ihre Gebräuche nicht mehr.

»Das wird *unsere* Zeremonie sein«, erklärte Flußwind. »Der Beginn von etwas Neuem, nicht die Weiterführung von etwas, was der Vergangenheit angehört.«

»Obwohl wir unser Volk in unseren Herzen ehren werden«, fügte Goldmond leise hinzu, »aber wir müssen nach vorn und nicht nach hinten sehen. Wir werden die Vergangenheit ehren, die uns zu dem gemacht hat, was wir sind. Aber die Vergangenheit soll nicht mehr über uns herrschen.«

Elistan studierte also die Scheiben von Mishakal, um herauszufinden, was die alten Götter über die Ehe lehrten. Er bat Goldmond und Flußwind, ihre eigenen Gelübde aufzuschreiben, ihre Herzen über die Stärke ihrer Liebe zu befragen – denn diese Gelübde würden vor den Göttern abgelegt werden und bis über den Tod hinaus währen.

Einen Brauch der Que-Shu behielt das Paar bei: und zwar durften Braut- und Bräutigamsgeschenke nicht gekauft werden. Diese Symbole der Liebe mußten von der Hand der Liebenden selbst hergestellt und dann mit den Gelübden ausgetauscht werden.

Elistan nahm einen Platz auf einem Hügel ein. Die Menschen versammelten sich schweigend am Fuße des Hügels. Von Osten kamen Tika und Laurana mit Fackeln. Hinter ihnen ging Goldmond, Tochter des Stammeshäuptlings. Ihr Haar fiel wie geschmolzenes, mit Silberstreifen vermischtes Gold über ihre Schultern. Ihr Haupt war mit Herbstblättern geschmückt. Sie trug ihre einfache Rehfelltunika. Das Amulett von Mishakal glitzerte an ihrem Hals. Ihr Geschenk hatte sie in ein Tuch gewickelt, das feiner war als Spinnweben.

Tika schritt feierlich vor ihr; das Herz des jungen Mädchens war mit eigenen Träumen erfüllt, sie begann zu glauben, daß das große Geheimnis zwischen Mann und Frau vielleicht doch nicht ein so furchterregendes Erlebnis sei, wie sie befürchtet hatte, sondern etwas Süßes und Wunderbares.

Laurana, die neben Tika ging, hielt ihre Fackel hoch. Die Menschen murmelten bei Goldmonds Schönheit, aber sie schwiegen, als Laurana vorbeiging. Goldmond war ein Mensch, ihre Schönheit war die Schönheit der Bäume und der Gebirge und des Himmels. Lauranas Schönheit war elfisch, außerweltlich, geheimnisvoll.

Die zwei Frauen führten die Braut zu Elistan, dann wandten sie sich um und sahen in den Westen, den Bräutigam erwartend.

Flammende Fackeln säumten Flußwinds Weg. Tanis und Sturm, ihre Gesichter besonnen und sanft, führten ihn. Flußwind folgte wie immer mit ernstem Gesicht. Aber eine Freude, heller als die Fackeln, strahlte in seinen Augen. Sein schwarzes Haar war mit Herbstblättern geschmückt, sein Bräutigamsgeschenk steckte in einem von Tolpans Taschentüchern. Hinter ihm gingen Flint und der Kender. Caramon und Raistlin kamen zum Schluß; der Magier trug anstelle einer Fackel den leuchtenden Kristallstab.

Die Männer führten den Bräutigam zu Elistan, dann traten sie zurück und gesellten sich zu den Frauen. Tika stand neben Caramon. Schüchtern berührte sie seine Hand. Er lächelte sie an und nahm ihre kleine Hand in seine große.

Als Elistan Flußwind und Goldmond ansah, dachte er an das schreckliche Leid und die Furcht und die Gefahr, denen sie gegenübergestanden hatten, an die Härte ihres Lebens. Hielt die Zukunft etwas Besseres für sie bereit? Einen Moment lang war er tief gerührt und konnte nicht sprechen. Die beiden bemerkten Elistans Gefühlsausbruch und verstanden vielleicht auch seinen Kummer. Elistan zog sie dicht zu sich und flüsterte ihnen Worte zu, die nur für sie bestimmt waren.

»Es war eure Liebe und euer Glaube in die anderen, die Hoffnung in die Welt brachten. Jeder von euch war bereit, sein Leben zu opfern für diese Hoffnung, jeder von euch hat das Leben des anderen gerettet. Jetzt scheint die Sonne, aber ihre Strahlen verblassen bereits, und bald wird es Nacht. Für euch wird es auch so sein, meine Freunde. Ihr werdet durch viel Dunkelheit gehen, bevor der Morgen dämmert. Aber eure Liebe wird wie eine Fackel sein, die euren Weg erleuchtet.«

Dann trat Elistan zurück und begann, zu allen zu sprechen. Seine Stimme klang anfangs heiser, wurde aber immer kräftiger, als er den Frieden der Götter um sich spürte, und er segnete das Paar.

»Die linke Hand ist die Hand des Herzen«, sagte er und legte Goldmonds linke Hand in Flußwinds linke Hand und hielt seine eigene linke Hand darüber. »Wir legen die linken Hände zusammen, damit sich die Liebe in den Herzen dieses Mannes und dieser Frau vereinigt, um etwas Größeres zu bilden – wie zwei Flüsse, die zu einem mächtigen Strom zusammenfließen. Der

Strom fließt durch das Land, zweigt sich zu Nebenarmen ab, die neue Wege gehen, jedoch bleiben sie immer mit dem ewigen Meer verbunden. Erhalte ihre Liebe, Paladin – größter aller Götter! Segne sie und gib ihnen in ihrem Herzen Frieden, auch wenn es in diesem zerstörten Land keinen Frieden gibt.«

In dieser gesegneten Ruhe reichten sich Ehemänner und Ehefrauen die Hände, rückten Freunde näher zusammen, beruhigten sich die Kinder und schlichen zu ihren Eltern. Trauernde Herzen wurden getröstet. Es herrschte Frieden.

»Leistet jetzt eure Gelübde«, sagte Elistan, »und tauscht die Geschenke eurer Hände und eurer Herzen aus.«

Goldmond sah in Flußwinds Augen und begann leise zu sprechen.

»Kriege setzen sich im Norden nieder,
und Drachen reiten in den Himmeln,
›Jetzt ist die Zeit der Weisheit‹,
sagen der Weise und der fast Weise.
›Hier im Herzen der Schlacht
muß man mutig sein.
Jetzt sind viele Dinge wichtiger als
das Versprechen der Frau zum Mann.‹

Aber du und ich, durch brennende Ebenen,
in der Finsternis der Erde,
erklären dieser Welt, ihren Bewohnern,
den Himmeln, die sie geboren haben,
dem Atem, der zwischen uns geht,
hier an diesem Altar:
All jene Dinge werden wichtiger durch
das Versprechen der Frau zum Mann.«

Dann sprach Flußwind:

»Jetzt inmitten des Winters,
wenn Erde und Himmel grau sind,

hier im Herzen des schlafenden Schnees,
ist es an der Zeit, ja zu sagen
zum sprießenden Vallenholz
im grünen Land,
denn diese Dinge sind viel wichtiger als
das Wort eines Mannes zu seiner Braut.

Durch diese Versprechen, die wir halten,
geschmiedet in der anbrechenden Nacht,
bezeugt durch die Anwesenheit von Helden
und die Aussicht auf Frühlingslicht,
werden die Kinder Monde und Sterne sehen,
wo jetzt die Drachen ritten,
und einfache Dinge werden wichtiger durch
das Wort eines Mannes zu seiner Frau.«

Nach diesen Gelübden wurden die Geschenke ausgetauscht. Goldmond überreichte Flußwind schüchtern ihr Geschenk. Er packte es mit zitternden Händen aus. Es war ein Ring, aus ihrem eigenem Haar geflochten und mit feinen Silber- und Goldbändern verwoben. Goldmond hatte Flint die Juwelen ihrer Mutter gegeben: Die alten Hände des Zwerges hatten ihre Geschicklichkeit nicht verloren.

Im zerstörten Solace hatte Flußwind einen vom Drachenfeuer unversehrten Vallenholzzweig gefunden und ihn mitgenommen. Aus diesem Zweig hatte Flußwind sein Geschenk für Goldmond gemacht – einen Ring, völlig weich und glatt. Das polierte Holz des Baumes hatte eine goldene Farbe, von Streifen und Windungen in sanftem Braun markiert. Goldmond hielt den Ring und erinnerte sich an den ersten Abend, als sie die riesigen Vallenholzbäume gesehen hatte, die Nacht, in der sie müde und verängstigt mit dem blauen Kristallstab in Solace gestolpert waren. Sie begann leise zu weinen und trocknete die Augen mit Tolpans Taschentuch.

»Segne die Geschenke, Paladin«, sprach Elistan, »diese Symbole der Liebe und des Opfers. Gewähre in Zeiten der tiefsten

Dunkelheit diesen beiden, auf diese Geschenke zu schauen und ihren Weg von Liebe beleuchtet zu sehen. Großer und glänzender Gott, Gott der Menschen und der Elfen, Gott der Kender und der Zwerge, gib diesen beiden Kindern deinen Segen. Soll die Liebe, die sie heute in ihre Herzen einpflanzen, von ihren Seelen genährt werden und zu einen Lebensbaum wachsen, der Schutz für alle bietet, die Zuflucht unter seinen Ästen suchen. Mit dem Zusammenlegen der Hände, den Gelübden und den Geschenken werdet ihr, Flußwind, Enkel von Wanderer, und Goldmond, Tochter des Stammeshäuptlings, in euren Herzen eins werden im Angesicht der Menschen und in den Augen der Götter.«

Flußwind streifte sein Geschenk Goldmond über ihren schlanken Finger. Goldmond nahm ihren Ring von Flußwind. Er kniete vor ihr – so wie es die Sitte der Que-Shu verlangte. Aber Goldmond schüttelte den Kopf.

»Erhebe dich, Krieger«, sagte sie, durch ihre Tränen lächelnd.

»Ist das ein Befehl?« fragte er leise.

»Das ist der letzte Befehl der Tochter des Stammeshäuptlings«, flüsterte sie.

Flußwind stand auf. Goldmond streifte den goldenen Ring über seinen Finger. Dann nahm Flußwind sie in seine Arme. Sie legte ihre Arme um ihn. Ihre Lippen trafen sich, ihre Körper verschmolzen ineinander, ihre Seelen vereinigten sich. Die Leute riefen ihnen zu, und die Fackeln flackerten. Die Sonne versank hinter dem Gebirge und ließ den Himmel in sanften Rot- und Violetttönen zurück.

Die Braut und der Bräutigam wurden von der jubelnden Menge den Hügel hinuntergetragen, und das Fest begann. Riesige Tische, aus den Bäumen des Waldes geschnitzt, wurden aufgestellt. Die Kinder tollten und spielten, endlich von der Zeremonie befreit. Sorgen und Kummer waren weit entfernt. Männer stachen die Fässer mit Ale und Wein an, die sie aus Pax Tarkas mitgebracht hatten, und begannen, auf die Braut und den Bräutigam anzustoßen. Frauen stellten Platten mit Wild und Früchten auf den Tisch.

»Geht mir aus dem Weg«, knurrte Caramon, als er sich an den Tisch setzte. Die Gefährten lachten und machten dem Krieger Platz. Maritta und zwei andere Frauen stellten eine riesige Platte mit Wildfleisch vor ihn.

»Richtiges Essen«, seufzte der Krieger.

»He«, brüllte Flint und schnitt ein Stück Fleisch von Caramons Braten ab, »willst du das alles allein essen?«

Caramon kippte, ohne ein Wort zu verlieren, einen Krug Bier über den Kopf des Zwerges.

Tanis und Sturm saßen nebeneinander und unterhielten sich leise. Tanis' Augen wanderten gelegentlich zu Laurana. Sie saß an einem anderen Tisch und redete angeregt mit Elistan. Tanis fand sie heute abend besonders schön und stellte fest, daß sie sich sehr verändert hatte, seitdem sie ihm von Qualinost gefolgt war. Ihm gefiel diese Veränderung. Aber er fragte sich, worüber sie sich mit Elistan so angeregt unterhielt.

Sturm berührte seinen Arm. Tanis schreckte hoch. Er hatte den Faden der Unterhaltung verloren. Er errötete und wollte sich gerade entschuldigen, als er in Sturms Gesicht sah.

»Was ist denn?« fragte Tanis besorgt.

»Pssst, beweg dich nicht!« befahl Sturm. »Sieh nur – dort drüben, wer da sitzt.«

Tanis sah in die Richtung und war verwirrt, denn er sah einen Mann, geistesabwesend allein über sein Essen gebeugt sitzen. Wenn jemand näherkam, schrak der Mann zusammen und beäugte denjenigen nervös. Plötzlich, vielleicht weil er Tanis' Blick spürte, hob er seinen Kopf und starrte sie direkt an. Der Halb-Elf keuchte und ließ seine Gabel fallen.

»Aber das ist unmöglich!« sagte er. »Wir haben ihn sterben gesehen! Mit Eben! Niemand hätte das überleben können...«

»Dann habe ich mich nicht geirrt«, sagte Sturm grimmig. »Du hast ihn auch wiedererkannt. Ich dachte schon, ich wäre verrückt. Laß uns mit ihm sprechen.«

Doch als sie wieder aufsahen, war er verschwunden. Schnell durchsuchten sie die Menschenmenge, aber er war nicht mehr zu finden.

Als der silberne und der rote Mond am Himmel aufgingen, bildeten die verheirateten Paare einen Kreis um Braut und Bräutigam und begannen Hochzeitslieder zu singen. Unverheiratete Paare tanzten außerhalb des Kreises, während Kinder herumhüpften und riefen. Freudenfeuer brannten hell, Stimmen und Musik erfüllten die nächtliche Luft. Goldmond und Flußwind standen zusammen, ihre Augen leuchteten heller als die Monde und das Feuer.

Tanis hielt sich etwas abseits und beobachtete seine Freunde. Laurana und Gilthanas führten einen uralten Elfentanz mit Anmut und Schönheit auf und sangen dazu eine Freudenhymne. Sturm und Elistan sprachen über ihre Pläne, in den Süden zu reisen, um die legendäre Hafenstadt Tarsis, die Schöne, zu suchen, in der sie Schiffe zu finden hofften, die die Leute aus diesem vom Krieg verwüsteten Land fortbringen könnten. Tika, die es leid war, Caramon beim Essen zuzusehen, ärgerte Flint solange, bis der Zwerg einwilligte, mit ihr zu tanzen, wobei er unter seinem Bart dunkelrot anlief.

Wo ist Raistlin? fragte sich Tanis. Der Halb-Elf erinnerte sich, ihn kurz zuvor noch gesehen zu haben. Der Magier hatte wenig gegessen und seinen Kräutertee getrunken. Er war ungewöhnlich blaß und schweigsam gewesen. Tanis beschloß, ihn zu suchen. Die Gesellschaft des düsteren, zynischen Magier schien ihm heute abend eher zu passen als Musik und Gelächter.

Tanis wanderte in der mondbeleuchteten Dunkelheit, wußte irgendwie, daß seine Richtung stimmte. Er fand Raistlin auf einem Baumstumpf sitzend. Der Halb-Elf setzte sich neben den stillen Magier.

Ein kleiner Schatten huschte hinter die Bäume. Endlich würde Tolpan hören, was die beiden zu reden hatten.

Raistlins seltsame Augen starrten auf das Land im Süden, das irgendwo hinter den großen Bergen lag. Der Wind blies immer noch aus dem Süden, aber er begann sich zu drehen. Es wurde kälter. Tanis merkte, daß Raistlins zerbrechlicher Körper bebte. Als er ihn im Mondschein betrachtete, war Tanis erstaunt, die Ähnlichkeit des Magiers mit seiner Halbschwester Kitiara festzustellen. Es war nur ein flüchtiger Eindruck und so schnell verschwunden, wie er gekommen war, aber er erinnerte Tanis an diese Frau und trug zu seiner Unruhe bei. Er spielte rastlos mit einem Stück Holz.

»Was siehst du im Süden?« fragte Tanis plötzlich.

Raistlin warf ihm einen kurzen Blick zu. »Was sollte ich schon sehen mit meinen Augen, Halb-Elf?« flüsterte der Magier bitter. »Ich sehe Tod, Tod und Zerstörung. Ich sehe Krieg.« Er zeigte nach oben. »Die Konstellationen haben sich nicht geändert. Die Königin der Finsternis ist nicht besiegt.«

»Wir haben vielleicht nicht den Krieg gewonnen«, begann Tanis, »aber auf alle Fälle haben wir eine große Schlacht...«

Raistlin hustete und schüttelte traurig den Kopf.

»Hast du keine Hoffnung?«

»Hoffnung ist die Leugnung der Wirklichkeit. Es ist, als ob einem Zugpferd eine Rübe verlockend vor das Maul gehalten wird, um es am Weiterlaufen zu halten, und das Pferd versucht vergeblich, die Rübe zu erreichen.«

»Meinst du, wir sollten einfach aufgeben?« fragte Tanis und warf verärgert das Stück Holz weg.

»Ich meine, wir sollten die Rübe entfernen und mit offenen Augen weitergehen«, antwortete Raistlin. Er hustete wieder und zog seinen Umhang enger um sich. »Wie willst du die Drachen bekämpfen, Tanis? Denn es werden noch mehr kommen! Mehr als du dir vorstellen kannst! Und wo ist jetzt Huma? Wo ist jetzt die Drachenlanze? Nein, Halb-Elf. Erzähl mir nichts von Hoffnung.«

Tanis antwortete nicht, und auch der Magier schwieg jetzt. Beide saßen schweigend da, einer starrte weiterhin in den Süden, der andere sah in die große Leere im glitzernden Sternenhimmel.

Tolpan wich in das weiche Gras hinter den Kiefern zurück. »Keine Hoffnung!« wiederholte der Kender düster, es tat ihm leid, dem Halb-Elf gefolgt zu sein. »Ich glaube es nicht«, sagte er, aber seine Augen gingen zu Tanis, der in die Sterne blickte.

Aber Tanis glaubt es, wurde dem Kender klar, und der Gedanke erfüllte ihn mit Grauen.

Seit dem Tod des alten Magiers war eine unmerkliche Veränderung bei dem Kender eingetreten. Tolpan begann in Erwägung zu ziehen, daß dieses Abenteuer ernst war, daß es um etwas ging, für das Leute ihr Leben opferten. Er fragte sich, warum er dabei war, und dachte, daß er Fizban vielleicht bereits die Antwort gegeben hatte – die kleinen Dinge, die er tun sollte, waren irgendwie im großen Schema aller Dinge wichtig.

Aber bis jetzt war es dem Kender nie in den Sinn gekommen, daß alle Bemühungen umsonst sein konnten, daß sie weiter leiden und Freunde verlieren konnten, wie Fizban, und daß die Drachen am Ende doch gewinnen würden.

»Trotzdem«, sagte der Kender leise, »müssen wir weiter versuchen und hoffen. Das ist das Wichtigste – das Versuchen und das Hoffen. Vielleicht ist das überhaupt das Wichtigste.«

Etwas schwebte sanft vom Himmel herab und strich über die Nase des Kenders. Tolpan streckte seine Hand aus, um es aufzufangen.

Es war eine kleine weiße Hühnerfeder.

Terry Brooks – Shannara

Terry Brooks
Das Schwert von Shannara
23828

Terry Brooks
Der Sohn von Shannara
23829

Terry Brooks
Der Erbe von Shannara
23830

Terry Brooks
Die Elfensteine von Shannara
23831
Der Druide von Shannara
23832
Die Dämonen von Shannara
23833
Das Zauberlied von Shannara
23893
Der König von Shannara
23894
Die Erlösung von Shannara
23895

GOLDMANN

Wolfgang E. Hohlbein – Enwor

Wolfgang E. Hohlbein
Der wandernde Wald
23827

Wolfgang E. Hohlbein
Die brennende Stadt
23838

Wolfgang E. Hohlbein
Die verbotenen Inseln
23912

Wolfgang E. Hohlbein
Der steinerne Wolf
23840

Das schwarze Schiff
23850

Die Rückkehr der Götter
23908

Das schweigende Netz
23909

Der flüsternde Turm
23910

Das vergessene Heer
23911

GOLDMANN

Abenteuerspiele

Joe Dever/Jan Page
Der Hexenkönig
23960

Joe Dever/Jan Page
Flucht aus dem Dunkel
23950

Steve Jackson/Ian Livingstone
Der Hexenmeister vom
flammenden Berg   24200

Joe Dever/Gary Chalk
Das Schloß des Todes
23956

GOLDMANN

V – die Außerirdischen

Allen Wold
Die Gedankensklaven
23716

Jayne Tannehill
Die Oregon-Invasion
23717

Somtow Sucharitkul
Symphonie des Schreckens
23718

Weinstein/Crispin
Kampf um New York
23711

Proctor
Rote Wolken über Chicago
23713

Weinstein
Der Weg zum Sieg
23714

Sullivan
Angriff auf London
23715

GOLDMANN

Einfach phantastisch

James Stephens
Deirdre
9072

Frederik Hetmann
Madru oder der große
Wald   8551

Paul Willems
Schwanenchronik
8540

Robert Irwin
Der arabische Nachtmahr
9090

William Thompson
Atlantis
9197

GOLDMANN

Goldmann
Taschenbücher

Allgemeine Reihe
Unterhaltung und Literatur
Blitz · Jubelbände · Cartoon
Bücher zu Film und Fernsehen
Großschriftreihe
Ausgewählte Texte
Meisterwerke der Weltliteratur
Klassiker mit Erläuterungen
Werkausgaben
Goldmann Classics (in englischer Sprache)
Rote Krimi
Meisterwerke der Kriminalliteratur
Fantasy · Science Fiction
Ratgeber
Psychologie · Gesundheit · Ernährung · Astrologie
Farbige Ratgeber
Sachbuch
Politik und Gesellschaft
Esoterik · Kulturkritik · New Age

Goldmann Verlag · Neumarkter Str. 18 · 8000 München 80

Bitte
senden Sie
mir das neue
Gesamtverzeichnis.

Name: _____

Straße: _____

PLZ/Ort: _____